DER AGENT

EIN IAN-BRAGG-THRILLER: BAND 1

CRAIG MARTELLE

Übersetzt von www.translatebooks.com

Craig Martelle

**Website & Newsletter: https://craigmartelle.com
Facebook:
https://www.facebook.com/AuthorCraigMartelle/**

Ian Bragg 1 – Der Agent

Bald auf Deutsch verfügbar:
Ian Bragg 2 – Ein sauberer Mord
Ian Bragg 3 – Machtwechsel
Ian Bragg 4 – Bragg bis zum Tod

Ohne diejenigen, die mich unterstützen, kann ich nicht schreiben. Von meiner Familie über meine Freunde zu Hause bis hin zu meinen Lesern, die meine Bücher kaufen – so viele Menschen sind für mich da. Es kommt nicht so sehr darauf an, wer ich bin, sondern auf die Qualität der Menschen, die mich umgeben.

Das Team der Ian-Bragg-Thriller besteht aus

Beta-Leser und Korrekturleser – denen ich zutiefst dankbar bin!
Micky Cocker
James Caplan
Kelly O'Donnell
John Ashmore
Sabrina Ford
JR Pomerantz
Michael Penmore
Rob Kerns

Und ein besonderes Dankeschön an Kate Pickford für ihre anfängliche Anleitung, das Buch auf eine solide Basis zu stellen, um das zu liefern, was Sie gleich lesen werden. Ich hoffe, Sie finden meine Arbeit unterhaltsam und lesenswert.

KAPITEL EINS

„Die ganze Welt ist eine Bühne und alle Männer und Frauen sind nur Schauspieler: Sie haben ihre Abgänge und ihre Auftritte; und ein Mann in seiner Zeit spielt viele Rollen …" *William Shakespeare*

Ich bin es nicht, bis ich es sein muss.

Ich töte schlechte Menschen für Geld. Es sind nicht viele Menschen, aber dafür ist es umso mehr Geld. Vielleicht setze ich mich eines Tages zur Ruhe, aber ich denke, ich stehe noch nicht an der Spitze dieses Spiels. Irren Sie sich nicht, es ist ein Spiel. Aber ein tödliches. Ich mag das Spiel. Ich kann tun, was sie mich bei den Marines nicht tun lassen wollten. Die Welt von schlechten Menschen zu befreien.

Eines Tages werde ich mich mit einer Ehefrau niederlassen, die gerne die Welt sehen würde. Dann werde ich ein Tourist sein. Ein Niemand. Und ich werde nicht mehr arbeiten müssen. Im Ruhestand sein. Aber das steht nicht auf dem Plan. Noch nicht.

Ich befinde mich noch mitten im Spiel.

Ich war auf dem Weg zu meinem nächsten Auftrag. Das Friedensarchiv hatte mein Angebot angenommen und die harte Deadline auf zwei Wochen angesetzt. Das gab mir dreizehn Tage, um den Tagesablauf meiner Zielperson herauszufinden, die Schwachstellen darin auszumachen und den Vertrag zu erfüllen.

Ihn zu erfüllen, indem ich seinen Status von lebendig auf tot änderte. Ein Nachweis dafür würde mir die zweite Hälfte eines beträchtlichen Honorars einbringen.

Das Friedensarchiv. Ein irreführender Name. Eine Zahlstelle für Auftragskiller.

Meine Gedanken konzentrierten sich auf das Heute. Ich plante für morgen, lebte aber im Hier und Jetzt.

Ich stellte die Scheibenwischer auf die schnellste Stufe. Das Auto, eine alte Rostlaube. Ein Ford, glaube ich. Aber das war mir egal. Solange es fuhr.

Das Auto war ein Hilfsmittel wie jedes andere auch. Gekauft, als es gebraucht wurde, benutzt und entsorgt, wenn ich damit fertig war. Das war meine Art. Ich habe kein Bedürfnis nach materiellem Reichtum. Ich habe niemanden, vor dem ich damit prahlen kann. Ich habe nur einen Auftrag auszuführen. Die Welt zu einem besseren Ort zu machen. Und dann zum nächsten Auftrag weiterzuziehen.

Der Regen prasselte gegen die Windschutzscheibe. Ich war müde von den enormen Wassermengen, die über mich hereinbrachen, als ich auf Seattle zufuhr, obwohl der Regen erst vor fünfzehn Minuten eingesetzt hatte. Gut beleuchtete Restaurantschilder strahlten am Ende der Abfahrt. Ich warf einen Blick über meine Schulter, blinkte und fuhr ab. Ich wählte das größte der Restaurants, das mit den meisten Gästen. In einer Menschenmenge konnte man leichter untertauchen.

Ich parkte in der Mitte des Parkplatzes, nicht so nah, dass es jemand bemerken würde. Aber auch nicht zu weit weg. Unauffällig. Ich ließ den Motor laufen, während ich darauf wartete, dass *Rush's Limelight* zu Ende gespielt wurde. Ich lauschte den Worten über jemanden, der im Rampenlicht steht. Meine Realität war eine andere – ich würde niemals im Rampenlicht stehen wollen. Ich zog es vor, mein Leben fernab des Trubels zu führen.

Dann zog ich mir einen Schlapphut tief ins Gesicht und knöpfte meinen Regenmantel zu. Ich konnte es mir nicht erlauben, dass sich die Leute an mich erinnern, und wenn sie es doch taten, dann sollten sie mich nicht beschreiben können. Ich wollte der nette Kerl von nebenan sein. Der sich im Abseits hält. *Immer ein freundliches Wort auf den Lippen, ein nettes Lächeln und hilfsbereit.*

Das bin ich. Irgendwie.

Das Restaurant war nur zu einem Drittel gefüllt. Überwachungskameras säumten die Decke. Sie waren kaum zu übersehen. Wahrscheinlich funktionierte die Hälfte davon nicht und niemand hatte sich die Mühe gemacht, sie zu reparieren. Zu hohe Kosten. Zu wenig Gewinn. Zu geringe Auflösung, um brauchbare Bilder zu produzieren, und einzig dazu da, die Versicherungsprämien zu senken.

Ein ganz gewöhnlicher Burgerladen. Durchschnittlich. Berechenbar. Ein Restaurant, in das alle gehen, aber wo niemand den anderen kennt.

Man konnte am Touchscreen bestellen und das Essen wurde automatisch geliefert. Die wenigen Angestellten, die hinter der Theke arbeiteten, eilten hin und her. Die meiste eigentliche Arbeit erledigten Maschinen.

Ich hielt den Kopf beim Bestellen gesenkt und meinen Hut tief ins Gesicht gezogen, um nicht von der Kamera am oberen Rand des Bildschirms gefilmt zu werden. Alle

Aufzeichnungen aus den Kameras landeten in einem veralteten digitalen Speicher, der alle paar Stunden überschrieben wurde, weil das Restaurant sich weigerte, für mehr zu bezahlen. Diese Kamera hier war anders und sie war die einzige, deren Auflösung hoch genug war, um ein gutes Bild von mir zu bekommen. Niemand brauchte zu wissen, dass ich hier war. Ich hielt meinen Kopf gesenkt und tippte mit dem Fingerknöchel auf den Touchscreen.

Ich bestellte, bezahlte mit einer Geschenkkarte, nahm den Zettel mit meiner Nummer darauf und wartete.

Ich beobachtete die Leute um mich herum. Das war meine Art.

Ein Mädchen mit Grübchen und ein Junge in seinen teuersten Jeans und mit einem sauberen T-Shirt. Sie kicherten und lachten, hielten aber nicht Händchen. Vielleicht ein erstes Date. Ein älteres Paar. Sie stützte sich an einem seiner Arme ab, während er mit dem anderen seinen Stock benutzte. Heute Abend gönnten sie sich etwas. Arbeiter in ihren Warnwesten. Eine fünfköpfige Familie, die ausgezehrt wirkte und ihr Geld zählte, um auszurechnen, was sie sich leisten konnte. Und ein paar andere Leute wie ich, die klatschnass waren und versuchten, eine Speisekarte zu lesen, die sie auswendig kannten, oder auf ihre Bestellung warteten.

Es war wie immer in den Fastfood-Restaurants. Gemischtes Publikum. Die Tür öffnete sich und neue Kunden kamen herein, während der Regen wie weißes Rauschen klang, ein Hintergrundgeräusch.

Dann kamen zwei junge Männer herein, die verdächtig aussahen – eingesunkene, aber stechende Augen, unruhige Bewegungen, als wären sie hin- und hergerissen zwischen Kampf und Flucht. Eine Faust in der Tasche um eine offensichtliche Form gelegt.

Sie späten den Laden aus und sie waren mies darin.

Junkies, die schnell Geld brauchten, um ihren nächsten Schuss zu finanzieren. Und sie waren dabei, mir mein Mittagessen zu vermiesen.

Ein Raubüberfall bedeutete, dass jemand den Notruf wählen würde. Ich hatte nicht die Absicht, von der Polizei befragt zu werden. Mein Essen war noch nicht da und ich wollte nicht ohne gehen. Und in ein paar Sekunden würden sie mir den Tag verderben.

Geh einfach. Geh in ein anderes Restaurant, sagte ich mir. Ich war absolut furchtbar darin, gute Ratschläge anzunehmen. Ich konnte die Burger und Pommes schon riechen und ich war nicht bereit, zurück hinaus in den Regen zu gehen.

Ich traf eine Entscheidung und schlenderte zu den beiden hinüber, bevor sie sich aufteilten, um sich einen taktischen Vorteil zu verschaffen, wie sie es im Fernsehen gesehen hatten. Wie gesagt, sie waren mies darin. Ich packte sie an den Handgelenken. „Ihr werdet diesen Laden nicht ausrauben. Nicht jetzt. Niemals. Verschwindet von hier." Ich sprach mit tiefer Stimme. Ich meinte es ernst. Daran konnte es keinen Zweifel geben.

Hinter mir ertönte ein Klingeln. Meine Pommes waren fertig.

Als ich sie anstarrte, tat ich es nicht mit den Augen eines normalen Menschen, der eine leere Drohung aussprach. Eine andere Aura umgab Menschen, die anderen das Leben genommen hatten. Ein Teil meiner Seele fehlte, der Teil, der sagte, dass es beim nächsten Mal leichter werden würde. Und beim Mal darauf. Die meisten konnten diese Aura spüren. Wenige, wie diese Cracksüchtigen, konnten es nicht. Sie begannen sich zu wehren. Einer versuchte, sich aus meinem Griff zu lösen, und zog seine Hand aus der Tasche. Eine alte Polizei-Spezialwaffe, eine Kaliber .38, abgenutzt. Wahrscheinlich jahrzehntelang von Doper zu Cracksüchtigem weitergereicht, nachdem einer von ihnen sie einst seinem alten Herrn, einem Polizisten, gestohlen hatte.

Der mit der .38er brauchte die meiste Aufmerksamkeit.

Ich musste den anderen Junkie außer Gefecht setzen. Ein schneller Stoß mit meinen Fingern in die Kehle ließ ihn rückwärts taumeln, während er sich mit beiden Händen reflexartig seine geprellte Luftröhre hielt und nach Luft schnappte. Jetzt hatte ich die Hände frei, um mich um Mister Aggressiv zu kümmern. Ich hielt ihn immer noch am linken Handgelenk, aber er war Rechtshänder und hob die Pistole hoch. Sein Kopf war völlig ungeschützt.

Ich sammelte Kraft in meiner Hüfte und verpasste ihm mit der Ferse einen Tritt an die Schläfe, direkt neben seinem Auge. Sein Körper erschlaffte und seine tauben Finger ließen die .38er fallen. Er begann zu Boden zu gehen. Ich fing ihn auf und stieß ihn rückwärts auf eine Sitzbank, die für diejenigen gedacht war, die auf ihre Bestellungen warteten. Die Pistole klapperte über den Boden. Ich richtete ihn so aus, dass es wirkte, als würde er schlafen.

In gewisser Weise tat er das auch. Alle in der Nähe des Tresens beobachteten mich. Nicht, was ich im Sinn gehabt hatte, aber es war besser, als wenn die Polizei auftauchen würde. Ich lächelte die Angestellten hinter dem Tresen an und hob die Pistole an ihrem Griff auf. Ich entlud sie und machte mich bereit, sie in den Papierkorb zu werfen. Der zweite Junkie war bereits aus der Tür und rannte so schnell er konnte, während er sich immer noch die Kehle hielt.

Zwei waren nicht so gut wie einer, der wusste, was er tat. Verbrechen war nicht ihr Fachgebiet. Ich hatte ihnen einen weiteren Tag auf freiem Fuß verschafft.

Die Gäste hatten innegehalten, um die Auseinandersetzung zu beobachten. Der alte Mann nickte mir zu, während seine Frau entsetzt wirkte. Die Eltern der Familie umklammerte ihr Bargeld, starrten in Richtung Decke und beteten zu Gott, dankbar, dass sie nicht ihr letztes Geld hatten geben müssen. Die Kinder hatten nichts mitgekriegt.

Gut für sie. Es war schön, jung und unschuldig zu sein. Ich griff nach der Öffnung des Mülleimers.

Eine Hand hielt mich auf. Es war nicht die Hand eines weiteren Drogensüchtigen. Neben mir stand ein übergewichtiger Mann. Er fingerte in seiner Tasche umher und zog einen Ausweis heraus. Er hatte nicht unweit von mir in der Schlange gestanden. Ich hatte übersehen, dass er Polizist war. Solche Dinge konnten mich mein Leben kosten. Er war eine größere Bedrohung für mich als die Cracksüchtigen, aber nur, wenn er nicht in Schach gehalten wurde. Je höher der Rang, desto einfacher zu kontrollieren. Jeder hatte seine Druckmittel.

Ich gab ihm das knappe Nicken eines Waffenbruders.

„Die sollten wir hier nicht herumliegen lassen, damit sie jemand anderer findet." Er bedeutete mir, ihm die Waffe zu geben.

Ich reichte sie ihm mit dem Griff voraus, wobei ich darauf achtete, dass ich keine Stelle berührte, auf der ein Abdruck zurückbleiben könnte. Die sechs Kugeln aus dem alten Revolver hielt ich noch zurück und rollte sie in meiner Hand umher, um etwaige Abdrücke zu verwischen. Der Officer steckte die Pistole ein. Die Munition schien ihn nicht zu interessieren.

„Wenn wir das für uns behalten könnten, ich hasse den Papierkram", bot ich ihm an. „Ich will nur in Ruhe essen."

„Ich auch, Kumpel. Gute Arbeit." Der Mann war ein alter Hase. Er wandte sich den anderen Gästen zu. „Hier gibt es nichts zu sehen, genießen Sie Ihr Essen." Mit einem lässigen Blick machte er eine beschwichtigende Handbewegung und nahm seinen Platz in der Schlange wieder ein, während er sich die Speisekarte über dem Tresen ansah. Er zog es vor, persönlich zu bestellen anstatt über den Touchscreen. Ich suchte den Abholbereich nach meiner Bestellung ab. Sie war noch nicht serviert worden. Die Mitarbeiter starrten mich an.

Ich winkte mit dem Zettel, auf dem meine Nummer stand, und lächelte wieder. Roboter sollten keine Ermutigung brauchen.

„Kommt sofort, Mister", sagte einer der Angestellten aus Fleisch und Blut. Ein junger Mann mit College-Abschluss. *Management.*

Er nahm meine Bestellung von einem Fließband und packte noch einen zusätzlichen Burger, eine doppelte Portion große Pommes und einen großen Schoko-Shake dazu. „Danke", sagte der junge Mann und schob mir das Essen hin.

„Können Sie das bitte zum Mitnehmen machen?" Ich hätte lieber an einem trockenen Ort gegessen, der weniger nach nassem Hund roch als mein Auto, aber manche Dinge sollten nicht sein. Es war an der Zeit zu gehen.

Der Manager tütete alles ein und stellte den Beutel vor mir hin.

„Herzlichen Dank. Sorgen Sie für Ihre Mitarbeiter, dann sorgen sie auch für Sie", riet ich ihm, bevor ich mir mein Mittagessen nahm. Auf dem Weg nach draußen drückte ich der betenden Familie einen Zwanziger in die Hand und ging weiter. Ich brauchte nicht zurückzusehen. Ich wusste, dass alle mir nachsahen.

Es war immer noch besser als ein formelles Polizeiverhör.

Ich packte die Tüte unter meine Jacke und ließ den

Regen auf meinen Shake fallen. Ich würde ihn nicht trinken, aber ich würde ihn auch nicht wegwerfen, solange sie mich beobachteten. Ich musste angemessen dankbar für ihre Wertschätzung wirken. So blieben sie loyal. Und ich war darauf angewiesen, dass Fremde mir gegenüber loyal waren.

So führt man Menschen, auch wenn man allein arbeitet.

KAPITEL ZWEI

„Das Schwierigste ist der Entschluss zu handeln, der Rest ist nur Beharrlichkeit." <u>Amelia Earhart</u>

Die Zitronen halfen kaum, den Geruch von Desinfektionsmittel zu überdecken, der mich begrüßte. Ein gehobenes Boutiquehotel. Keine Kette. Ketten führten genauere Aufzeichnungen und behielten im Auge, wohin ihre Gäste gingen, egal wohin sie gingen. Darauf wollte ich lieber verzichten.

Strukturierte cremefarbene und goldene Tapeten erhellten mein Zimmer. An einem klaren Tag konnte man angeblich durch das übergroße Panoramafenster den Mount Rainier sehen.

Vierzehn Tage in Seattle würden wahrscheinlich nicht ausreichen, um einen regenfreien Tag zu erwischen.

Ich wollte nicht in einer Spelunke in einem schäbigen Teil der Stadt übernachten. Ich hatte die höheren Kosten in meinem Angebot draufgeschlagen, zusammen mit dem Preis für das Auto. Mit dem Erfolg kommt die Chance auf mehr Erfolg bei höherer Bezahlung. Es war mein bisher höchstes Angebot gewesen und das Friedensarchiv hatte nicht einmal mit der Wimper gezuckt, als es mir den Auftrag bestätigt hatte. Es hatte keine Verhandlungen gegeben. Das sagte mir, dass ich mehr hätte verlangen sollen.

Ich erfuhr nicht, wer ihnen sonst noch ein Angebot für den Job gemacht hatte, nur die Anzahl der Bewerber. Ich wünschte, ich kannte die Beträge, die die anderen beiden verlangt hatten. Ich habe nichts gegen ein wenig Wettbewerb, um mich herauszufordern, aber es störte mich zu glauben, dass ich der billigste Anbieter gewesen war.

Ich kannte ein paar der anderen Agenten. Ich war nicht blindlings über diese Gelegenheit gestolpert.

Eine vertrauliche Einladung war auf der Fußmatte meiner Eigentumswohnung in einem Vorort von Boise aufgetaucht. Es konnten also nur zwei Leute sein, die ich aus dem Marine Korps kannte. Sie hatten mich mit dem Friedensarchiv bekannt gemacht.

Einer der Männer war Offizier gewesen. Er hatte mir während meines Einsatzes das Leben schwer gemacht. Ein Captain. Sie nannten ihn „Skipper". Ich nannte ihn „Arschloch". Vielleicht hatte er mich die ganze Zeit über getestet, um zu sehen, wie viel ich aushalten konnte. Und ich hielt alles aus und hielt mich dabei auch noch an die bescheuerten Einsatzregeln. Ich hätte eine ganze Stadt auslöschen können, wenn sie mich nur gelassen hätten. Wir benutzten die Werkzeuge, die sie uns gaben, aber es waren nicht die richtigen.

Meiner Meinung nach ist die Welt ein Werkzeugkasten, wenn man weiß, wonach man suchen muss. Ein bisschen Benzin und Waschmittel für einen Molotow-Cocktail. Ein wenig Bleiche und Ammoniak für Chloramin-Gas. Ein Reizstoff in geringen Dosen, das sandte eine starke

Botschaft aus. Dünger und Dieselkraftstoff zusammen in eine Mülltonne gegossen. Ein großer Kran, der Stahlträger umherschleuderte. Ein Bulldozer, um den Rest aufzuräumen.

Wir hatten so viele Gelegenheiten verpasst, aber nur, um Bösewichte auszuschalten. Oft genug konnten wir nicht unterscheiden, wer wer war. Sie alle zu töten und Gott eine Selektion treffen zu lassen, war keine brauchbare Strategie. Nicht jeder musste weg. Nur die Bösen. Und so gingen wir wieder mit gebundenen Händen an die Arbeit.

Der Skipper hatte anders gewirkt, als ich ihn von vor acht Jahren in der Wüste in Erinnerung gehabt hatte. Vielleicht war das der Vorteil des Zivillebens. Er sah härter aus, aber weniger wie ein Marine.

Dasselbe galt für meinen alten Platoon Sergeant. Er hatte gewirkt, als würde er mich verstehen. Wir waren gut miteinander ausgekommen. Waren aufeinander eingespielt, wie man so schön sagt.

Sie hatten auch neue Namen. Das hatten sie mir mit leiser Stimme in der Privatsphäre meiner Wohnung erzählt. Dann gingen wir in einem nahe gelegenen Park spazieren, der für die Uhrzeit mitten am Tag ungewöhnlich leer war. Der Test? Meine Bereitschaft, jemanden zu töten, den ich nicht kannte. Ich hatte gelacht. Besser, als jemanden zu töten, den ich kannte.

Sie meinten es todernst. Ich wurde in die Bietergemeinschaft aufgenommen, basierend auf dem, was sie in unserer gemeinsamen Zeit im Nahen Osten von mir gesehen hatten. Sie vertrauten darauf, dass ich, wenn es darauf ankäme, ohne zu zögern abdrücken würde. Ich wollte nicht auf die Benutzung einer Schusswaffe beschränkt sein. Sie sagten, es wäre ihnen egal, was ich benutzte, solange der Auftrag erfüllt würde, ohne viel Aufsehen zu erregen.

Ja. Ich könnte ein Agent sein.

Warum auch nicht? Für den Korps und das Land zu töten waren gute Gründe, aber sich einen Lebensunterhalt mit dem Töten von Bösewichten zu verdienen?

Ein Monat später wurde meine Wohnung verkauft, die Summe deckte den Kredit ab, und ich tauchte unter.

Ein Jahr und sechs Aufträge später war ich Multimillionär. Reicher, als ich es mir je erträumt hatte, und ich bin noch nicht fertig. Sechs Ziele erledigt, ohne eine Spur zu hinterlassen. Nichts deutete auf mich oder das Friedensarchiv hin. Ich war ein aufsteigender Stern.

Zumindest in meiner eigenen Vorstellung.

Ich überprüfte das Zimmer, denn das war etwas, was ich immer tat. Ich zog die Decke zurück und klopfte auf die Mitte des Bettes, hielt Ausschau nach allem, was sich dort zeigen könnte, Staub, Bettwanzen, Dinge, die sich nicht in sauberen Laken aufhalten sollten. In der Dusche überprüfte ich den Abzug auf Staub und die Abdichtung auf Schimmel. Die Entlüftungsanlage im Bad barg immer den Nachteil, dass feuchter Staub in den Abzug gesaugt wurde. Das war hier nicht anders, aber zumindest war die Anlage nicht komplett verstopft. Mit einem feuchten Taschentuch löste ich die größten Brocken ab und warf das Ganze in den Müll.

Ich suchte in den verschiedensten Ecken und Winkeln nach Knopflochkameras, von den Oberlichtern über die Lüftungsschlitze bis hin zu den Nischen hinter der Toilette, den versteckten Bereichen hinter Spiegeln und den diversen Geräten in dem Zimmer: Lampen, Rauchmelder, Sprinkler, Notsprechanlage, Radiowecker, Klimaanlage und Fernseher. Nach fünf Minuten hatte ich alles gesehen.

Versteckt angebracht worden war hier nichts, aber mitten in meinem persönlichen Bereich, mit Blick auf das

Bett, stand der Smart-Fernseher des Hotels, und er war mit einer integrierten Kamera ausgestattet. Ich nahm die Speisekarte des Zimmerservices, knickte sie in der Hälfte und hängte sie über den oberen Bildschirmrand, um die digitale Ansicht meines Zimmers zu blockieren. Es war nur ein kleiner Teil des Bildschirms verdeckt für den Fall, dass ich fernsehen wollte.

Normalerweise wollte ich das nicht. Wenn ich in meinem Zimmer war, konzentrierte ich mich auf das Ziel, versetzte mich in seine oder ihre Lage, fand eine Schwäche und überlegte mir, wie ich sie für meine Zwecke nutzen konnte.

Ich stellte meinen iPod in den dafür vorgesehenen Steckplatz im Radiowecker und rief meine Playliste auf. Sie war einfach: sämtliche Rush-Alben in einer einzigen langen Liste. Ich aktivierte die Zufallsauswahl und drückte Start. Dann schloss ich die Augen und hörte zu. *Between the Wheels* vom Album *Grace Under Pressure*. Die Lautstärke war heruntergedreht worden. Das korrigierte ich.

Aber nicht zu laut. Ich konnte es nicht gebrauchen, dass meine Zimmernachbarn sich beschwerten. *Between the Wheels* war ein harter Song über eine harte Gegenwart, die zu einer harten Zukunft führen würde. Ich hörte mir den ersten Refrain an, bevor ich mich an die Arbeit machte.

Ich holte einen neuen Laptop und ein Handy mit einem riesigen vorab bezahlten Datenvolumen aus meinem Seesack. Beides hatte ich in einem Walmart zwei Bundesstaaten entfernt mit Bargeld bezahlt. Ich brauchte mein eigenes Datenvolumen, um mein virtuelles privates Netzwerk, VPN, in Betrieb zu nehmen, bevor ich das kostenlose Wi-Fi des Hotels benutzen konnte. Zu viel Potenzial, schmutzig zu arbeiten und eine Spur zu hinterlassen. Ich schloss das Handy an das Ladegerät an, erweckte es zum Leben und aktivierte den mobilen Hotspot.

Es gab nur eine Sache, für die ich den Computer brauchte – das Internet. Die Webseiten, Login-Details und Passwörter hatte ich im Kopf. Keine geringe Leistung, da sie alle unterschiedlich waren. Nachdem der Laptop hochgefahren war und ich mit Hilfe von Edge Chrome und ein VPN heruntergeladen hatte, installierte ich die neuen Programme und startete den Laptop neu.

Das VPN stellte eine verschlüsselte Verbindung zwischen meinem Computer und einem Remoteserver her. Damit konnte ich es so aussehen lassen, als stünde mein Computer an einem beliebigen Ort auf der Welt.

Ich fand, dass eine Suche nach einer politischen Persönlichkeit in Seattle aus dem benachbarten Vancouver kommen sollte. Ich tippte den Namen der Stadt ein und wartete, während das VPN mich umleitete. Sobald die Verbindung stand, konnte ich mit zwei einfachen Klicks in das Wi-Fi des Hotels wechseln.

Die Suche begann einfach.

James „Jimmy" Tripplethorn, ein aufstrebendes Mitglied des Stadtrats von Seattle, angeblich auf dem Weg zum Bürgermeisteramt. Irgendjemand gab viel Geld aus, um das zu verhindern. „Jimmy". Das Wort erinnerte mich an einen schlechten Witz über Schwänze. „Kick mir in den Jimmy!", aus der Serie *Beavis und Butthead*. Nicht das hochwertigste Format, aber in diesem Fall passend. Er war Politiker. „Jimmy" war vielleicht ein toller Name, aber „Kicker" würde mein Spitzname für ihn werden.

Es war wichtig, das Ziel zu entmenschlichen. Das machte es einfacher, abzudrücken.

Der Zeitplan war knapp bemessen, was mir weniger Gelegenheit gab, es wie einen Unfall aussehen zu lassen. Ich brauchte seine medizinischen Unterlagen. Ich musste seinen Terminplan einsehen. Und ich brauchte alle verfügbaren Daten über ihn. Das alles würde ich auf einem kleinen USB-Stick sammeln, eingewickelt in Alufolie, den ich in einer Steckdose oder hinter einem Lichtschalter verstecken konnte.

Ich las so viel über ihn, wie ich konnte, um mir ein Bild von meiner Zielperson zu machen. Nie kam mir etwas über professionelle Politiker unter, was ich erstrebenswert fand. Ich denke, einen im echten Leben zu treffen, würde den schlechten Eindruck, den ich von ihnen hatte, nur noch verstärken.

Kicker war sehr präsent in der Öffentlichkeit. Das machte die Herausforderung zwar schwieriger, das Sammeln von Informationen jedoch einfacher. Es erhöhte auch mein Honorar. Ich hätte mehr bieten und mehr Zeit verlangen sollen. Ich hatte die Bedingungen gelesen und eine ganze Woche Zeit bekommen, um mein Angebot abzugeben, aber ich hatte es schon nach zwei Tagen getan. Sie hatten es angenommen und den Vertrag bestätigt. Damit war er besiegelt. Ich stand unter Zugzwang und es ging um eine Dreiviertelmillion Dollar.

Ich nahm an, dass das Töten von Politikern auf eine gewisse Weise die Massen aufrütteln würde. Bizarr, denn ich dachte auch, dass jeder die sogenannten Staatsdiener hasste. Vielleicht sah nur ich es so. Oder vielleicht war ich ehrlicher zu mir selbst als der Durchschnittsbürger.

Ich durchforstete die Webseiten der Nachrichtensender nach Artikeln, sah mir kurze Nachrichtenclips an, in denen Ratsmitglied Tripplethorn sprach, sah sie mir dann erneut an und suchte nach Personen, die immer in seiner Nähe waren. Meistens war seine Frau dabei und hielt sich im Hintergrund. Sie ließen das Team gut dastehen. In einem Clip fuhr er in einem roten Ford Escape Hybrid von einer Veranstaltung weg. Er trug Anzüge, aber nie eine

Krawatte. Er mochte es, vor Ort aus dem Stegreif zu sprechen, egal, welches Thema gerade aktuell war.

Nie eine gute Krise ungenutzt lassen.

Tripplethorn war da, stahl aber niemandem die Show: dem Feuerwehrchef, dem Polizeikommissar, dem Konzernleiter. Er sprach erst, wenn er an der Reihe war, anstatt sich ins Rampenlicht zu stellen.

Langsam begann sich abzuzeichnen, was für ein Politiker er war. Ein zurückhaltender Opportunist. Wortgewandt. Sagte die richtigen Dinge. Hatte mehr Befürworter als Gegner. Lebte einen zurückhaltenden Lebensstil, obwohl seine Frau aus reichem Hause stammte. Sie hielt sich zwar bei seinen Auftritten im Hintergrund, flüsterte ihm aber Dinge zu, bevor er loslegte. Die Macht hinter dem Thron?

Dann zapfte ich das Dark Web an, um persönlichere Details zu prüfen wie seine Kredithistorie und Krankenakte.

Ein bescheidenes Haus in einer exklusiven Wohngegend, das abbezahlt war. Seine vermeintliche Schmutzwäsche war reine Spekulationen. Ich vermutete, dass ich die wirklich interessanten Dinge nur herausfinden würde, wenn ich lange genug suchte. Jeder Politiker hatte seine Geheimnisse. Kicker schien seine nur besser zu verbergen. So war es wohl bei den meisten erfolgreichen Politikern.

Nachdem ich mich drei Stunden lang durch das Dark Web gewühlt hatte, war mir Jimmy Tripplethorn immer noch ein Rätsel. Irgendjemand hatte entschieden, dass er es verdiente zu sterben, und aus irgendeinem seltsamen Grund hatte ich zugestimmt. Doch bevor ich den Abzug drückte, musste ich zu meiner persönlichen Erbauung herausfinden, warum.

Ich hatte seine Privatadresse. Heute Abend würde ich

unauffällig vorbeifahren und morgen bei Tageslicht noch einmal. Dann würde ich das Haus besser sehen, aber sie könnten auch mich sehen. Kameras könnten mich aufzeichnen. An diese beiden Fahrten mit einem unauffälligen Fahrzeug würde sich in zwei Wochen niemand mehr erinnern, falls ich in der Nachbarschaft zuschlagen müsste. Nach dem morgigen Tag würde ich nicht zu Jimmys Haus zurückkehren können, außer zu Fuß im und Schutz der Dunkelheit, wenn es dort stattfinden müsste. Es gab noch so viele Fragen zu klären.

Ich klappte den Laptop zu und schloss ihn im Safe ein, bevor ich mein kreditkartengroßes Multifunktionswerkzeug benutzte, um die Schrauben an der Schalterblende im Badezimmer zu lösen. Nachdem ich den USB-Stick in die Anschlussdose des Lichtschalters gelegt hatte, schraubte ich die Blende wieder an.

Es war schwer, mich während dieser schnellen Aktion nicht selbst zu betrachten. Der Spiegel im Badezimmer gab kein schönes Bild ab. Ich sah müde aus, obwohl ich die grenzenlose Energie der Jugend hätte haben sollen. Nun, nicht mehr wirklich Jugend, aber auch noch nicht im mittleren Alter. Ein Schluck kaltes Wasser war zwar erfrischend, half aber nicht wirklich.

Ich musste etwas Zeit totschlagen und meinen Kopf freibekommen. In dem Hotel gab es eine schicke Lounge, die eine solche Ablenkung bot.

Zeit für einen Drink.

Auf dem Flur roch es angenehm, ein Hauch von Lavendel wehte durch die ebenso zartlila Gänge. Jedenfalls roch es viel besser als das Desinfektionsmittel in meinem Zimmer. Ich nahm die Treppe ins Erdgeschoss und folgte den Schildern zur Lounge. Automatische Türen glitten auf, als ich näherkam.

Eine lange Bar nahm den Bereich auf der rechten Seite

ein. Zur Linken sah ich eine kleine Tanzfläche und eine Bühne, auf der eine Live-Band spielen konnte. Die übrige Fläche war mit Tischen vollgestellt.

An den kleinen quadratischen Tischen saßen drei Paare, die ihre Drinks genossen. Zwei ältere Geschäftsmänner saßen an der Bar, in ihr Gespräch vertieft. Zwei jüngere Männer saßen an einem Tisch für vier Personen und versuchten, drei Frauen in meinem Alter zu beeindrucken. Die Jalousien des Fensters in der Lounge waren heruntergelassen, sodass es schwer war, weitere Details auszumachen. Ich wählte einen Platz an der Bar in der Nähe des Fernsehers. Ein College-Basketballspiel lief.

Dann bestellte ich mein Lieblingsgetränk, Orangensaft mit Grenadine. Manche Leute tranken ihren Shirley Temple mit Sprite, aber ich bevorzugte Saft. Es war mir peinlich, ihn zu bestellen, aber er schmeckte mir eben. Wie immer kam das leichte Zögern und das Lippenzucken, als der Barkeeper etwas sagen wollte. Ich ließ einen Zwanziger auf die Bar fallen und lächelte. „Für Ihr Schweigen, guter Mann."

Er lachte. Nichts machte die Leute ehrlicher als die Wahrheit selbst. „Geht klar, Kumpel. Ein *Thunderbolt Special*, kommt sofort."

Stillschweigen *und* Loyalität.

Weil ich ein netter Kerl bin. Das sage ich mir immer wieder. Es ist auch leicht zu glauben, bis auf den Job. Sagt man nicht, dass unser Job uns nicht definieren sollte?

Dem stimme ich zu.

Das Basketballspiel ging indes weiter. Es folgte ein Freiwurf-Wettkampf, bei dem jedes Team versuchte, den Ball von der Dreipunktlinie aus zu versenken. Beide Teams sammelten schnell Punkte.

Eine der Frauen von dem Tisch tauchte auf, um

Getränke zu bestellen. Ich schaute über meine Schulter. Die beiden jungen Männer hatten sich mit den beiden schlanken Frauen zusammengetan.

„Hat die Musik aufgehört zu spielen?", fragte ich sie. Sie warf einen Blick auf die Lautsprecher über uns, wo Kenny G aus der Jukebox ertönte. Meine Anspielung dämmerte ihr und sie zuckte mit den Schultern. „Leisten Sie mir Gesellschaft?" Ich gab dem Barkeeper ein Zeichen und ließ einen weiteren Zwanziger vor meinen Drink fallen. „Einen Drink für Ms. …"

„Jenny Lawless", ergänzte sie.

„Einen Drink für Ms. Lawless." Ich deutete mit einem Daumen über meine Schulter. „Da waren es nur noch vier."

„Kommt sofort." Der Barkeeper sah sie an und sie starrte zurück. Schließlich musste er fragen. „Ihr Drink?"

„Whisky Sour." Sie errötete und hörte auf, mich im Spiegel zu betrachten. Stattdessen richtete sie ihre Aufmerksamkeit auf mein Glas. „Ein Shirley Temple?"

„Thunderbolt Special", korrigierte ich.

Sie legte die Stirn in Falten und schüttelte den Kopf. Sie hielt mich für einen Lügner. Diese potenzielle Freundschaft würde im Keim ersticken, wenn ich das Ruder nicht herumreißen konnte. Ich deutete auf den Barkeeper. Er sah auf, während er etwas Gentleman Jack über ein paar Eiswürfel goss. „Es *ist* ein Thunderbolt Special", bestätigte er.

„Was ist da drin?", zog sie diese neue Möglichkeit in Betracht.

„Orangensaft." Er hielt den Tetrapack mit Orangensaft hoch, um ihr zu zeigen, womit er meinen Drink gemacht hatte. Dann wandte er sich wieder ihrem Whiskey Sour zu, indem er richtige Menge Whiskey in ihr Glas kippte, zusammen mit dem Läuterzucker und einem Spritzer Eiweiß. „Und Grenadine."

„Eine Rose, deren Schönheit man auf den ersten Blick nicht erkennt", sagte sie.

Welches Bild sie von sich selbst hatte, erkannte ich daran, wie sie einen Arm vor sich hielt und unbewusst den Stuhl zwischen uns beide stellte, um ihre Figur zu verbergen, und ihren Blick abwandte, um sich keinem Urteil stellen zu müssen. Sie war das, was manche als kurvig bezeichnen würden, ein wenig rundlicher als ihre beiden Freundinnen, aber weitaus hübscher, als sie sich selbst zugestand.

Sie hatte gekonnt pariert, sobald sie die Regeln durchschaut hatte. Ich war fasziniert. „Strahlende Augen und ein scharfer Verstand verheißen anregende Gespräche."

„Ist das Ihr Ernst?" Sie kräuselte eine Haarsträhne um einen ihrer Finger, bevor sie sie hinter ihr Ohr steckte.

Der Barkeeper warf einen Blick auf die Gruppe hinter ihr. Sie sah auf das Geld in ihrer Hand. „Ich wollte ihnen zum Spaß eine Runde spendieren." Dann drehte sie sich zu mir um. „Dabei steppt der Bär jetzt hier." Sie schob die Scheine zurück in ihre Handtasche.

„Ich bin Unternehmensberater und habe hier einen zweiwöchigen Auftrag. Was ist mit Ihnen, Miss Jenny?"

„Eine dreitägige Konferenz, aber ich wohne nicht allzu weit weg. Nur eine Stunde mit dem Auto." Sie lächelte. Aufrichtig, es erreichte ihre Augen. Sie waren grün mit braunen Flecken. Ausdrucksstark.

„Wenn Sie so nett wären, Miss Jenny, erzählen Sie mir eine Geschichte mit einem Happy End." Ich lehnte mich zurück und nahm einen Schluck. Ein bisschen viel Grenadine. Ich würde ihn bitten, beim Nächsten etwas weniger hineinzugeben. Die Uhr hinter der Bar ließ mich wissen, dass ich noch eine Stunde totzuschlagen hatte. Wie die Dame gesagt hatte: „Der Bär steppt jetzt hier."

„Und Sie werden dasitzen und zuhören?", fragte sie und neigte dabei leicht ihren Kopf. War ihre Skepsis echt oder nur gespielt? Meine Erlösung nahte.

„Wie ich sehe, waren Sie schon zu vielen schlecht geschulten Verehrern ausgesetzt, die versucht haben, Sie mit ihrem Wissen zu beeindrucken. Wenn ich Sie unterbreche, während Sie reden, dann nur, um klärende Fragen zu stellen. Und fürs Protokoll: Ich bin weder verheiratet, noch habe ich eine Freundin." Ich nahm einen weiteren Schluck und bedeutete ihr mit einem Finger, anzufangen.

„Ein Verehrer, ja? Klingt ominös." Sie wurde rot. Ich schüttelte den Kopf und gab ihr mit einer weiteren Handbewegung zu verstehen, dass sie anfangen sollte.

Sie war Lehrerin und in das Haus ihrer Eltern gezogen, nachdem die beiden verstorben waren. Es machte ihr immer noch zu schaffen. Keine Schulden. Sie hatte Hobbys wie Häkeln, das sie dank ihrer produktiven Geschwister – einem Bruder und einer Schwester –, die auf der anderen Seite des Landes lebten, für ihre Nichten und Neffen machte.

Sie telefonierte oft mit ihnen. Jenny beschrieb ein Leben, das für die einen ideal und für die anderen die Hölle war. Ich war nicht jemand, der zu Hause blieb und sich an seinem weißen Lattenzaun erfreute. Andererseits brauchte ich auch nicht viele Freunde, nur ein paar, mit denen ich ab und zu etwas trinken gehen konnte. Nachdem die Stunde viel zu schnell vergangen war, faszinierte mich Jenny noch mehr.

Sie sprach über die heutigen Bildungsgrundlagen, ihren Einsatz von Online-Trainingsmethoden zur Unterstützung ihres Unterrichts im Klassenzimmer, die Schriften von Thich Nhat Hanh, die Gründer der Nation und ihre persönlichen Wünsche für eine bessere Nation und so vieles mehr. Sie glitt durch ihre Erzählungen, als würde sie einen gut einstudierten Monolog über diverse Themen halten, die mir wichtig waren. Ich war ein Ein-Personen-Publikum, maßgeschneidert für jedes Thema, über das sie sprechen wollte.

Ich war wie hypnotisiert. Sie brachte mich dazu, Dinge zu denken, die ich noch nie zuvor gedacht hatte. Sie brachte mich dazu, mehr Zeit mit ihr verbringen zu wollen. Diese Offenbarung fand ich ebenso faszinierend.

Ich bestellte einen dritten Thunderbolt für mich und einen für Jenny. Zwei Whiskey Sours waren ihr Limit. Sie fing langsam an zu kichern.

„Wollen Sie mich nicht betrunken machen?", sagte sie, biss sich auf die Lippe und sah zu mir auf, wobei ihre langen Wimpern ihre Augenbrauen berührten.

„Will ich nicht. Ich habe heute Abend ein Meeting und dafür brauche ich einen klaren Kopf. Es hat keinen Sinn, wenn nur einer von uns beiden beschwipst ist."

Ich sah auf meine Uhr. Eine zweite Stunde war verstrichen. Ich stand auf und legte ihr sanft eine Hand auf die Schulter. Es tat mir weh, gehen zu müssen. Sie sah es in meinem Gesicht.

„Wenn Sie nicht gehen wollen, dann tun Sie es nicht."

Meine Seele schrie schmerzerfüllt auf. In meiner Branche war es keine Option, sich krank zu melden. Das Friedensarchiv hatte klargemacht, dass den Agenten, die ihr Ziel verpassten, schlimme Dinge zustoßen würden. *Sehr* schlimme Dinge.

„Ich stehe vor einer furchtbaren Entscheidung. Ich muss meinen Termin wahrnehmen. Sie bezahlen mir ein Vermögen für meine Arbeit. Den Termin abzusagen ist keine Option, aber ich würde es tun, wenn ich es könnte. Ich bin noch nicht ganz bereit, diese Nacht enden zu lassen."

„Ich dachte … vielleicht an einen Absacker?" Ein schüchternes Lächeln. Zurückhaltend. Kerle in Bars aufzureißen war nicht ihr Ding. Das gefiel mir. Sie wollte auch nicht, dass ihr Abend endete. Auch das gefiel mir.

„Geben Sie mir Ihre Nummer und ich rufe Sie heute Abend nach meinem Meeting an. Dann reden wir darüber, was der morgige Tag bringen könnte, abgesehen von chinesischem Essen zum Mitnehmen oder etwas Besserem. Ich bin mir nicht sicher, ob mir im Moment etwas anderes einfällt."

„Ich liebe chinesisches Essen zum Mitnehmen."

Ich war nicht überrascht.

Ich entsperrte mein Handy und hielt es ihr hin. Sie tippte ihre eigene Nummer ein, während ich mit einem Finger über die Haut ihres nackten Arms strich. Als das Telefon in ihrer Handtasche vibrierte, strich sie sanft darüber, bevor sie es ausschaltete. Sie sah langsam zu mir auf, bevor sie mir das Telefon zurückgab. Ich nahm ihre Hand und küsste ihren Handrücken.

„Bis zum nächsten Mal, Miss Jenny Lawless." Ich zögerte einen langen Moment, bevor ich mich zum Gehen zwang. Als ich das Ende der Bar erreichte, warf ich einen Blick über meine Schulter. Sie lächelte und hob ihre Hand zu einem verhaltenen Winken, bevor sie ihren Kopf schüttelte und ihren Arm senkte. Ich sah mich um. Niemand beobachtete mich, also warf ich ihr eine Kusshand zu.

Ihre Freundinnen und die jungen Männer waren längst gegangen. Nur wenige Leute waren noch in der Bar, obwohl es relativ früh am Abend war. Die kleine Schar hatte sich für richtiges Essen in echten Restaurants entschieden anstatt für die in der Mikrowelle zubereiteten Barhäppchen. Ein Koch hätte dem Hotel gutes Geld eingebracht. Aber mit Live-Musik verdienten sie vielleicht mehr.

Ich wäre nicht hingegangen, hätte eine Band gespielt. Nicht mein Ding. Ich bevorzuge die Stille und das persönliche Gespräch mit einer sanften Stimme, hinter der ein messerscharfer Verstand steckt.

Ich müsste nach einem Restaurant für das morgige Abendessen suchen oder ich könnte einfach Jenny fragen. Sie würde eines kennen. Bis dahin hatte ich eine Menge Arbeit zu erledigen. Mister Jimmy Tripplethorn und ich mussten einander besser kennenlernen. Ich wollte das Haus sehen, das Kicker sein Zuhause nannte. Die Google-Satellitenansicht hatte mir eine gute Vorstellung davon gegeben, wie es von oben aussah, und die Straßenansicht war auch nicht schlecht, aber es ging nichts über einen persönlichen Eindruck im echten Leben.

KAPITEL DREI

„Der Ruhm folgt der Tugend, als wäre er ihr Schatten." <u>Marcus Tullius Cicero</u>

Der Regen hatte aufgehört. Ich wusste nicht, wann. Der Boden war nass. Ich vermutete, dass er das hier immer war. Keine Atempause für meine wasserfesten Slipper. Wenn es wieder anfing zu regnen, bis ich Kickers Haus erreichte, hätte ich nicht die beste Sicht, aber ich wollte mögliche Zugänge und Fluchtwege auskundschaften. Das ging besser, wenn ich langsamer fuhr, und war auch nachvollziehbar an einem regnerischen Abend. Ich würde mir das Haus morgen bei normaler Geschwindigkeit noch einmal ansehen, wenn es draußen hell war.

Es war nicht schwer zu finden. Ich hatte gewusst, wo meine Zielperson wohnte, und ein Hotel ausgesucht, das ziemlich nah, aber immer noch zwei Städte entfernt davon lag. Es dauerte zwanzig Minuten, bis ich die Nachbarschaft erreichte. Ich war überrascht, dass sie nicht überwacht wurde. Gut für mich, schlecht für Kicker.

Ich bog in das Wohngebiet ein, um das sich eine

gemeinsame Hausverwaltung kümmerte. Es gab verräterische Anzeichen wie die Hecken, die alle auf die exakt selbe Höhe getrimmt worden waren. Briefkästen in gleichmäßigen Abständen. Die Farben der Häuser durchwegs pastellfarben, in Erdtönen.

Ich sah nichts, was nach gemeinschaftlicher Sicherheit aussah, abgesehen von den allgegenwärtigen Schildern in den Fenstern, die die Bewohner als Mitglieder der Nachbarschaftswache auswiesen.

Während sie ihre Vorhänge zugezogen und die Jalousien heruntergelassen hielten.

Niemand beobachtete etwas an einem dunklen Abend bei Nieselwetter.

Vielleicht wollte auch niemand etwas sehen. Ich war bereit, ihnen den Gefallen zu tun, nicht gesehen zu werden.

Ich fuhr gemächlich, nicht die erlaubten vierzig Kilometer pro Stunde, sondern eher fünfundzwanzig, weil es Abend war und Kinder auf der Straße sein konnten. Ich würde niemals jemandes Kind überfahren wollen.

Davon hatte ich in der Wüste zu viel gesehen. Unbeabsichtigt, aber nicht minder tragisch. Es war unnötig. Ich hatte mit Freude ein paar Terroristen, die einen Haufen Kinder in einen Konvoi getrieben hatten, plattgemacht. Wir hatten zwei der Kinder erwischt, bevor wir anhalten konnten, und sie rechtzeitig ins Krankenhaus bringen können, aber nichts hatte diejenigen gerettet, die sie als Waffen benutzt hatten. Wir hatten es nicht einmal versucht.

Vielleicht war Kicker der Typ, der seine Kinder auf der Straße spielen ließ, um das Schicksal herauszufordern oder eine Meinung zu vertreten. Allein dafür könnte ich ihn erledigen.

Die makellosen Vorgärten legten nahe, dass die

Nachbarskinder anderswo spielten. In Gärten hinter den Häusern oder auf dem von der Gemeinde genehmigten und ästhetisch ansprechenden Spielplatz.

Die Eltern entschieden sich, in dieser Gemeinde zu leben, und unterschrieben dafür die drakonischen Regeln der Hausverwaltung. Ein guter Schulbezirk. Mit der Oberschicht auf Tuchfühlung zu gehen. Es war nicht meine Angelegenheit, wie sie ihre Lebensentscheidungen trafen. Ich musste nur genug verstehen, um mich innerhalb der Regeln der Nachbarschaft zu bewegen, wenn ich aktiv wurde. Musste meine Aufgabe erfüllen. Wen man sich unauffällig verhielt, störte es niemanden. Kein Verweilen. Ein einziges Mal mit angemessener Geschwindigkeit vorbeifahren und niemand bemerkte etwas.

Jimmys Haus lag vor mir auf der rechten Seite, zusammen mit den anderen geraden Hausnummern. Die Lampe auf der Veranda leuchtete und der Nebel bildete einen Ring um sie herum, der in Regenbogenfarben schillerte. Einladend und warm.

Ein Mann hielt im Garten einen Regenschirm über einen Königspudel. Es war Jimmy, der anders aussah, als ich es von einem Politiker erwartete. In einem Augenblick hatte ich ein Bild von einem Mann, der sich darauf konzentrierte, einen Regenschirm über seinen Hund zu halten. Der Ausdruck auf seinem Gesicht deutete auf mehr hin, als dass er nur an der Reihe war, den Hund auszuführen. Durchschnittlich groß, athletischer Körperbau, ein Sweatshirt, das langsam nass wurde. Eine alte Baseballmütze, um sein Gesicht vor dem Regen zu schützen. Er wurde nass, während sein Hund relativ trocken blieb. Er schien sich nicht um sein eigenes Unbehagen zu kümmern. Er sagte etwas zu seinem Hund, woraufhin dieser mit seinem weißen Schwanz wedelte.

Ich fragte mich, warum sie nicht im Garten auf der

Rückseite des Hauses waren. Hier vorne regnete es genauso stark. Vielleicht wurde der hintere Garten gerade umgebaut oder stand unter Wasser. Er sah sich nicht um, um zu prüfen, ob er beobachtet wurde. Warf nicht einmal einen Blick auf das vorbeifahrende Auto.

Die Haustür ging auf. Ich war fast vorbei und hatte Mühe, hinzusehen, ohne den Kopf zu drehen. Eine wütende Frau schrie und hielt zornig einen Finger in die Luft. Tricia Tripplethorn. Ich konnte nicht hören, was sie sagte. Er eilte mit dem großen Hund zurück ins Haus.

Ich war schon zu weit weg, um zu sehen, was danach geschah. Ich fuhr weiter um den Häuserblock und direkt zum Eingangstor der Wohngemeinschaft hinaus. Ich hielt am ersten Stoppschild an, startete den Song *Subdivisions* und drehte die Lautstärke auf.

Der Austausch mit seiner Frau war eine unerwartete Draufgabe gewesen, aber es fügte meiner Rechnung Variablen hinzu. Und ich mochte keine undefinierten Variablen. Ich speicherte die Informationen für später ab, wenn ich sie mit weiteren verfeinerten Online-Suchen abgleichen würde. Ich musste anfangen, die Ehefrau, Tricia Tripplethorn, zu recherchieren. Ich fragte mich, wie oft sie den Namen ausgesprochen hatte, bevor sie sich entschieden hatte, Jimmys Namen anzunehmen.

Gedanklich schloss ich die Tür zu diesem Vorhaben. In der Lage zu sein, sich auf eine Sache zu konzentrieren, ohne von Dingen abgelenkt zu werden, die anderswo vor sich gingen, war einzigartig. Zumindest hatte man mir das gesagt. Die unwichtigen Dinge auszublenden, während man sich mit den wichtigen beschäftigte. Ich kannte es nicht anders.

Ablenkungen gefielen mir nicht, wenn es um Gedankenprozesse ging. Jetzt wechselte ich von einem Gedankenbereich zu einem anderen.

Ich tippte auf den Bildschirm meines Handys, um die Nummer anzurufen, die von meinem Telefon zuletzt gewählt worden war. Sie hob beim ersten Klingeln ab.

„Ein Gentleman, der sein Wort hält?"

„Ich lebe gerne ehrenhaft."

Sie lachte mit engelsgleicher Stimme. „Ich habe darüber nachgedacht und festgestellt, dass ich Ihnen zwei Stunden lang meine Lebensgeschichte erzählt habe, aber rein gar nichts über Sie weiß, Mister Ian Bragg. Jetzt sind Sie an der Reihe, mir eine Geschichte zu erzählen."

Ian Bragg. Meine Tarnung, der Name auf meinem Ausweis. Er war noch nicht kompromittiert worden. Ich würde mir einen neuen besorgen, wenn er sich bei den falschen Leuten herumsprach. Entgegen der landläufigen Meinung war es weder einfach noch billig, sich eine neue Identität zu verschaffen, und sie war mit ebenso vielen Risiken verbunden wie ein ehemaliger Name.

„Ich habe nur fünfzehn Minuten, bis ich wieder im Hotel bin, und ich sollte ein wenig schlafen, da ich morgen früh aufstehen muss. Mein Job ist etwas fordernd, also werde ich mich kurz fassen. Ich will Ihnen von meiner Zeit bei den Marines erzählen …"

Als ich auf den Parkplatz des Hotels einbog, verabschiedete ich mich und sagte, dass wir uns morgen wieder hören würden. Ich schloss diese Tür in meinem Kopf und konzentrierte mich wieder auf meinen Auftrag und darauf, mir einen Einblick in Jimmy Tripplethorns Leben zu verschaffen. Ich ging über den Parkplatz zum Vordereingang und nahm mir die Zeit, bewusst die schwere, feuchte Luft tief einzuatmen. Sie roch so sauber, als wären alle Sünden der Großstadt vom Regen weggewaschen worden.

Anders als Kickers Sünden, die seine Frau ihm nicht vergeben würde. *Erzähl mir deine Geheimnisse, Tricia.*

Ich schlenderte hinein, bog scharf rechts ins Treppenhaus ab und ging das eine Stockwerk zu meiner Etage hinauf. Dort verließ ich das Treppenhaus und machte mich auf den Weg zu meinem Zimmer.

Jenny schlenderte den Flur entlang, trug den Bademantel des Hotels und einen großen Becher Eiscreme. Vor meiner Tür blieb sie stehen, zog die Karte durch den Leser und trat ein.

Ich eilte ihr hinterher und glitt durch die Tür, um festzustellen, dass das gar nicht mein Zimmer war. Sie hatte das Zimmer neben meinem.

Die Zeit stand still. Sie sah mich an. Ich hielt die Tür halb offen, hin und her gerissen, ob ich eintreten oder gehen sollte. Auch in meinem Kopf stand ich zwischen zwei Türen.

„Sie können bleiben", bot sie an, stellte die Eiscreme ab und drehte sich zu mir um, löste dann den Gürtel ihres Bademantels und ließ ihn beim Gehen aufgleiten. Cremeweiße glatte Haut. Lebhaft. Einladend.

Ich fing sie auf halbem Weg ab und drückte sie fest gegen die Wand, um sie leidenschaftlich zu küssen. Sie antwortete mit Energie, Elektrizität, einem Feuer tief in Ihrem Inneren. Mit einem Versprechen auf Leidenschaft.

Ich küsste ihre Wange auf dem Weg zu ihrem Ohr und flüsterte: „Ich habe morgen einen langen Tag vor mir, der früh beginnt. Wenn ich hierbleibe, werde ich kein Auge zutun, oder?"

Ich ließ einen meiner Finger über ihr Gesicht wandern. Ihre Brust hob und senkte sich mit schnellen Atemzügen.

Nein. Ihre Lippen teilten sich und ich hörte das Wort, war aber nicht sicher, ob sie es laut ausgesprochen hatte.

Meine Hand schien sich eigenständig den Weg in ihren Bademantel zu bahnen und berührte sanft ihre Haut, um dann der Kurve ihrer nackten Hüfte zu folgen.

Sie schüttelte den Bademantel ab und begann, mein Hemd aufzuknöpfen. Ich wich zurück, bis sie mich auf der anderen Seite des schmalen Korridors des Zimmers in die Enge getrieben hatte. Ein Stück nach dem anderen fielen meine Kleider auf den Boden.

„Ich brauche Schlaf", wiederholte ich. Sie lächelte und schmiegte sich eng an mich, ihren nackten Körper fest an meinen gepresst. Ich schloss die Tür zu Kickers Welt und schlenderte in die von Jenny, mit ihren großen Augen und ihrem willigen Körper.

Ich gab mich dem Unvermeidlichen hin. In dieser Nacht würde ich kaum schlafen.

Ich schaffte es zurück in mein Zimmer, bevor ich nach Seattle aufbrechen musste. Ich dachte ein letztes Mal an Jennys Lächeln, bevor ich das Multifunktionstool von der Größe einer Kreditkarte aus meiner Brieftasche zog, um wieder die Schrauben von der Schalterblende im Badezimmer zu lösen. Ich brauchte den USB-Stick, um meine Gedanken zum Haus der Tripplethorns zu notieren. Ich musste meinen Plan konkretisieren.

Ein Agent arbeitete alleine, begann mit spärlichen Informationen, erstellte ein Profil und führte den Auftrag aus. Es gab keine Verbindung zum Friedensarchiv. Niemals. Die hohe Bezahlung ging mit einem hohen persönlichen Risiko einher. Es hatte keine Einführung gegeben. Abgesehen von meinen Anwerbern hatte ich meine Auftraggeber nie kennengelernt.

Ich mochte es, allein zu arbeiten, auch wenn es seine Grenzen hatte.

Ich hatte das Gefühl, dass ich die Leute kennenlernen musste, die mich angeheuert hatten. Konnten wir uns hocharbeiten? Wieviel weniger zahlten sie für geringeres Risiko? Kam man nur auf Einladung an diese Aufträge? Es gab kein Mitarbeiterhandbuch und niemanden, den man fragen konnte. Das machte gewisse Dinge schwierig. So viele Fragen und so wenig Zeit.

Der Morgen brachte einen wolkenlosen Himmel, aber die Vorhersage kündigte weiteren Regen an. Bei Tagesanbruch zog ich die Vorhänge auf. In der Ferne sah ich ihn, wie er die Wipfel der Bäume in seiner Umgebung überragte – den Mount Rainier. Die Broschüre des Hotels hatte nicht gelogen. Es war eine schöne Aussicht.

Ich musste in die Stadt fahren. In die Innenstadt von Seattle. Informationen sammeln. Nach einer schnellen Dusche zog ich meine Kleidung von gestern an. Ein Stopp, um mich neu einzukleiden, war angesagt. Auf jeden Fall in einem Second-Hand-Laden und dann vielleicht bei Kohl's.

Ich war kein Sklave der schnelllebigen Modewelt. Gemütliche Kleidung, die nicht auffiel. Was könnte ein vielbeschäftigter Mann mehr wollen?

Ich gluckste über meinen Humor, schloss meinen Computer im Zimmersafe ein und versteckte den USB-Stick. Das Zimmermädchen musste zum Aufräumen kommen. Das „Bitte nicht stören"-Schild warf Fragen auf und brachte nur unerwünschte Aufmerksamkeit. Ich konnte das Schild in ein paar Tagen an die Türklinke hängen, nachdem ich klargestellt hatte, dass ich nichts zu verbergen hatte.

Ich öffnete meine Tür leise, um die Nachbarn nicht zu wecken, besonders eine gewisse Nachbarin. Ich schloss sie sorgfältig und eilte zur Treppe und hinunter.

Unten angekommen durchquerte ich die gepflegte Lobby hin zu dem Restaurant, in dem eine einzelne ältere Frau in einer übergroßen Schürze das kostenlose Frühstücksbuffet bestückte. Ich sah auf die Uhr. Immer noch zehn Minuten, bevor das Buffet eröffnet wurde. Ich zückte einen Zehn-Dollar-Schein und schlenderte in das kleine Restaurant.

„Wir haben noch nicht geöffnet", rief mir die stämmige Frau zu.

Ich hielt ihr das Geld hin. „Einen Muffin und einen Kaffee? Ich muss mich auf den Weg in die Stadt machen, bevor zu viel los ist. Was ist das nur mit den Pendlern in Seattle?"

Sie lächelte freundlich und winkte das Bargeld ab, während sie mir mit dem Kopf bedeutete, dass ich mich bedienen könne.

„Nehmen Sie es." Ich hielt ihr den Schein weiter hin. „Wir arbeiten alle für unseren Lebensunterhalt. Sie tun mir einen Gefallen und ich weiß ihn zu schätzen."

Sie steckte das Geld in ihre Schürze. „Möchten Sie noch etwas anderes, etwas Warmes?"

„Haben Sie auch Würstchen im Schlafrock?" Wir alle haben unsere Schwächen.

„Ich bringe Ihnen eines." Sie huschte in die Küche. Ich rührte aromatisierten Kaffeeweißer in meinen Kaffee und drückte den Deckel fest auf den wiederverwendbaren Becher. Sie kam mit zwei dampfenden Päckchen zurück. Sie zeigte sie mir, bevor sie sie in eine Tüte packte, die sie mir reichte. „Sie sehen aus, als könnten Sie etwas Fleisch auf den Rippen gebrauchen."

„Das kommt von allein, wenn ich zu viel von dem guten Zeug esse." Ich neigte meinen Kopf. „Bis morgen."

Ich schlenderte zum Auto, fühlte mich erfrischt und munter, obwohl ich kaum geschlafen hatte. Die Tür drohte sich in meinem Geist zu öffnen. Ich schob sie wieder zu und lächelte beim Anblick der Frau, die ich gerade erst kennengelernt hatte. Sie schlief tief und fest. Ihr Haar war zerzaust und doch strahlte sie.

Ich drehte die Musik auf und fuhr los, freute mich darauf, mit einer Million anderer Menschen in die Stadt zu fahren.

Jetzt musste ich mich beeilen und dann Geduld beweisen. Essen konnte ich, wenn ich im Stau steckte. Mittwoch. Nur noch ein paar Arbeitstage, um die Hektik des Alltags und vor allem Tripplethorns Rolle darin zu erleben.

Ich hatte sechs Aufträge ausgeführt und alle waren sie sehr unterschiedlich gewesen. Trotzdem hatte ich zugestimmt, dass die Ziele sterben mussten. Ich fragte mich, ob die anderen Agenten den gleichen Sinn für Gerechtigkeit und Ehre hatten wie ich. Marine-Veteranen. Ich hoffte es. Es war die Aufgabe des Friedensarchivs, gute Ziele auszuwählen. Menschen, die verachtenswerte menschliche Wesen waren. Für mich würde Jimmy Tripplethorn die Glückszahl sieben sein. Ich würde die schmutzige Wäsche finden, die mir bisher entgangen war und von der ich keinen Zweifel hatte, dass sie existierte.

Die Fahrer im stockenden Verkehr sahen alle so aus, als ob sie etwas anderes taten – sie konnten fahren, während sie sich schminkten, sangen oder die Landschaft betrachteten. Alles und nichts. Die meisten waren alleine unterwegs. So lief es in der modernen Welt. Nur wenige nutzten die von vielen geforderten öffentlichen Verkehrsmittel. Sie waren nicht praktisch genug. Die Menschen mögen ihre Annehmlichkeiten.

Ich hörte mir Rushs *Marathon* an, aß mein Frühstück und konzentrierte mich auf meine nächsten Schritte.

Informationen zu sammeln, bis ich eine Grundannahme und ein alternatives Szenario aufstellen und prüfen konnte.

Das war einfach, wenn es nicht in einer belebten Stadt vor einer anhaltenden Menschenmenge passieren musste.

Wenn doch, musste ich bald damit anfangen, meinen Angriff zu planen. Sie zu töten war einfach. Die Flucht war schwierig und erforderte jede Voraussicht und Planung, die ich aufbringen konnte. „Was könnte schief gehen?", war die mit Abstand wichtigste Frage beim Durchgehen jedes Schrittes einer Fluchtstrategie.

Ich wählte ein Parkhaus fünf Blocks vom Rathaus entfernt. Obwohl ich so früh dran war, war es bereits zu neunzig Prozent voll. Pflichtbewusst fuhr ich hinter den gedankenlosen täglichen Pendlern her, die Platz um Platz füllten.

Ich scherte weit aus, um einzuparken. Vielleicht hätte ich mir für diesen Auftrag einen Prius kaufen sollen. Er hätte weniger deplatziert gewirkt als mein großes Auto, das kaum in die Parklücke passte. Ich wartete, bis das nächste Auto neben mir eingeparkt hatte, bevor ich mich herausquetschte. Ich achtete darauf, dem viel kleineren Wagen neben mir keine Delle mit meiner Tür zu verpassen.

Die anderen Lenker fuhren in Richtung der vielen Büros in der Gegend und die meisten von ihnen hatten einen Kaffeebecher dabei, den sie auf dem Weg in die Stadt gekauft hatten. Ich ließ meinen Becher im Auto. Ich hatte keine Lust, für das Hotel zu werben, in dem ich übernachtete. Nichts, was das Hotel mit der Stadt oder die Stadt mit mir in Verbindung bringen könnte.

Ich hatte noch zwei Stunden bis zur ersten Sitzung des Stadtrats an diesem Tag. So lange hatte ich auch Zeit, um herauszufinden, wie die Ratsmitglieder in das Gebäude kamen, wenn sie nicht schon da waren.

Ich würde nach dem roten Ford Escape Hybrid Ausschau halten, aber das war reine Spekulation. Ich wusste, wonach ich suchen musste, aber das bedeutete nicht, dass ich es finden würde. Die Paparazzi folgten ihm nicht auf Schritt und Tritt, also würde ich nicht sofort über jeden einzelnen Ortswechsel informiert werden, wie es bei einer prominenten Zielperson möglich war, deren Leben von Hashtags begleitet wurde. Politiker hatten keine solchen Fans. Die Medien hatten eine andere Agenda, wenn sie Politikern folgten.

Medien und Politiker. Sie verdienten einander, aber wenn es um Tripplethorn ging, leisteten sie keine gute Arbeit. Keiner war so sauber. *Kommt schon, Leute! Schaltet ein paar Gänge hoch*, schimpfte ich in der Sicherheit und Behaglichkeit meiner Gedanken.

Für meine Arbeit würde es nie eine Pressemitteilung geben.

Genau, wie ich es mochte.

Die neblige Kälte lastete schwer auf jedem einzelnen Pendler, als sie aus der Garage zu ihren Arbeitsplätzen in fantastischen Bürogebäuden eilten, einem Meer aus glänzendem Metall und Glas. Ich zog meinen Schlapphut tief in mein Gesicht, bevor ich aus dem Schutz der Garage auf den offenen Bürgersteig trat.

Obwohl wir uns in der Innenstadt befanden, lag der unverwechselbare Geruch des pazifischen Nordwestens in der Luft. Das Salz des Ozeans, das sich mit dem Duft eines Kiefernwaldes vermischte. Ich ging in ein gut besuchtes Café. Es war ein Ort, wo man den Klatsch und Tratsch aufschnappen konnte. Ich reihte mich in die Schlange ein, wartete und spielte mit meinem Telefon, während ich den Gesprächen um mich herum lauschte. Die meisten waren gehaltlos. Eine Verschwendung guter Luft.

Aber in einem ging es um den Stadtrat. Ich scherte aus der Schlange aus und stöberte in der Backwarentheke, um näher heranzukommen.

Um zuzuhören.

Ich überlegte hin und her, was ich auswählen sollte.

„Die heutige Tagesordnung ist der reinste Schrott. Sie werden über nichts reden, was von Bedeutung ist. Morgen Nachmittag! Da wird es ordentlich knallen."

„Ich denke, heute wird es auch heiß hergehen, wenn sie um eine bessere Position rangeln."

Ich kannte bereits die Tagesordnung des Stadtrats für die nächsten zwei Wochen. Was ich nicht wusste, war, warum es knallen oder heiß hergehen würde. Die zwei Gesprächspartner setzten sich an einen Tisch. Ich ging zurück in die Reihe und die Person, vor der ich gestanden hatte, ließ mich auf meinen vorherigen Platz.

„Sehr nett von Ihnen. Vielen Dank." Ich tippte als Zeichen der Anerkennung an meinen Hut, während ich meinen Kopf gesenkt hielt, um das Gespräch weiter mitanzuhören.

„Ich habe es nicht eilig, an meinen Schreibtisch gekettet zu werden", erwiderte die ältere Frau hinter mir.

„Wem sagen Sie das! Ich glaube, ich bleibe noch eine Weile hier. Die Arbeit kann ruhig noch ein wenig warten."

Sie nickte mit einem Blick, der mich wissen ließ, dass sie nur allzu gut verstand.

Als ich an der Reihe war, bestellte ich das, was am schnellsten ging. Eine frische Spezialität des Hauses, vorgebrüht und in eine heiße Kanne gefüllt, die auf dem Tresen stand. Schwarz, pur. Medium. Ich warf einen Fünfer auf den Tresen und schnappte mir den Tisch neben den beiden, die sich über den Gemeinderat unterhalten hatten, aber ihr Gespräch war zum Jugendfußball übergegangen. Sie gingen, ohne noch etwas zu sagen, das mich interessierte.

Ich spielte geistesabwesend mit meinem Handy, während ich an einem Tisch für zwei saß. Ich nippte sparsam an meinem Kaffee und schaute häufig nach draußen. Die Menschenmengen wälzten sich durch die

Straße, bis sie zu platzen drohte, denn niemand verließ die Gegend. Die Großstadt zu Beginn eines regulären Arbeitstages. Ein Anschlag im Morgenverkehr war zu riskant. Zu viele Menschen.

Aber genau die richtige Menge für eine Überwachungsaktion. Es war viel einfacher, in einer Menschenmenge unterzutauchen.

Ich lauschte Gesprächen und beobachtete die Menschen, während ich darauf achtete, unauffällig auszusehen. Das Café leerte sich schnell, als die Zeiger der Uhr sich dem offiziellen Dienstbeginn näherten. Ich ging auch hinaus und folgte einer Schar von Schreibtischhengsten die Straße entlang in Richtung Rathaus. Doch sie alle verschwanden in anderen Büros, bevor wir in die Nähe des großen Gebäudes auf dem Hügel kamen. Ich blieb stehen, als mein letzter unwissentlicher Begleiter verschwand, bevor ich dort ankam.

Ich fand eine trockene Stelle unter einem Überhang und lehnte mich an die Wand, um nach jemandem Ausschau zu halten, der in meine Richtung kam. Es dauerte eine halbe Stunde, bis sich die Wolken verzogen hatten und der blaue Himmel durchblitzte. Eine kleine Gruppe von Männern in Anzügen ging vorbei und ihre teuren Schuhe klackten auf dem Pflaster des Capitol Hill. Ich reihte mich hinter ihnen ein.

Meine legere Geschäftsbekleidung war nicht unpassend. Ich fragte mich, ob sie auf dem Weg zu dem Gerichtsgebäude an der Seite des Rathauses waren, zum Amtsgericht dahinter oder zu einer großen Anwaltskanzlei in dem Turm, der alles überragte. Es war mir aber egal, solange sie mich nur zum Rathaus begleiteten, sodass ich nicht alleine gehen musste. Das machte jede Gesichtserkennung so viel schwieriger, wenn es eine gab –

trotz der Datenschutzbestimmungen, die ihre Verwendung im Allgemeinen untersagten.

Anwälte in ihrem natürlichen Lebensraum, bewaffnet mit der neuesten Rechtstheorie und auf der Suche nach ihrem nächsten Opfer, dachte ich. Sie gingen in Richtung des Gerichtsgebäudes und ließen mich allein zurück. Ich ging geradeaus am Rathaus vorbei und zog eine Schleife auf die andere Seite zum Haupteingang, wo Polizisten und andere bewaffnete Sicherheitsleute präsent waren.

Das nächstgelegene Parkhaus befand sich auf der Seite der James Street, die bergauf führte, weniger als einen halben Block vom Haupteingang des Rathauses von Seattle entfernt. Ich warf einen genaueren Blick darauf. Ein Mann in einem Anzug kam aus dem Parkhaus und lief fast in mich hinein. Was keine Überraschung war, da ich ihm den Weg versperrte.

„Entschuldigen Sie bitte, kann man hier parken? Ich habe ganz drüben auf der anderen Seite geparkt und bin den ganzen Weg zum Rathaus gelaufen." Ich zeigte in Richtung der Stadt, aber nicht in die Richtung, in der ich parkte.

„Jeder kann hier parken, aber Sie zahlen für das Vergnügen, in der Nähe zu stehen. Ich musste warten, bis jemand weggefahren ist, bevor ich parken konnte, und jetzt bin ich spät dran, wenn Sie mich also entschuldigen würden." Er sah aus, als hätte er es eilig. Ich ging ihm aus dem Weg und murmelte eine Entschuldigung.

Ich wartete, bis er um die Ecke gebogen war, bevor ich wieder bergab schlenderte. Die erste Stadtratssitzung sollte in weniger als einer Stunde beginnen. Ich beschloss, das Gebäude von einem Café auf der anderen Straßenseite aus zu beobachten.

Innerhalb von dreißig Minuten hatte ich die Antwort auf eine meiner Fragen. Fünf der neun Ratsmitglieder, darunter Mr. James Tripplethorn, stiegen aus einem Bus, der vor dem Rathaus hielt. Vielleicht parkten sie woanders. Oder es war eine Sitzung außerhalb des Rathauses? Oder sie hatten mehrere Büros?

Es warf weitere Fragen auf, auf die ich durch eine noch gezieltere Suche leicht Antworten finden würde. Morgen würde ich wieder an Ort und Stelle sein und ihn beobachten, um seine Abläufe herauszufinden. Ich startete eine schnelle Suche, um zu sehen, ob die Ratssitzungen per Livestream übertragen wurden. Das wurden sie. Sie machten keinen Hehl daraus und ermutigten die Leute zum Zusehen. Aber ich hatte keine Kopfhörer dabei.

In der Umgebung gab es viele kleine Läden für den täglichen Bedarf der Bewohner. Ich schlenderte lässig auf einen davon zu und kaufte ein billiges Paar Kopfhörer mit Kabel. Ich vertraute nicht darauf, dass das Bluetooth an meinem Gerät aktiv war, also war eine physische Verbindung gefragt. Neben dem Kassentresen stand ein Aufsteller mit Baseballkappen der Seattle Seahawks mit der typischen Ziffer zwölf darauf – zu Ehren der Fans. Ich schnappte mir eine davon und eine Washington-Huskies-Kappe und legte sie zusammen mit den Kopfhörern auf den Tresen.

Dann suchte ich mir ein ruhiges Café, um die zweistündige Ratssitzung zu verfolgen. Eine Stunde und fünfzig Minuten waren davon noch übrig.

Ein freier Sitzbereich auf dem Bürgersteig deutete darauf hin, dass der morgendliche Ansturm bereits vorbei und es noch nicht Zeit für die Mittagspause war. Ein Paar saß an einem Tisch. Sie sahen nicht glücklich aus.

Nicht jeder konnte eine immerwährende Frohnatur sein wie ich.

Ich bestellte einen Obstteller und einen weiteren Kaffee und benutzte noch schnell die Toilette im Innenbereich.

Das Paar sprach jetzt lauter miteinander. Sie störten mich in meiner Ruhe. Ich bedeckte meine Ohrstöpsel mit meinen Händen und versuchte, sie auszublenden. Die Kellnerin kam heraus und hielt den beiden eine gehörige Standpauke, bevor sie sie davonjagte.

Dann kam sie an meinen Tisch, um sich zu entschuldigen.

Ich zog mir die Kopfhörer aus den Ohren. „Sie brauchen sich nicht zu entschuldigen. Es tut mir leid, dass das überhaupt nötig war." Ich wollte fragen, ob ich ihr etwas bringen oder für sie den Tisch abräumen könnte, falls sie einen Moment für sich bräuchte, aber daran hätte sie sich später erinnert.

Sie lachte. „Nein, danke. Lassen Sie es mich wissen, wenn Sie etwas brauchen."

„Das tue ich tatsächlich, aber in einer ganz anderen Angelegenheit. Vielleicht wissen Sie es. Wie kann ich einen Punkt auf die Tagesordnung des Stadtrats setzen lassen?"

„Über die Mitarbeiter", antwortete sie und schaute sich um, um sicherzugehen, dass keine neuen Gäste eingetroffen waren. „Sie können ein Treffen mit dem Ratsmitglied beantragen, aber wenn Sie kein Spender oder aus einem anderen Grund interessant sind, werden sie Ihnen keine Aufmerksamkeit schenken. Alle außer Jimmy! Er ist offen für die Menschen. Er geht die Straße entlang und fragt uns, was wir denken."

„Hat er dafür Zeit?", bohrte ich nach und suchte nach Einblicke in seinen persönlichen Einsatz bei den Menschen und wie weit über die Grenzen des Personenschutzes er sich hinauswagen würde.

„Er nimmt sich die Zeit. Er ist entweder beim Stadtrat oder in seiner Wahlkampfzentrale. Ich denke, er wird der nächste Bürgermeister werden. Das wird Seattle guttun."

Jemand hat eine Menge Geld dafür bezahlt, dass die Wahl

anders ausgeht, dachte ich. *Viel billiger als eine Spende an ein politisches Wahlkampfkomitee.*

„Das denke ich auch." Ich warf einen Blick auf den Livestream. Die Sitzung war noch im Gange und lief gut. Es war für uns beide an der Zeit, weiterzumachen.

„Wenn Sie mich entschuldigen würden." Sie verbeugte sich anmutig, bevor sie sich umdrehte, um den Tisch des Paares abzuräumen, das sie hinausgeworfen hatte.

Bisher war noch nichts Spektakuläres in dieser Sitzung passiert. Es schien alles nur sinnloses Geschwätz zu sein. Ich hörte weiter zu, während ich den Browser meines Telefons benutzte, um die Adresse der Wahlkampfzentrale herauszufinden. Kicker hatte ein Büro hier um die Ecke und ein zweites in seinem Bezirk im Nordosten.

Das Büro in der Innenstadt von Seattle lag nur ein paar Blocks entfernt. Ein angenehmer Spaziergang. Ich wartete noch zwanzig Minuten, bis die Sitzung fast vorbei war. Es war die letzte an einem kurzen Tag im Gemeinderat. Ich trank meinen Kaffee aus, steckte einen Zwanziger unter die Tasse und ging.

Nächster Halt: Jimmy Tripplethorns Wahlkampfzentrale. Ich schlenderte durch die kühle Luft, die sich durch die hohe Luftfeuchtigkeit noch etwas kälter anfühlte, aber ich war froh, dass es wenigstens nicht regnete.

KAPITEL VIER

„Wenn die Sorgen kommen, kommen sie nicht einzeln, sondern in Bataillonen." William Shakespeare

Ich dachte an das streitende Paar. Die Kellnerin hatte die Situation großartig gemeistert. Ich hätte die Sache auch klären können, aber mich einzumischen war nicht gut für mich als Agent. Wären die beiden ihr gegenüber gewalttätig geworden, hätte ich sofort eingegriffen. Ich konnte es nicht leiden, wenn jemand dafür angegriffen wurde, dass er seine Arbeit machte. Andererseits konnte sie vielleicht auch diese Art von Konflikt selbst lösen. Manchmal zog ich voreilige Schlüsse.

Ich wollte sympathisch wirken. Auf Fremde, die mir loyal waren. Aber dann würden andere Fremde wissen, wie gefährlich ich sein konnte.

Auf der Liste der Vor- und Nachteile meines Berufes war das kein Vorteil.

Um etwaige Beobachter loszuwerden, machte ich mich auf den Weg den Hügel hinunter und ging parallel zu der Straße entlang, in der sich seine Wahlkampfzentrale befand, zog meine Jacke aus, nahm den Hut ab und klemmte mir beides unter den Arm. Ich kam am anderen Ende der Zentrale an und drehte mich um – in Richtung Rathaus.

Draußen war eine Flut von Schildern angebracht worden. „Wählt Jimmy!" „Tripplethorn. Ein dreifacher Gewinn – für dich, deine Gemeinde UND Seattle." Ich schlenderte in die Lobby des zwölfstöckigen Bürogebäudes, wo mir weitere Schilder den Weg in den dritten Stock wiesen.

Das Bürogebäude war kein guter Ort für einen Schuss. Kein Zugang zur Straße. Vielbeschäftigtes Personal, aber insgesamt nicht viele Leute. Es war zu auffällig und es gab nur einen Eingang, es sei denn, im hinteren Bereich gab es eine weitere Tür, die zu einem Servicekorridor führte. Das würde die Sache zu meinen Gunsten ändern.

Dies würde mein einziger Besuch sein.

Die Arbeiter waren motiviert, mir zu helfen. Ich schlenderte hinein und versuchte, nicht auf das Durcheinander von Rot, Weiß und Blau zu starren.

„Sind Sie einer der freiwilligen Wahlkampfhelfer?", fragte ein vorlauter College-Student, während er versuchte, eine Ansteckplakette an meiner Brusttasche anzubringen. Ich ließ ihn an meiner Kleidung herumfummeln, während ich an ihm vorbei spähte. Der Empfang und das Großraumbüro dahinter wirkten wie eine Mischung aus Lagerhaus und Callcenter. Im hinteren Teil sah ich eine Reihe von geschlossenen Bürotüren, hinter denen Licht brannte.

„Nein, aber wie kann ich Jimmy helfen, ohne mich freiwillig zu melden?" Ich lächelte unter meiner Seahawks-Kappe hervor und versuchte, wie ein Parteifreund zu wirken.

„Reden Sie über seine Arbeit! Stellen Sie ein Schild in

Ihrem Garten auf, in ihren Fenstern, kleben Sie einen Aufkleber auf Ihre Stoßstange, tragen Sie Ihren Anstecker und überzeugen Sie jeden, den Sie treffen!"

„Das hätte ich mir denken können. Ich habe keinen Garten, aber ein Auto. Kann ich die ganzen Sachen hier kriegen?"

Er führte mich zu einer Seitenwand, die wie die Schnäppchenabteilung eines Billigladens aussah. Ich nahm eine Vielzahl von Werbematerialien, nur eines von jedem.

„Wie wäre es mit etwas für weniger gut vertretene Gemeinschaften?" Er führte mich nach hinten, ohne auf eine Antwort zu warten.

Mehr Behälter enthielten noch mehr Materialien. Rosa und Regenbogenfarben herrschten vor. Ich nahm von allem etwas, um auf jede Situation vorbereitet zu sein.

„Sie sind der Beste, Mann. Danke." Sympathisch. Er sah mich wahrscheinlich als alten Mann. Ich hätte meine Ausgelassenheit wohl mit dem Wort *groovy* unterstreichen sollen.

„Jimmy ist der Beste! Deshalb sind wir alle hier, um unseren zukünftigen Bürgermeister zu unterstützen, indem wir unseren Teil zu seinem Wahlsieg beitragen!"

Ich lächelte ihn an und begann zu gehen, zögerte aber, als ich die Eingangstür erreichte. „Macht es Ihnen etwas aus, wenn ich zuschaue, wie Sie mit der Öffentlichkeit umgehen? Ich möchte nicht ungeschickt mit meiner Botschaft sein. Ich bin sicher, ihr seid alte Hasen darin."

„Wir sind motiviert zu gewinnen!", platzte mein Begleiter mit größter Begeisterung heraus. „Sie können sich hier drüben hinsetzen und unseren freiwilligen Helfern zuhören, wie sie unsere Botschaft an zukünftige Fans und Anhänger weitergeben."

„Den ganzen Weg zum Weißen Haus?", fragte ich mit

leiser Stimme. Mein Begleiter strahlte, legte aber einen Finger auf seine Lippen.

„Wäre das nicht großartig?“, flüsterte er und bedeckte seinen Mund mit einer Hand, um seine Freude zu verbergen. Ich nickte und besiegelte damit unseren Komplott.

Er deutete zu einem Tisch, wo ich mir einen Stuhl schnappte und einige von Tripplethorns Unterlagen zu mir herüberzog. Auf dem Tisch lagen Ausdrucke des Terminplans des Stadtrats für diese Woche verstreut. Ich schob einen in meinen Stapel von Unterlagen.

Dann richtete ich meine Aufmerksamkeit auf die Telefonisten, die ihre Anrufe tätigten.

„Schließen Sie sich uns an …“

„Stehen Sie auf der richtigen Seite dieses geschichtsträchtigen Moments …“

„Zeigen Sie, wie sehr Ihnen Seattle am Herzen liegt …“

„Seien Sie ein Gewinner …“

Emotionales Engagement erfüllte die Luft. Selten wurde den Freiwilligen eine inhaltliche Frage gestellt, aber wenn es passierte, hatten sie Listen mit vorbereiteten Antworten parat für alles, vom Gesundheitswesen bis zu Stoppschildern. Der Freiwillige blätterte sie dann durch und las den Wortlaut vor, um ihn genauso wiederzugeben, wie er gemeint war.

Ich fragte mich, wer die Phrasen formulierte, Kicker oder ein Psychologe, um die positivste Reaktion beim Zuhörer hervorzurufen? Oder jemand wie die Typen für zivile Angelegenheiten, die ich im Korps kennengelernt hatte? Die in der Wüste umherliefen und Chaos verursachten? Ich verstand ihre Absichten, aber sie verfehlten das Ziel zu oft, um sie auf eine feindliche Bevölkerung loszulassen. Die Offiziere, „Nullen“, wie wir sie nannten, hielten diese Typen im Zaum.

Der Fehler lag in der Strategie, nicht in der Taktik. Wir setzten sie zu spät ein. Sie waren schlecht in der Schadensbegrenzung. Die wenigen Orte, die sie zuerst betraten, funktionierten viel besser. In diesen Dörfern mussten wir nicht den Hammer schwingen. Dort brachten sie die Leute dazu, der Autorität Folge zu leisten. Wenn es richtig gemacht wurde, machten die Einheimischen mit. Wenn es falsch gemacht wurde, wehrten sie sich.

Höchstwahrscheinlich Leute von PsyOps. Psychologische Operationen. Zweifellos waren sie gut für politische Kampagnen geeignet, obwohl kein Politiker zugeben würde, PsyOps zu benutzen. Politikwissenschaftler. *Am besten wären es wohl Politikpsychologen ...*

Losgelöst von den Kämpfern in einem Krieg waren sie kaum mehr als eine Propagandamaschine. Genau wie ein Wahlkampfbüro.

Willkommen in der binären Welt von heute, wo die Menschen gezwungen waren, für uns oder gegen uns zu sein. Sei ein Gewinner, wähle Jimmy. Allein schon der Enthusiasmus und die Freude, die die Telefonisten beim Überbringen der Botschaft an den Tag legten, waren auf ihre Weise überzeugend.

Dabei bekam ich eine Gänsehaut. Ich hatte mir nicht die Mühe gemacht, mir das Wahlkampfprogramm des Kandidaten anzusehen, weil es mir nichts bedeutete. Das waren nur Worte. Taten sagten viel mehr über ihn aus.

Ein Aufruhr in der Nähe des Eingangs. Die Freiwilligen reagierten, indem sie aufsprangen und jubelten. Ich stand auf, um zu sehen, was vor sich ging. Jimmy Tripplethorn höchstpersönlich, lächelnd und winkend.

Die Menge begann zu klatschen. Ich schloss mich ihnen gemächlich klatschend an und versuchte, nicht aufzufallen. Kicker schlängelte sich durch die Menge, schüttelte Hände und begrüßte Helfer bei ihren Namen. Er ging die Telefonkabinen entlang, bevor er mich bemerkte.

„Ein neuer Wahlkampfhelfer?" Er streckte die Hand aus. „Nennen Sie mich Jimmy."

Ich war älter als die meisten anderen im Büro, mit Ausnahme von zwei Achtzigjährigen, die die Anrufe bei älteren Bürgern übernahmen. „Kein Freiwilliger." Ich nahm seine Hand und schüttelte sie fest genug, um ihn wissen zu lassen, dass er nicht die Oberhand hatte. Er lächelte, als er sie losließ. „Aber ich bin hier, um zu sehen, wie ich Bürgermeister Jimmy Tripplethorn unterstützen kann."

Ich sah, wie jemand ein privates Handy hochhielt. Schnell bewegte ich mich zur Seite, um der Kamera den Rücken zuzuwenden.

„Ihr Wort in Gottes Ohr. Aber ich bin hier, um den Menschen zu dienen. Es geht nicht um mich, sondern um Seattle und die guten Menschen, die in diesem Bezirk leben. Wie heißen Sie, mein Freund?"

„Randy Bagger." Ich hatte den Namen noch nie zuvor benutzt und würde es auch nie wieder tun. Jimmy ging weiter. Zwei der Bürotüren öffneten sich und Führungskräfte traten in den offenen Bereich. Ein Mann. Eine Frau. Die Kampagnenmanager.

Kicker betrat ein Büro im hinteren Bereich und die beiden Führungskräfte folgten ihm. Sie schlossen die Tür hinter sich. Ich nahm meine Autoaufkleber und Schilder, den Zeitplan und ein paar Ansteckplaketten, stopfte sie in eine Tripplethorn-Tragetasche – natürlich vollständig biologisch abbaubar – und ging zur Vordertür. Ich schaute geradeaus und vermied es, mit den Mitarbeitern Blickkontakt aufzunehmen.

Ich brauchte keine Fotos von mir mit Jimmy Tripplethorn. Wenn es eine Ausbildung zum Agenten gegeben hätte, wäre die strikte Regel, nicht mit dem Ziel gesehen zu werden, Teil der Hauptdirektive gewesen, niemals Kontakt mit dem Ziel aufzunehmen. *Fühle ich mich wohl dabei, jemanden zu töten, den ich nicht kenne?* Bei der Frage hatte ich gelacht, aber jetzt tat ich das nicht mehr. Einen Menschen zu töten, erforderte ein gewisses Maß an Distanz, das ich noch nie unterschritten hatte. Noch nie hatte ich jemanden getötet, den ich kannte. Dieses würde das erste Mal sein.

Ich hatte dem Mann die Hand geschüttelt.

Es war an der Zeit, meine Perspektive zu ändern.

Die Wahlkampfzentrale war ein viel einfacheres Ziel als das Rathaus. Ich konnte den Anschlag nicht im Rathaus verüben. Es wurde zu gut bewacht und es war zu schwer hinein und wieder herauszukommen, wenn ich nicht mehr Zeit hatte, nach Schwachstellen zu suchen. Tripplethorn war nicht wichtig genug für einen privaten Sicherheitsdienst, noch nicht, aber bald würde es so weit sein. Das machte ihn vorläufig fast überall sonst angreifbar.

Es war an der Zeit, sich noch ein wenig intensiver dem Kandidaten Tripplethorn zu widmen.

Ich suchte nach der Tür zum Servicekorridor. Sie befand sich neben der Treppe und ich drückte die Klinke hinunter. Ich war angenehm überrascht davon, dass sie nicht verschlossen war. Ich zuckte verwirrt mit den Schultern für den Fall, dass eine Kamera mich aufzeichnete, und ging weiter durch die Tür und einen schmalen Korridor entlang, der zur Rückseite des Gebäudes führte. Dort, wo sich in dem Korridor eine Hintertür für jedes der Büros befand, bog ich links ab.

Davor stand ein Mann vom Putztrupp. Er sah nicht wirklich in meine Richtung. Schilder an zwei der Türen wiesen darauf hin, dass diese Büros zur

Wahlkampfzentrale gehörten. Als ich den alten Mann erreichte, blieb ich stehen.

„Ich suche eigentlich die Treppe. Vorhin war sie einfacher zu finden." Ich streckte meine Hände aus. Er betrachtete die Tasche, die an meinen Fingern baumelte.

Mit hochgezogenen Augenbrauen studierte er meine Gesichtszüge.

„Sie sind kein Fan von Jimmy Tripplethorn. Können Sie mir sagen, warum? Ich habe mich noch nicht entschieden."

„Bah!" Er warf eine Hand in die Luft, als wolle er mir damit sagen, dass ich verschwinden solle, aber sein Zorn war nicht auf mich gerichtet. „Jede Sekte wie diese sagt mir alles, was ich wissen muss. Weiße Weste. Von wegen! Ich lebe schon lange hier, habe die ganze Zeit über hier gearbeitet. Politiker kommen und gehen, aber ich habe noch keinen einzigen getroffen, der sauber war."

Ich beugte mich vor und lege eine Hand an meinen Mund. „Was denken Sie, was er vorhat?"

„Nichts Gutes!", erklärte der Mann und lächelte voller Stolz über seine Antwort. Er wandte sich wieder dem Müll zu, den er eingesammelt hatte, bereit, ihn auf einem kleinen Karren wegzuschieben.

„Das ist nur allzu wahr", stimmte ich zweideutig zu. „Reinigen Sie diese Büros?"

Er nickte, während er weiter die Tüten zuschnürte.

„Sexkapaden nach Feierabend?"

„Wenn Sie wüssten! Ich fange früh an und Sie sollten mal sehen, was in den Büros alles liegen bleibt."

„Auch in Jimmys?"

Er schüttelte den Kopf. „Er ist zu schlau, um sich bei so was erwischen zu lassen." Der alte Mann tippte sich mit einem Finger an die Nase. „Er führt nichts Gutes im Schilde, das sage ich Ihnen."

Ich tippte mir als Antwort ebenfalls auf die Nase und winkte ihm zu, bevor ich mich umdrehte und ging.

Er hatte mir keine Informationen geliefert, aber bestätigt, was ich auch vermutete. Könnte Kick-mich-in-den-Jimmy-Tripplethorn sauber sein?

Aber wer wollte dann seinen Tod? Gab es eine kriminelle Vereinigung, die um ihre Existenz fürchtete? Mehr Fragen.

Im Treppenhaus sah ich mich nach Kameras und der Sicherung der Türen um. Nach alternativen Zugängen und möglichen Fluchtwegen. Im Erdgeschoss führte die Treppe weiter hinunter zu einer unterirdischen Etage, doch ich verließ das Gebäude und kratzte mich im Gesicht und gähnte, um die Kamera in der Lobby zu vermeiden. Ich ging, weil meine Arbeit erledigt war.

Auf der anderen Straßenseite, ein Gebäude näher am Rathaus, befand sich im zweiten Stock ein Café mit einer Terrasse. Ich betrat es mit der Absicht, dort Zeit zu verbringen, zu warten und zu beobachten und die Zeitpläne derer herauszufinden, die in dem Gebäude arbeiteten, in dem sich die Wahlkampfzentrale befand.

Es war gerade mal dreizehn Uhr. Ich hatte den größten Teil des Mittagsansturms verpasst.

Ein Lieferwagenfahrer fuhr in die Ladezone vor dem Bürogebäude auf der anderen Straßenseite. Er tippte etwas in sein Telefon. Zwei Minuten später erschien mein überschwänglicher Wahlkampfhelfer mit zwei der Telefonisten. Sie schnappten sich diverse Tüten und Kisten und taumelten unter der Last auf dem Weg zurück hinein.

Ein alternativer Ansatz, um etwas hineinzubekommen oder für Ablenkung zu sorgen. So viele Möglichkeiten für einen Opportunisten wie mich.

In meinem Kopf begann ein Plan, Gestalt anzunehmen.

Ich musste noch Kleidung kaufen und ein zweites Mal durch Jimmys Nachbarschaft fahren.

Ich hatte an diesem Tag schon zu oft gegessen, bestellte aber trotzdem, um mir einen Platz auf der Terrasse mit Blick auf das Gebäude gegenüber zu sichern. Ich zog den Zeitplan aus der Tasche. Er war ein viel beschäftigter Mann und dank der Kampagne hatten sie jede Stunde für die nächste Woche durchgeplant. Ich fragte mich, wann sie den Zeitplan für die nächste Woche fertig haben würden.

Riskierte ich es, noch einmal hineinzugehen, oder plante ich den Anschlag früher? Niemand sagte, dass ich mir die vollen zwei Wochen Zeit nehmen musste, um den Auftrag auszuführen. Ich entschied, dass die Rückkehr in die Wahlkampfzentrale ein zu großes Risiko darstellte.

Der Plan für den heutigen Tag sprang mir ins Auge. Ab achtzehn Uhr hatte Tripplethorn einen Abend mit Besprechungen in der Bezirks-Wahlkampfzentrale geplant. Ich musste dorthin, um seine Ankunft und Abreise auszuspähen. Am Montag hatte er eine identische Reihe von Meetings.

Das war die Gelegenheit. Würde ich sie ergreifen?

KAPITEL FÜNF

„Ich gehe lieber mit einem Freund in der Dunkelheit als alleine bei Tageslicht." Helen Keller

Auf der anderen Straßenseite tat sich nichts, solange ich zusah und auf meinen Salat und ein Mineralwasser wartete. Ich hatte das Gefühl, dass ich alles gesehen hatte, was ich brauchte, und dass es Zeitverschwendung wäre, noch länger zu warten. Ich aß schnell, als mein Essen kam, und ging, sobald ich bezahlt hatte. Dann eilte ich zu meinem Auto im Parkhaus. Ich ging mit einem Gefühl der Zielstrebigkeit. Normale Leute gingen so nicht. Marines gingen so, wenn sie etwas zu tun hatten. Ich zwang mich, langsamer zu gehen, meine Schultern ein wenig hängen zu lassen und woanders hinzuschauen als dorthin, wo ich gerade hinwollte.

Ich blieb mir meiner Umgebung bewusst, während ich mich auf den vor mir liegenden Weg konzentrierte und Blickkontakt mit den Personen in meinem Umfeld aufnahm, um mich zu vergewissern, dass sie keine Bedrohung darstellten.

Den Hügel hinunter und in das Parkhaus. Ich musste am Eingang bezahlen, hatte aber mein Ticket nicht dabei. Also ging ich zum Auto, um es zu holen. Das Parkhaus war voll bis auf den letzten Platz. Ich kehrte zurück und bezahlte in bar, was mir ein paar Münzen als Wechselgeld einbrachte. Mit meinem frisch entwerteten Ticket kehrte ich zu meinem Auto zurück.

Die Garage zu verlassen war einfach. Mein Telefon führte mich zu einem Goodwill, einem Bekleidungsladen, der weniger als fünf Minuten entfernt war. Entlang der Straße wurde ein Parkplatz frei und ich schnappte ihn mir. Dann sah ich mich misstrauisch um, da ich meinem Glück niemals traute. Das Karma sorgte immer für Kummer. Aber nichts geschah.

Ich ging hinein.

Meine Größe zu finden, war einfach. Die Zweiunddreißig war allgemein verfügbar und dominierte einen Teil des Regals unter dem Schild, das die Taillengrößen anzeigte. Ich suchte das Regal ab und nahm mir die ausgewaschenste Hose, die ich finden konnte, zusammen mit einer schönen eng anliegenden Jeans, denn das war es, was die Mehrheit der Mitarbeiter in Kickers Büro getragen hatte. Ein Paar Schuhe, drei Hemden, eine Sportjacke, ein Paar Trainingsshorts und ein paar T-Shirts später war ich bereit zu zahlen. Ich ließ den ganzen Haufen auf den Tresen fallen.

Die Kassiererin ging mit einer klinischen Abgeklärtheit an die Arbeit, die mir sagte, dass sie eigentlich nicht hier sein wollte. Die Sachen machten fünfundsiebzig Dollar aus. Ich zählte vier Zwanziger ab und legte sie auf den Tresen. „Der Rest ist eine Spende für die gute Arbeit, die Sie leisten." Ich schnappte mir meine neue Garderobe und ging, bevor sie antworten konnte.

Im Auto warf ich alles auf den Rücksitz. Kleiderkauf

erledigt – ich hatte meine Outfits für die nächsten zwölf Tage.

Bevor ich aus der Parklücke fuhr, drehte ich Rushs *The Analog Kid* auf und rockte zu den ersten Takten, um mich von ihnen motivieren zu lassen. *Sing es, Mann.*

Ich hatte genug Zeit, zurück zum Hotel zu fahren, meinen Müll zu entsorgen und eine Trainingseinheit zu absolvieren. Es sah so aus, als würde das Abendessen viel später stattfinden, als ich ursprünglich gedacht hatte. Ich rief besser Jenny an.

„Ja, mein Liebhaber", antwortete sie mit sinnlicher Stimme. Ich musste rechts ranfahren und auf mein Handy schauen, um sicherzugehen, dass ich die richtige Nummer gewählt hatte. „Ian, bist du noch dran?" Die Sinnlichkeit musste schnell einer gewissen Panik weichen.

„Das bin ich. Ich hatte gerade mächtig Herzklopfen und musste rechts ranfahren."

„Ist das etwas Gutes oder etwas Schlechtes?"

„Es weckt in mir den Wunsch, nicht dieses späte Meeting zu haben, das gerade angesetzt wurde. Ich habe den Nachmittag frei und bin auf dem Weg ins Hotel, um noch ein Workout einzulegen, bevor ich zurück muss."

„Du hast heute Abend also keine Zeit für mich?" Sie klang traurig. Die Extreme einer möglichen Beziehung. So viele Geschichten, die sie nur sich selbst erzählen konnte. „Ich war zu schnell, nicht wahr?"

Ich lächelte. „Willst du mich verarschen? Ich kann es kaum erwarten, dich zu sehen. Ich wollte dir nur sagen, dass ich ein Abendessen besorgen kann, aber wohl eher gegen zweiundzwanzig Uhr. Kannst du so lange warten oder soll ich dir schon früher etwas aufs Zimmer bringen lassen?"

Ich dachte, ein Schluchzen zu hören. Ich hatte keine Ahnung, was los war.

„Ich habe mein ganzes Leben auf dich gewartet", presste sie hervor. Wieder musste ich auf mein Telefon schauen. Ich wusste nicht, warum mich das überraschte. Ich wusste, wie man dieses Spiel spielte, wie man freundlich war, indem man zuhörte und Fragen stellte. Ich wusste auch, dass die Reflektierten die emotional Verletzlichsten waren.

Aber das hier war kein Spiel. Ich ging nicht mit einer Frau ins Bett, die mir nichts bedeutete. Bedeutung brauchte ich mehr als den körperlichen Akt und die intellektuelle Verbindung, um die Gefühle auszulösen. Ich brauchte das Gesamtpaket. Und ich hatte es gefunden, versteckt hinter dem Funkeln von Jennys traumhaften Augen. Ich lebte den Zwiespalt eines Agenten. Menschen durften keinen Stellenwert für mich haben, aber sie taten es dennoch. Das gab mir den Trost zu tun, was ich tun musste.

„Die Sonne kam heute heraus, um deine Schönheit zu unterstreichen." In meinem Kopf hatte das viel cooler geklungen. „Schnulzig, ich weiß. Tut mir leid. Ich rufe dich an, wenn ich heute Abend auf dem Weg bin. Ruh dich ein bisschen aus. Du wirst es brauchen."

„Ich kann dich im Hotel treffen. Ich bin nur eine Viertelstunde entfernt."

„Für ein Workout im *Fitnessraum!*", stellte ich klar. Ich hatte ein paar Stunden Zeit, aber ich musste meine Nachforschungen über Kicker und seine Frau fortsetzen – trotz des wachsenden Wunsches, mein Leben lebenswert zu machen.

Ich könnte meinen Computer zu meiner spontanen Überwachungsaktion mitnehmen, aber das war ein Kompromiss, und Kompromisse konnte ich nicht eingehen. Nein. Ich musste früh ins Bett. Erst schlafen und dann recherchieren. Vier Stunden würden mir reichen. Das würde funktionieren.

Es stellte sich die Frage, wie viel Energie sie hatte.

Ich hatte Arbeit zu erledigen. Die Art, die mit dem Tod endete, entweder mit dem meines Ziels oder meinem eigenen.

Der Bereich in meinem Kopf, den Jenny Lawless jetzt für sich beanspruchte, blieb offen. Ich versuchte, mir vorzustellen, was die nächsten zwölf Tage bringen würden, aber ein Nebel verschleierte alle Antworten.

Ein Tag nach dem anderen mit Fokus auf Montag, basierend auf dem, was ich heute gesehen hatte. Ich musste wissen, wer wann die Bezirkswahlkampfzentrale betrat und verließ, und brauchte eine Liste der relevanten Personen. Sie würden die ersten sein, die kamen, und die letzten, die gingen. Sie waren diejenigen, die ich überlisten musste.

Sie hatten alle ihre Schwächen. Ich musste sie nur herausfinden.

Aber zuerst musste ich meinen Körper trainieren, um einen scharfen Verstand zu bewahren.

***

Ein fast leerer Parkplatz. Ich hatte keine Ahnung, welchen Wagen Jenny fuhr, also wusste ich nicht, ob sie schon da war.

Die Lobby war leer und nicht einmal ein Rezeptionist stand hinter dem Tresen. Ich ging die Treppe hinauf und direkt in mein Zimmer, um meine neuen Klamotten auf der Kommode abzulegen. Meine Sachen von gestern zog ich aus und schlüpfte stattdessen in die Shorts und eines der neuen T-Shirts. Ich bückte mich, um meine Sportschuhe zu schnüren, die sowohl zum Laufen als auch für ein Workout oder die Straße geeignet waren.

Ein leises Klopfen an meiner Tür signalisierte die

Ankunft meines Gastes. Ich steckte meine Schlüsselkarte zusammen mit meinem Handy in meine Tasche und öffnete die Tür. Es folgte eine kurze Rangelei. Ich hinderte Jenny daran, hereinzukommen, und sie hinderte mich daran, hinauszugehen. Ich schlang meine Arme um sie und küsste sie, bis wir beide Luft holen mussten. „Zieh deine Trainingssachen an und begleite mich."

Sie machte ein langes Gesicht.

Ich winkte ab, bevor sie etwas sagen konnte. „Du erinnerst mich an Ashley Graham. Ich kenne deine Kleidergröße und ich mag dich so, wie du bist. Aber *ich* muss fit bleiben und ich möchte, dass du mitkommst. Gesund zu sein hat nichts mit Gewicht oder Größe zu tun, sondern damit, dass das, was hier drin ist, so funktioniert, wie es soll." Ich tippte ihr auf die Mitte der Brust, bevor ich ihr Gesicht in beide Hände nahm und sie erneut küsste. „Ich warte auf dich. Der Trainingsraum ist am anderen Ende der Lounge."

Ich verpasste ihr einen etwas zu festen Klaps auf den Hintern, denn sie sprang auf. Ich wollte mich sofort entschuldigen, aber sie lachte. „Schon gut, ich gehe ja schon. Ashley, das Übergrößen-Model? Und woher kennst du meine Größe?" Sie schüttelte ihr Haar, während sie ihre Schlüsselkarte zückte.

„Ashley, das Supermodel. Sonst nichts." *Woher kannte ich ihre Größe?* Ich hatte ihre Kleider für sie zusammengelegt, weil sie sie auf einem Haufen nicht weit von meinen liegen gelassen hatte. Es war schwer, nicht darüber zu grinsen, was danach passiert war.

Die Treppe hinunter und links in den spärlich ausgestatteten Trainingsraum. Eine Bank, um Bauchübungen zu machen. Ein Laufband. Ein Stepper. Ein Gerät mit einem Stapel von Gewichten für Oberkörperübungen. Typischer Hotelkram, selbst in einer gehobenen Unterkunft wie dieser. Der einzige Unterschied? Diese Geräte waren neu, anstatt dass auf der Hälfte davon ein „außer Betrieb"-Schild hing.

Ich begann mit dem Gerät für den Oberkörper mit wenig Gewicht, damit ich eine hohe Anzahl von Wiederholungen durchführen konnte.

Jenny kam herein und warf einen Blick auf die beiden Gewichte. „Mein Wahnsinn hat Methode", sagte ich, auch wenn sie nichts gesagt hatte. Ich wollte sie beeindrucken.

Sie hüpfte auf das Laufband und begann zu gehen. Ich erhöhte das Gewicht für die Brustpresse, stand mit dem Rücken zum Gerät und drückte nach außen. Dann drehte ich mich für die Curls in die andere Richtung. Nicht optimal, aber meine Möglichkeiten waren begrenzt. Ich konnte das Training nicht, wie üblich, in Ziehübungen und Drückübungen aufteilen. Im Vorfeld dieses Auftrags hatte ich zu viele Trainingseinheiten auslassen müssen. Es war Teil meiner Strategie, in Form zu sein. Die Leute könnten versuchen, mich aufzuhalten. Ich musste vielleicht um mein Leben rennen, mich möglicherweise sogar durchkämpfen. Selbst mit Adrenalin in der Blutbahn musste ich in Topform sein.

Den Beintag ließ man niemals aus.

Nach einer halben Stunde Krafttraining stellte ich mich auf den Stepper. Jenny schwitzte stark und atmete schwer, aber sie gab nicht auf. Ich erhöhte den Widerstand und beanspruchte den Stepper, um einhundert Stockwerke zu bewältigen. Erst zum Abkühlen verlangsamte ich mein Tempo. Nach insgesamt einer Stunde im Fitnessraum war ich fertig. Jenny hörte in der Sekunde auf, in der ich es tat.

Sie hielt sich am Geländer des Laufbands fest, um ihre wackeligen Beine auszubalancieren. „Du hättest es früher hinschmeißen können", sagte ich zu ihr.

„Das ist kein Wort, das du jemals aus meinen Mund hören wirst."

Meine Hand fand ihre. Das wäre auch meine Antwort gewesen. Setze dir realistische Ziele und erreiche sie, und dann leg noch eine Runde drauf.

Sie lehnte sich zu mir und ich küsste sie sanft. Ich schmeckte das Salz von dem Schweiß, der ihr über das Gesicht lief. Die Tür öffnete sich und andere aus ihrer Gruppe kamen herein. Die beiden von letzter Nacht. Sie starrten uns an. Sie zuckte zurück, als hätte man uns beim Rauchen auf der Toilette erwischt. Ich ignorierte sie jedoch und zog sie für einen weiteren zärtlichen Kuss an mich.

„Du hast die letzte Einheit verpasst", unterbrach mich eine ihrer Freundinnen. Jenny lehnte sich lässig zurück und lächelte mich mit funkelnden Augen an. Ich verlor mich zufrieden in diesem Augenblick. Die Freundinnen hielten ihr jedoch den Rücken frei. „Wir werden dir eine Zusammenfassung geben, damit dein Direktor nicht denkt, du hättest geschwänzt."

Jenny seufzte und drehte sich wieder zu mir um. „Ich hatte große Hoffnungen, dich unter die Dusche zu bekommen", flüsterte sie. „Aber die Pflicht ruft."

Ich schaute auf die Uhr an der Wand und schürzte die Lippen, während ich rechnete. „Die Zeit reicht bei Weitem nicht aus, um dir vor dem Meeting gerecht zu werden. Ich muss diesmal leider passen. Aber das Essen geht auf mich." Ich machte einen Schritt auf die Tür zu und die Frauen bewegten sich zur Seite. Ich schaute über meine Schulter. „Bis heute Abend."

Frauen in meinem Alter, die kicherten wie Schulmädchen. Ich wusste nicht, ob sie sich für ihre Freundin freuten oder nur auf heißen Klatsch aus waren. Aber ich ließ es mir nicht zu Kopf steigen.

Als sich die Tür des Fitnessraums schloss, schloss sich

auch dieser Bereich meiner Gedanken. Ich atmete tief durch und fühlte mich gut, aber müde vom Schlafmangel. Doch das spielte keine Rolle. Schlafen konnte ich später.

Ratsmitglied James Tripplethorn, bald ist es soweit.

Tripplethorns Bezirkswahlkampfzentrale befand sich zwischen einer chemischen Reinigung und einem Lebensmittelladen. Einige Kameras deckten jeden Zentimeter des Gebäudes ab und diejenigen, die auf dem Dach montiert worden waren, überwachten den Parkplatz. Auf der anderen Straßenseite befand sich eine gut beleuchtete Tankstelle, an der ein reges Kommen und Gehen herrschte. Verräterische Überwachungskameras hingen über den Zapfsäulen vom Dach.

Ich parkte um die Ecke in einer toten Zone zwischen zwei gut besuchten Geschäften. Ich wartete, bis der Verkehr zunahm, bevor ich ausstieg. Eine Reihe von Lastwagen raste vorbei und versperrte die Sicht auf einen einsamen Fußgänger, der versuchte, die Straße zu verlassen. Die abgetragene und verwaschene Hose saß locker, weil ich den Gürtel nicht allzu festgezogen hatte. Ich trug meinen Trenchcoat über einem T-Shirt, ließ ihn aber offen, um den gewünschten Effekt besser zu erzielen.

Verwahrlost. Obdachlos. Der Typ, den die meisten Leute lieber ignorierten. Ich fand ein schattiges Plätzchen am Rande des Parkplatzes und holte eine Flasche durchsichtiges Gatorade heraus. Es war echt, denn ich musste nach dem Training genug trinken.

Ein Beobachter hätte nicht vermutet, dass es sich um etwas anderes als getarnten Schnaps handelte.

Sich unsichtbar machen. Die Erwartungen der Menschen erfüllen.

Improvisation. Eine Gatorade-Flasche mit Alkohol, die durch ein Autofenster gesteckt wurde, konnte ein Brandsatz sein, der alles und jeden im Inneren in Brand stecken würde. Und niemand würde damit rechnen.

Alles, was ich brauchte, war eine Bestätigung dafür, wie Kicker kam und ging – das und ein Ausstiegsszenario. Ich trank lässig mein Gatorade, während ich zwischen einem Busch und einem Lichtmasten saß. Die Büros in der Zentrale waren gut beleuchtet und es hielten sich nur wenige Leute darin auf. Im Laufe der nächsten Stunde trafen Freiwillige und Mitarbeiter ein, die im mittleren Bereich parkten, da die Geschäfte des Einkaufszentrums noch geöffnet waren und die erste Reihe voll war.

Ich hielt Ausschau nach dem Escape Hybrid, aber meine Zielperson fuhr nicht selbst.

Kicker kam mit seinen beiden Wahlkampfmanagern aus dem Innenstadtbüro an. Ich hatte ihre Namen auf dem Dienstplan gelesen. Er saß vorne, zusammen mit Antoinette Bickness. Ken Renton lehnte sich auf dem Rücksitz zurück.

Sie parkten auf dem reservierten Platz ganz vorne. Kicker und Ken kletterten heraus, schlossen die Türen und winkten. Antoinette fuhr rückwärts aus der Parklücke und über den Parkplatz, um weiter entfernt von der Eingangstür zu parken. Sie wählte einen Parkplatz unangenehm nahe an meinem. Eine Frau ohne Begleitung. Sollte sie keine Angst vor einem Bettler haben?

Sie stieg aus und starrte mich an, während ich meinen Kopf hängen ließ, als befände ich mich in einem verwirrten Zustand zwischen Rausch und Schlaf. Antoinette schlenderte auf das Büro zu, ohne sich umzudrehen. Sie hatte mich im Büro in der Innenstadt nicht wahrgenommen und ich hatte mir große Mühe gegeben, jetzt anders auszusehen. Ich war sicher, aber nicht so sicher, wie ich es gewesen wäre, wenn sie weiter weg geparkt hätte – wie sie es hätte tun sollen.

Zuversicht. Keine Angst. Ich erwartete, dass sie sich verteidigen konnte, ein wichtiger Punkt, den ich mir merken musste. Wenn Kicker von Kämpfern umzingelt war, erforderte eine Ausstiegsstrategie mehr Abstand oder totale Isolation für den Schuss, was meine Optionen einschränkte.

Ein Transporter mit Behindertenausweis fuhr vor und parkte auf dem für Stadtrat Tripplethorn reservierten Platz. Die Seitentür öffnete sich und ein Rollstuhl kam zum Vorschein. Nachdem der Wahlhelfer sich dem Team angeschlossen hatte, schloss sie sich automatisch. Zwei andere Behindertenplätze waren bereits belegt.

Der Kandidat unterhielt eine robuste Gruppe von Freiwilligen, die alle Bereiche des Lebens repräsentierten. Natürlich würde er nicht in der ersten Reihe parken, wenn andere den Platz benötigten.

Meine Lippen schürzten sich von ganz allein. *Wer wollte Jimmy Tripplethorn tot sehen?* Je mehr ich über ihn erfuhr, desto mehr mochte ich ihn. Der Hausmeister sah alles, was sich in diesen Büros abspielte, und hatte nichts Belastendes mitbekommen. Er hatte geringfügige Hinweise bei den Wahlhelfern gefunden. Das brachte mich ins Grübeln. War Tripplethorn das richtige Ziel oder hätte es jemand anders sein sollen?

Mein Vertrag war eindeutig – Jimmy Tripplethorn musste sterben.

Das Friedensarchiv konnte sich keine Fehler leisten, wie etwa die Zielperson zu verwechseln. Sie genossen höchstes Vertrauen.

Ehre unter Dieben. Oder Mördern.

Ich saß im Dreck, angezogen wie ein Bettler, und dachte über Ehre nach.

Es war so weit. Achtzehn Uhr, die Uhrzeit, zu der die Besprechung beginnen sollte. Kicker saß an einem Tisch, während die anderen ihm in einem Halbkreis aus Plastikstühlen gegenübersaßen. Von den Telefonisten über das Personal für die Schilder bis hin zu den politischen Führungskräften auf mittlerer und höherer Ebene waren alle Aufgabenbereiche vertreten.

Soweit ich sehen konnte, war das Treffen lebhaft, es wurde viel gelacht und die Leute beteiligten sich rege an dem Gespräch. Eine unterhaltsame Kampagne mit unterhaltsamen Leuten. Wer kandidierte gegen ihn als Bürgermeister?

Der Amtsinhaber. Andere, die ihre Kandidatur erklärt hatten, hatten sich schnell aus dem Rennen zurückgezogen. Wer wollte den Status quo?

Niemand.

War das der Grund, warum Kandidat Tripplethorn Spaß hatte? War er der Favorit? War der Amtsinhaber so sehr an seine Position gebunden, dass er Kicker töten musste, um seinen Job zu behalten?

Leichen im Keller! Bisher hatte ich keine einzige bei Tripplethorn gefunden. Ich musste meine Suche ausweiten. Den Freitag würde ich online verbringen. Ich würde nichts unversucht lassen, denn irgendetwas musste er verbergen.

Ich setzte mich auf den Bordstein und lehnte mich mit dem Rücken gegen den Lichtmasten. Dann zog ich den Kragen meines Mantels hoch, um den immerwährenden feuchten Nebel von meinem Hals fernzuhalten. Die Washington-Huskies-Kappe hielt ihn von meinen Augen fern. Ich saß still da und wartete darauf, dass die Zielperson einen Fehler machte.

Es war wie die Arbeit als Scharfschütze im Korps. Ich war nicht durch das Scharfschützentraining gegangen, hatte aber bewiesen, dass ich schießen konnte, indem ich auf dem Schießstand mittlere bis hohe Trefferquoten erzielt hatte. Wir brauchten die Fähigkeit, Menschen zu erreichen und anzugreifen, auch wenn uns die Mittel dazu nicht gegeben worden waren. Das wurde meine Aufgabe.

Im Irak hatte ich drei Terroristen aus knapp tausend Metern Entfernung ausgeschaltet. Sie hatten improvisierte Sprengsätze, USBVs, am Rande einer Hauptstraße platziert. Es hatte keinen Zweifel daran gegeben, dass sie Schurken waren. Ich bewunderte ihre Gewissenhaftigkeit, als der Nächste weitermachte, nachdem der Erste gefallen war, bis keiner mehr übrigblieb. Die Jungs vom Entschärfungskommando hatten eine Reihe von Hohlladungen gefunden, die per Fernsteuerung ausgelöst werden konnten, aber noch nicht in die Löcher seitlich des Bürgersteigs eingesetzt worden waren.

Sie wollten mir dafür eine Auszeichnung verleihen, nahmen sie mir aber wieder weg, als ich im Camp in eine Schlägerei geriet. Sie dachten, es wäre besser, als mich anzuklagen. Ich sah es gleich. Ich wollte nicht in den Knast wandern. Die Arschlöcher, die Gefangene in der Kampfzone bewachten, hatten keinen Sinn für Humor. Sie verlegten den anderen Kerl aus der Einheit und zogen ihn von der Front ab. Er hatte muslimische Frauen belästigt, ihnen die Schleier heruntergerissen und sie ausgelacht. Es war auch so einfach genug, einen Mann zu erkennen, der versuchte, Frauen unter ihrer Abaya zu belästigen.

Aber der Typ hat es zum Spaß gemacht. Um seine Dominanz zu demonstrieren. Diesen Müll in meiner Gegenwart zu machen, war eine schlechte Entscheidung gewesen. Der Skipper war meiner Meinung gewesen, aber der Drecksack und ich mussten auf unsere Weise bestraft werden.

Medaillen zahlten keine Rechnungen, aber einen Rang

heruntergestuft zu werden auch nicht. Ich durfte danach noch einmal den Scharfschützen spielen, aber es kamen mir keine weiteren Übeltäter vor die Linse.

Ich stellte mir das Fadenkreuz auf Jimmy Tripplethorns Brust vor. In meinen Tagträumen drückte ich am Ende nicht ab. Im echten Leben würde ich es tun müssen.

Irgendetwas musste er verbergen!

In der zweiten Stunde des Meetings wurde vieles notiert, wobei Antoinette und Ken den größten Teil des Gesprächs führten.

Gegen zwanzig Uhr tauchte ein Pizzabote auf. Kicker selbst ging mit hinaus, um dem Fahrer beim Tragen zu helfen. Sie breiteten sie auf Tischen entlang der Seitenwand aus. Jimmy schüttelte dem Fahrer die Hand, bevor er wieder ging. Der junge Mann schien zufrieden, als er in sein Auto stieg.

Jimmy Tripplethorn verteilte die Teller mit einem Lächeln, während die Crew sich anstellte, um sich einen Happen zu essen zu holen.

Es erinnerte mich an ein Kirchenpicknick. Ich dachte an die Worte des Hausmeisters zurück. *Sekten wie diese ...*

Es wurde zwanzig Uhr dreißig und ein roter Porsche Panamera Turbo dröhnte auf den Parkplatz. Er rollte langsam in die erste Reihe und parkte auf einem Parkplatz, der zur jetzt geschlossenen Reinigung gehörte.

Tricia Tripplethorn stieg aus und schloss leise die Tür. Sie richtete ihr Haar und rückte ihren Hut zurecht, bevor sie sich der Wahlkampfzentrale zuwandte. Mrs. Tripplethorn holte tief Luft, bevor sie den Kopf zurückwarf und zur Tür schritt. Ich stand auf, um einen besseren Blick zu erhaschen. Selbst in hohen Absätzen bewegte sie sich schnell.

Jemand drinnen bemerkte sie und deutete auf sie. Die Köpfe neigten sich und die Stimmung verdüsterte sich augenblicklich. Antoinette machte sich rar und verschwand durch eine der hinteren Bürotüren. Tricia ging hinein, wo ihr nur wenig Freude entgegengebracht wurde, außer von ihrem Ehemann, der ihr entgegeneilte, um sie zu begrüßen. Der Rest des Meetings war eine einseitige Präsentation von Jimmy für seine Wahlkampfhelfer. Sie dauerte nur noch zehn Minuten, bevor er das Treffen beendete. Hastig räumte das Team das Büro auf, stapelte die leeren Kartons neben dem Müll und gingen dann einer nach dem anderen.

Ken versuchte, Small Talk zu betreiben, aber er bewegte sich dabei Stück für Stück auf die Tür zu. Ich fragte mich, wo er hinwollte. Er war mit Antoinette gekommen. Als Tricia sich abwandte, war er wie der Blitz aus der Tür. Er kam in meine Richtung, also begann ich, in Richtung Straße zu torkeln. Ich schaffte es bis zu den Büschen, wo ich mich zum Wahlkampfbüro umdrehen konnte.

Antoinette war bereits draußen und auf dem Weg zum Auto. Fast alle Freiwilligen und Mitarbeiter waren schon gegangen. Kleine Gruppen standen noch auf dem Parkplatz zusammen. Ich torkelte näher, um zuhören zu können, aber der Schuss ging nach hinten los, als die Freiwilligen in ihre Autos eilten und die Türen verschlossen.

Ich entfernte mich ein Stückchen, damit sie sich wieder sicher fühlen konnten. Erneut setzte ich mich auf den Bordstein, was zwar meine Sicht einschränkte, mich aber weniger bedrohlich wirken ließ. Autos parkten rückwärts aus und fuhren davon. Antoinette und Ken rollten auf den Eingang des Parkplatzes zu. Ich senkte meinen Kopf, damit sie mein Gesicht nicht genau erkennen konnten. Die Büroleiterin und die Tripplethorns waren die Letzten, die herauskamen. Ich taumelte zum nächsten Lichtmasten und lehnte mich dagegen.

Jimmy wartete, bis die Büroleiterin abgeschlossen hatte. Sie gaben sich die Hände, bevor die junge Frau zu ihrem Auto ging. Jimmy wartete, bis sie eingestiegen und weggefahren war, bevor er sich zu seiner Frau gesellte.

Sie stand mit verschränkten Armen da. Er stieg ins Auto ein, während sie sich umsah. Ich verschränkte meine Arme auch. Sie starrte mich an und ich glaubte, ein Lächeln auf ihrem Gesicht zu erkennen, bevor sie einstieg, rückwärts aus der Parklücke fuhr und den Motor zum Heulen brachte, um mit quietschenden Reifen in Richtung des Eingangs davonzuzischen.

Ich wartete, bis alle weg waren, bevor ich meine leere Gatorade-Flasche in den Müll warf und den nächsten Zebrastreifen suchte, um zurück auf die Straßenseite zu gelangen, auf der mein Auto geparkt war.

Das Bild wurde immer klarer. Ich brauchte noch eine Menge Informationen, aber jetzt wusste ich, wonach ich suchen musste. Ich wusste, dass Tricia Tripplethorn ein kleines Vermögen bezahlt hatte, um ihren Mann ermorden zu lassen.

KAPITEL SECHS

„Was wirklich zählt, ist, was man mit dem macht, was man hat.“
H.G. Wells

Sobald ich das Auto erreichte, zog ich meine dreckige Hose aus und warf sie in den Kofferraum. Darunter hatte ich meine verschwitzte Sporthose an. Alles an mir roch noch wie frisch gekauft. Ich brauchte noch eine Dusche. Jennys Wunsch würde in Erfüllung gehen.

Es war schon eine Weile her, dass ich etwas gegessen hatte. Mein Mantel war auch dreckig. Ich faltete ihn zusammen und legte ihn auf den Boden vor dem Beifahrersitz. Dann rief ich *2112* von Rush auf. Die erste Hälfte des Albums war lang genug, um mich bis zurück ins Hotel zu begleiten. Das Lied erinnerte mich an Weltraumklänge und Laserstrahlen. Ich wählte die letzte Nummer in meiner Anrufhistorie.

„Du bist früh dran“, antwortete sie prompt.

„Sieh zu, dass die anderen Typen abhauen, Liebste, denn ich bringe nur genug für uns beide mit.“

„Das ist witzig. Was holst du denn?“

„Altbewährtes. General Tsos und gebratene grüne Bohnen mit gebratenem Reis."

„Etwas Handfestes. Und was kriege ich?"

Ich wartete einen Moment. „Einen Test." Es laut auszusprechen half mir, es zu verarbeiten. „Wir haben noch nie zusammen gegessen, also habe ich keine Ahnung, was du verabscheust und was du am liebsten magst, abgesehen von eins achtzig großen Männern mit braunen Haaren und braunen Augen."

„Ich warte immer noch auf eine Antwort."

„Ich werde zu einer glatten Vermutung gezwungen. Gebratene Udon-Nudeln mit Hühnchen."

„Ich gebe dir eine Eins minus. Eier foo young wären meine erste Wahl."

Ich schürzte meine Lippen und grunzte. „Gerade als ich anfing, dich zu mögen, lässt du diese nukleare Wasserbombe auf mich fallen. Welche anderen dunklen Geheimnisse hast du noch vor mir?"

„Auf meinen Hintern ist ein Pentagramm tätowiert."

„Ich bin mir sicher, dass das nicht der Fall ist, was mich zu der Annahme führt, dass du versuchen könntest, mich mit den Eiern foo young in die Irre zu führen. Ich werde sie dir mitbringen, aber ich werde dich dabei genau beobachten."

„In Ordnung."

„Ich bin so schnell wie möglich da." Ich legte auf und konzentrierte mich aufs Fahren.

Rush pries die Tugenden der Gitarre im zweiten Lied des Albums an.

Es war wenig Verkehr und die Fahrt verging schnell. Das chinesische Restaurant war nur einen Block vom Hotel entfernt. Ich bestellte unsere Gerichte. Bei den Eiern foo young war ein zweiter Behälter für die Soße dabei. Ich war mir nicht sicher, aber genau das hatte sie bestellt. Ich wischte einen Tropfen von General Tsos klebriger Soße von der Seite des Styroporbehälters ab und kostete sie. Süß mit der richtigen Menge an Biss.

Im Hotel angekommen, legte ich mir den Mantel über einen Arm und eilte ins Hotel, in meinen Sporthosen und dem verschwitzten T-Shirt. Im Vorbeigehen winkte ich mit meiner Schlüsselkarte in Richtung der Rezeption. Auf dem Weg nach oben nahm ich zwei Stufen auf einmal.

Miss Jenny lehnte an meiner Tür und wartete. Ich eilte zu ihr und stürzte mich auf sie, wobei ich fast unser Abendessen fallen ließ, so dringend wollte ich sie in die Arme nehmen.

Sie rümpfte die Nase.

„Ich weiß. Ich stinke. Ich bin in den Schlamm gefallen und etwas Besseres hatte ich nicht dabei." Ich schob uns in mein Zimmer. „Ich bin kein Fan von kaltem chinesischem Essen, also wenn du es aushältst, lass uns erst essen und dann gehe ich duschen."

„Ich bin mir nicht sicher, ob ich schon ganz sauber bin. Ich könnte wahrscheinlich selbst noch eine Dusche gebrauchen", neckte sie mich.

„Abgemacht." Wir breiteten das Essen auf dem Tisch aus. Ich hielt den Stuhl für sie bereit und setzte mich auf die kleine Kommode neben ihr und kippte die Hälfte von dem Reis in die General-Tsos-Soße. Sie goss sparsam etwas von der Soße über die gebratenen Eier-Pfannkuchen. Sie nahm einen Bissen, hielt den Mund geschlossen und hörte beinahe unmittelbar auf zu kauen. Ich kannte diesen Blick. „Probier mal von meinem."

Ich nahm einen Würfel Hühnchen mit meinen Stäbchen und hielt es ihr hin. Sie nahm es vorsichtig und lächelte, während sie kaute.

„Gib her", sagte ich einfach, stellte mein ehemaliges Essen vor sie und nahm stattdessen ihres. Ich schnappte mir einen Haufen meiner grünen Bohnen, bevor auch sie Gemeinschaftseigentum wurden.

„Machst du das gerade wirklich?"

„Ich sehe dich nicht als eine Person, um die ich mich kümmern muss, die ich beschützen muss, aber wenn du das, was ich habe, lieber willst, dann gebe ich es dir gerne. Außerdem darfst du nicht vergessen, dass ich ein Marine bin. Ich würde das Arschloch einer Ziege essen, wenn ich hungrig genug wäre."

Sie lehnte sich zurück und machte ein Gesicht, bevor sie sich zu mir beugte. „Ich wusste nicht, dass das *irgendjemand* tut."

„Willkommen in deiner neuen Welt. Und bitte, bestell nie wieder Eier foo young."

„Du weißt, dass ich das werde", antwortete sie.

„Ich weiß. Ich wollte nur zu Protokoll geben, dass ich meine Position dargelegt habe."

„Ich werde dafür sorgen, dass es sich für dich lohnt." Ihr Lächeln und das Funkeln in ihren Augen versprachen mehr.

„Das tut es schon." Ich musste die Eier-Pfannkuchen weglegen, um sie nicht über den Boden zu verteilen, als sie sich auf mich stürzte. Die Wärme ihres Körpers und ihre Begierde vereinnahmten mich. Ich blieb hungrig, würde aber auf eine andere Weise gesättigt werden.

Das Abendessen endete, bevor wir gegessen hatten. Zuerst eine Dusche für zwei und dann ein kalorienfreies Dessert für Erwachsene.

Erschöpft und verbraucht war ich noch vor Mitternacht im Tiefschlaf. Vier Stunden später wachte ich erfrischt auf. Jenny schlief noch, die Decke bis zum Kinn hochgezogen. Ihre nackte Haut darunter war warm. Weich und zart. Die Kurve ihrer Hüfte. Sie schnurrte unter meiner Berührung, wachte aber nicht auf. Ich stand auf, weil ich eine Menge Arbeit zu erledigen hatte.

Ich warf einen Blick in den Spiegel, als ich den USB-Stick aus seinem Versteck nahm. Ich sah weit besser aus, als ich es verdiente; das Ergebnis emotionaler Begegnungen, körperlicher Fitness und intellektueller Anregung. Dennoch hing eine dunkle Wolke über meinem Kopf. Ich füllte die Kaffeemaschine auf, die auf eine einzelne Tasse ausgelegt war, und brühte mir die „hoteleigene" Mischung.

Die Herausforderung des Tages war der Auftrag, Jimmy Tripplethorn zu töten, der für mich nicht funktionieren würde, es sei denn, ich würde auf etwas stoßen, das so tief vergraben war, dass niemand sonst es finden konnte. Ich könnte das Geld an das Friedensarchiv zurückzahlen, aber ich bezweifelte, dass mich das retten würde. Wenn ich nicht abdrückte, würde es ein anderer Agent tun, und dann würden sie auch hinter mir her sein.

Es sei denn, ich könnte den Auftrag stornieren lassen, was bedeutete, Tricia, das wundersame Biest, unter Druck zu setzen. Ich beschloss, dass dieser Name zu ihr passte – wundersam in ihren eigenen Augen und ein Biest aus der Sicht aller anderen.

Ich nahm meinen Computer aus dem Safe. Der Schreibtisch war noch unordentlich vom Abend zuvor und das Abendessen hatte nur sechs Stunden lang draußen gestanden. Die Eier foo young taugten nur für den Müll, aber das General Tsos war schmackhaft, ebenso wie die kalten grünen Bohnen. Ich schlang das Essen ohne Gewissensbisse hinunter und vertraute darauf, dass Jenny schlafen würde, bis das kleine Restaurant im Erdgeschoß aufsperrte und ich sie mit einem kostenlosen Frühstück verwöhnen konnte.

Es war der letzte Tag ihrer Konferenz und ich musste

mir über meinen Auftrag klar werden. Das bedeutete, dass ich Informationen brauchte.

Das VPN tarnte mich, während das Dark Web mir die Welt derer offenbarte, die von der Bildfläche verschwinden wollten, indem es Licht ins Dunkel brachte. Meine erste Aufgabe war es, die E-Mail-Adresse des wundersamen Biests herauszufinden, bevor ich versuchte, Zugang zu ihren privaten Bankdaten zu erhalten. Welche Passwörter hatte sie benutzt? Was waren die Muster für die Erstellung neuer Passwörter? Menschen waren berechenbar.

Schnell hatte ich eine Liste von sieben verschiedenen E-Mail-Adressen beisammen, die von Tricia Tripplethorn verwendet worden waren. Ihre öffentlich Verpflichtungen schienen eher zufälliger Natur zu sein.

Sie hatte keinen typischen Bürojob. Sie vertrieb sich die Zeit als Vorstandsmitglied zweier verschiedener Großkonzerne. Seattle Pacific verfügte über ein Vermögen von zehn Milliarden und die Husky-Express-Fluglinie sah wie ein potenzieller Kandidat für eine Fusionierung mit Alaska Air aus. Lukrative Positionen.

Und dennoch lebten sie in einem Vorort der Mittelklasse.

Sie war weit mehr als nur Mrs. Jimmy Tripplethorn. Ihr Mädchenname war Barrows. Eine Tochter *der* Familie. Papi war ein Milliardär.

Er lebte das ganze Jahr über auf seiner Jacht. Mit zwanzig Mann Besatzung war sie fast so lang wie der größte Cutter der Küstenwache. Sie besaß einen eigenen Hubschrauber und ein U-Boot.

Wenn es das war, was die Leute mit ihrem Geld machen wollten, dann bitte sehr.

Aber warum hatte Tricia Barrows dann einen Niemand

mit einem Master-Abschluss in öffentlicher Verwaltung geheiratet?

Und woran war ihre Beziehung gescheitert? Tricia war nicht länger ein Fan von Jimmy Tripplethorn. Ich hatte zwei verschiedene Interaktionen zwischen den beiden gesehen und keine davon überzeugte mich, dass sie ein glückliches Familienleben führten. Der reichere Ehepartner hatte in der Regel kein Problem damit, seinen Reichtum zu bewahren, wenn er sich vom weniger gut situierten Partner scheiden ließ. Also warum ihn umbringen? Es musste einen anderen Grund geben.

War es schon immer ihr Plan gewesen, selbst Bürgermeisterin zu werden, ohne sich um die Politik kümmern zu müssen? Auf der Sympathiewelle ins große Haus zu reiten?

Ein weiteres Buch mit sieben Siegeln, aber es war wichtig, ihre Beweggründe zu verstehen, da es mir helfen würde, sie von der Umsetzung des Auftrags abzubringen. Ich musste wissen, wie sie tickte. Ich fing an zu graben und durchbrach eine Schicht nach der anderen, die das Privatleben von Mrs. Tripplethorn überdeckte.

Sie war weitaus aktiver, als man meinen würde. Ihre Social-Media-Seiten waren sorgfältig kultiviert worden. Glücklich wie im Bilderbuch mit den obligatorischen zwei Kindern, jetzt acht und zehn. Der Riesenpudel auf den Familienbildern. Endloser Spaß. Ein malerisches Leben.

Auf Seiten, die jedem zugänglich waren. Es war eine Präsentation rein für den öffentlichen Konsum. Aber wie war sie wirklich? Was geschah hinter den Kulissen? Um das herauszufinden, zapfte ich ihre persönlichen E-Mails an.

Passwörter, die sie in der Vergangenheit verwendet hatte und die kompromittiert worden waren.

Hu5kyMacGreg0r

Hu5kyTunn1c!1ffe

Hu5kyKje!!berg

Ich musste grinsen. Ein eindeutiges Muster. Nach einer kurzen Suche rief ich die Mailbox des wundersamen Biests auf und tippte *Hu5kyMacGreg0r* ein. Der Bildschirm blinkte und der Posteingang der Webmail-Oberfläche erschien. Sie hatte über fünfhundert ungelesene Mails. Ich übersprang diese und ging in den Gesendet-Ordner. Was erzählte sie anderen?

Alltägliche Aufgaben. Kinderbetreuung. Treffen mit Freunden. Eine Einladung auf Papis Boot für ein Treffen mit Geldmaklern.

Ich sah mir auch die anderen Konten an. Ein Passwort, sie alle zu finden, ins Dunkel zu treiben und ewig zu binden.

Ich erstellte eine Liste von Personen, denen sie Notizen schickte, und kopierte die E-Mail-Adressen in eine Tabelle. Ich schaute weg, damit sich meine Augen auf etwas anderes als den Bildschirm konzentrieren konnten. Ich hatte fast zwei Stunden lang hineingestarrt.

Die Sonne war aufgegangen und schien nun durch die Jalousien. Jenny schlief noch. Ich würde sie bald wecken müssen.

In diesem Moment fiel mir ein einfaches Hotmail-Konto, das aus Buchstaben und Zahlen bestand, ins Auge. Ich rief es auf und probierte es mit dem aktuellen Passwort des Biests. Volltreffer.

Nur zwölf E-Mails insgesamt und acht davon hatte sie an sich selbst geschickt. Ich las sie eine nach der anderen durch, dann las ich sie erneut. Danach klickte ich auf den Gesendet-Ordner. Leer. Ich lehnte mich zurück und verschränkte die Arme, während ich mit dem geheimen E-Mail-Konto haderte. Ein Gähnen unterbrach meine

Gedankengänge. Jenny wurde wach und setzte sich auf. Die Decke fiel von ihrem Körper herunter. Ich klappte meinen Laptop zu und versuchte, gedanklich zu ihr zu wechseln, aber ich befand mich immer noch in Tricia Tripplethorns Welt. Ich war hineingezogen worden und fand keinen Weg mehr zurück. Ausdruckslos sah ich die wunderschöne Frau in meinem Bett an.

„Stimmt etwas nicht?" Sie stand in ihrer ganzen weiblichen Pracht auf und streckte sich, während sie auf mich zukam. Dann kniete sie sich neben mich und fuhr mit der Hand durch mein Brusthaar. Das wundersame Biest verschwand in den Tiefen meines Geistes, während Blut durch meine Adern rauschte.

„Ich habe über den heutigen Tag nachgedacht. Du musst doch heute auschecken, oder?"

„Das tue ich nicht. Du wirst mich heute nicht mehr los."

Ich zog sie auf ihre Füße. Auf der Kommode lagen meine beiden Schlüsselkarten unter meiner billigen Brieftasche. Ich nahm eine davon und gab sie ihr. „Ich bin noch weitere acht Tage hier. Du brauchst mich nicht zu verlassen."

Sie sah an sich selbst herunter. „Wo soll ich die hinstecken?"

Ich ließ meinen Blick gemächlich über ihre nackte Gestalt wandern. „So weit hatte ich nicht vorausgedacht. Ich wollte etwas klarstellen."

„Und was dann, Ian? Was passiert mit uns, wenn du abreisen musst?"

Ich kaute auf meiner Lippe, bevor ich ihr Gesicht in meine Hände nahm. „Ich will dich nicht zurücklassen. Ich denke darüber nach, meinen Job zu kündigen."

Sie runzelte die Stirn und ihre innere Zerrissenheit verursachte Falten um ihre Augen. „Ich möchte nicht der Grund dafür sein, dass jemand seine Arbeit aufgibt. Ich weiß nicht, ob ich uns beide finanzieren kann. Mein Leben ist langweilig", erklärte sie überstürzt.

Ich sah zu Boden. „Ich habe genug Geld. Ich muss jahrelang nicht arbeiten, wenn ich nicht will. Ich habe an eine Weltreise auf einem Kreuzfahrtschiff gedacht."

Sie hob die Augenbrauen und musterte mich. „Das ist eine Seite von Ian Bragg, von der ich nicht wusste, dass sie existiert."

„Wenn dieser Job vorbei ist, wirst du alles erfahren, was es über Ian Bragg zu wissen gibt." Ich führte sie zurück zum Bett und zog mich nackt aus, bevor ich mich neben sie legte. Die Welt konnte auf uns warten, bis wir den Tag gebührend begrüßt hatten.

Die Enthüllungen der letzten zwölf Stunden hatten meine Perspektive völlig verändert. Ich hatte eine Menge zu tun, um aus dem Fadenkreuz zu gelangen.

Und es begann damit, den Kopf von Jimmy Tripplethorn aus der Schlinge zu ziehen. Den Kopf eines Politikers. Was, wenn er der letzte aufrichtige unter ihnen war? Ich weigerte mich, das Instrument seines Untergangs zu sein und die Macht der Korruption zu festigen. Das wundersame Biest war der Schlüssel, um das richtigzustellen. Was sollte ich mit ihr machen?

Aber jetzt kümmerte ich mich erst einmal um meine neue Bettgefährtin ...

KAPITEL SIEBEN

„Halte es einfach und konzentriere dich auf das, was wichtig ist.“
<u>Konfuzius</u>

Das kostenlose Frühstück war sehr gut besucht. Jenny und ich nahmen zwei leere Plätze an einem Tisch für vier Personen ein, an dem sie die beiden anderen Gäste kannte. Ich wollte um mein Leben rennen, lächelte aber und ertrug mein Leid stillschweigend.

Ich saß unbehaglich mit ständig vollem Mund da und versuchte, die Sturzflut an Fragen nicht zu beantworten. Ich sah Jenny Hilfe suchend an, flehte sie förmlich mit meinen Augen an. Sie berührte meinen Arm und eilte mir zu Hilfe.

„So ein anstrengender Tag liegt vor uns! Ian hat gar keine Zeit. Wir sind spät dran, weil wir so viel Sex haben! Die Zeit scheint dabei immer irgendwie stillzustehen.“ Ich versuchte, mich nicht an meinen Cornflakes zu verschlucken, und weigerte mich, aufzusehen. Die Stille am Tisch hielt zu lange an. Ich musste nachsehen. Also hob ich meinen Kopf und sah, wie drei Frauen mich anstarrten.

Ich räusperte mich. „Jenny wollte sagen, ein spätes Abendessen, gefolgt von einem fesselnden Film und einer anregenden Unterhaltung", konterte ich und versuchte, selbstbewusst zu klingen. Sie begannen zu lachen. Es war der beste Schachzug, der mir einfiel.

„Mit so einer Antwort ist er ein Volltreffer", sagte eine der beiden. Jenny drückte meine Hand.

Ich hatte das Gefühl, so klar zu denken wie nie zuvor. Ich verlor mich in ihren Augen. Ich hatte andere Freundinnen gehabt, aber es hatte nie lange gehalten. Ich hatte Dinge zu tun und sie wollten kein Teil davon sein. Timing. Fokus. Der Tripplethorn-Auftrag brachte mich dazu, zu hinterfragen, was ich da eigentlich tat. Es war immer einfach gewesen. In meinem Verstand überschlugen sich die Gedanken.

Weil ich ein Spieler war. Das tödliche Spiel ging weiter und je mehr Jenny sich mit mir einließ, desto größer war das Risiko, das sie einging. Und sie hatte keine Ahnung. Bald würde sie es herausfinden und ich würde wissen, ob wir eine Beziehung oder eine Affäre hatten. Ihre Augen zogen mich in ihren Bann.

Ich wusste, was ich wollte. Ich beobachtete, wie meine Hand ihre Wange streichelte.

Plötzlich sprach eine Stimme aus der Ferne. „Die Musik hörte auf, aber alle sahen zu, wie sie weitertanzten."

Eine unserer Tischnachbarinnen. Ich wusste nicht, wovon sie sprach, und musste nachfragen. „Tut mir leid, was?"

Sie machte eine Handbewegung in Richtung des gesamten Essbereichs, der hauptsächlich mit Frauen gefüllt war, die an der Konferenz teilnahmen. Sie begannen zu klatschen. Ich warf Jenny einen Blick zu. Sie wurde rot und versuchte, auf den Boden zu sehen. Ich hob ihr Kinn an und küsste sie.

Ihre Lippen schmeckten nach Ahornsirup. Ich strich ihr das Haar hinters Ohr und küsste sie erneut, bevor ich schnell aufstand. „Heute ist viel zu tun. Wir sehen uns ganz sicher zum Abendessen."

Ich versuchte, lässig aus dem Restaurant zu gehen, aber es war schwierig, während mich alle beobachteten. Ich hatte es nie gemocht, im Mittelpunkt zu stehen, und jetzt war dafür ein besonders schlechter Zeitpunkt – nicht, dass es dafür jemals einen guten Zeitpunkt für jemanden aus meiner Branche gegeben hätte.

Ich machte mich auf den Weg in mein Zimmer, um ein vollständiges Zielprofil von Tricia Tripplethorn zu erstellen. Ich hatte keine Ahnung, wie ich sie konfrontieren sollte, aber ich würde einen Weg finden. Ich *musste* es, wenn ich eine Zukunft haben wollte.

Eine Zukunft mit der exquisiten Frau mit den grünen Augen und dem melodischen Lachen.

Jimmy Tripplethorn war in den Morgennachrichten. Ein Fünf-Alarm-Brand war in einer Industriezone in einem nordöstlich gelegenen Bezirk ausgebrochen. Der örtliche Bürgermeister und der Feuerwehrchef standen im Mittelpunkt und schilderten die Bemühungen, den Brand einzudämmen. Jimmy stand im Hintergrund und sah probat besorgt aus. Sein Auftritt schien nicht gestellt zu sein, da man ihn kaum sehen konnte. Eine Reporterin fragte ihn nach seiner Meinung, aber er winkte ab, zeigte auf den Feuerwehrchef und sagte ihr, dass er derjenige sei, der alle Informationen hätte und die Verantwortung für den Schauplatz trage, bis das Feuer gelöscht sei.

Diese Antwort gefiel ihr nicht und sie blies zum Gegenangriff. „Sie werden also einfach nichts tun?"

Der Feuerwehrchef und der örtliche Bürgermeister starrten Stadtrat Tripplethorn an, der augenblicklich in den Mittelpunkt der Pressekonferenz rückte.

Jimmy stellte sich der Herausforderung. „Politische Prozesse laufen am besten ab, wenn sie sorgfältig diskutiert und evaluiert werden, um ein klar definiertes Ziel zu erreichen. Mit unvollständigen Informationen zu arbeiten und zu hetzen, sind der Grund dafür, dass es so viele schlecht konzipierte Gesetze in diesem Land gibt. Wenn es sich um Brandstiftung handelt, verlangt das nach einer bestimmten Vorgehensweise. Wenn der Brand aber von einem nicht vorschriftsmäßigen HLK-System herrührt, ist das eine andere Sache. Wir werden tun, was wir tun müssen, und zwar dann, wenn die Zeit reif ist. Im Moment werden wir Feuerwehrchef Hanson die Unterstützung geben, die er braucht, indem wir die Finanzierung der zusätzlichen Polizei für die Verkehrskontrolle, die Folgenabschätzung für das Stromnetz, die Feuerlöschmittel und die Kosten für eine gründliche Untersuchung genehmigen. Bitte verwechseln Sie nicht die Rolle eines Politikers im Notfallmanagement mit der jener, die physisch mit der Bewältigung des Notfalls beschäftigt sind. *Unsere* Aufgabe ist es, dafür zu sorgen, dass sie *ihre* Arbeit machen können."

Die Reporterin funkelte Jimmy an, hatte aber keine Antwort parat. Die Pressekonferenz wurde beendet und das Bild schwenkte um auf die Kamera des Hubschraubers, der über dem immer noch wild lodernden Feuerherd kreiste. Die Feuerwehrleute spritzten Wasser auf die benachbarten Gebäude, um zu verhindern, dass auch sie Feuer fingen. Das erste Gebäude hatten sie bereits abgeschrieben und die Presse hatte den Anstand, es nicht laut auszusprechen.

Jimmy ging zu einer Seite und spähte um die Fahrzeuge

herum, als ob er nach jemandem suchen würde. Er ging außen um ein Feuerwehrauto herum. Eines der Nachrichtenteams folgte ihm mit ein wenig Abstand und filmte ihn von hinten. Jimmy fand einen Feuerwehrmann, der auf der Trittstufe des Löschfahrzeuges saß und den Kopf hängen ließ. Jimmy kniete sich neben ihn, sprach mit ihm, bevor er den Mann umarmte, und ging dann weiter.

Im nächsten Moment wurde wieder der Brand gezeigt und eine einbrechende Mauer. Das Feuer loderte in den Hohlraum hinein, wo es aber schnell erstickte. Mit vereinten Kräften brachten die zahlreichen Einsatzkräfte den Brand unter Kontrolle. Die Nachrichtensendung kehrte ins Studio zurück, wo eine Karte mit der Lage des Feuers und den gesperrten Straßen in der Umgebung gezeigt wurde und den Zuschauern geraten wurde, das Gebiet zu meiden.

Schließlich wurde auf einen Werbespot umgeschaltet, weil der Sender Rechnungen zu bezahlen hatte, egal wie groß der Notfall war.

Ich hatte genug gesehen. Ich war mir mittlerweile sicher, dass Jimmys Gutmenschen-Image nicht vorgetäuscht oder einstudiert war. Jimmy ging wirklich mit gutem Beispiel voran.

Meine Finger flogen über die Tastatur, während ich nach allem suchte, was mit Tricia Barrows in Zusammenhang stand. Sie hatte das meiste ihres vorehelichen Vermögens auf ihren Namen weiterlaufen lassen. Wer hätte gedacht, dass die bescheiden lebenden Tripplethorns Zweitwohnsitze in Italien und auf den Cayman-Inseln besaßen?

Würden die Medien Jimmy ins Rampenlicht stellen und seinen versteckten Reichtum aufdecken? War das Motiv genug, den eigenen Ehemann ermorden zu lassen? Wenn das Biest Bürgermeisterin werden wollte, würden sie diese

Informationen finden und veröffentlichen, um eine trauernde Witwe zu verleumden? Oder hatte sie es satt, immer in der Öffentlichkeit zu stehen und in die bürgerliche Vorstadt verbannt zu sein, und wollte wieder in die Oberschicht der Gesellschaft zurück?

Es gab zu viele mögliche Gründe. Ich musste etwas finden, das mir den richtigen Weg wies, eine Spur, der zu folgen es sich lohnte.

Ich griff auf ihr geheimes Hotmail-Konto zu. Vier E-Mails von einem einzigen Konto, im Abstand von zwei Tagen verschickt, die letzte vor einer Woche. Jede einzelne enthielt nicht mehr als ein paar Sätze.

Die erste lautete: *Die Aussicht ist spektakulär um diese Jahreszeit. Du solltest dich selbst davon überzeugen. Hier kannst du fahren, als wärst du die Einzige auf der Straße.*

Sie hatte nie auf eine der E-Mails geantwortet, aber die darauffolgenden Nachrichten legten nahe, dass eine Antwort gesendet worden war.

Nicht die Aussicht, die du erwartet hattest. Es wird noch besser. Erklimme den höchsten Gipfel und klettere weiter.

Ein Aufruf zum Handeln? Ich konnte mir vorstellen, dass das eine Verhandlung mit dem Friedensarchiv war, aber es wirkte, als ob sie eine andere Sprache sprechen würden. Nicht schlüssig und nicht überzeugend.

Die dritte E-Mail war noch kryptischer. *Ein Stuhl. Das Deck. Eine Wolke. Margarita.*

Und die vierte E-Mail war der Inbegriff der Kürze. *Ende.*

Wenn es nach dem Erhalt der letzten E-Mail eine Geldüberweisung gab, hätte ich eine mögliche Verbindung. Ich versuchte, mich in ihre Bankkonten einzuloggen, aber ihr übliches Passwort funktionierte nicht. Ich erwartete, dass sie eine Benachrichtigung erhalten würde, wenn jemand versuchte, sich in ihr Konto einzuloggen, also beließ ich es bei dem einen Versuch. Sie benutzte wahrscheinlich ein empfohlenes starkes Passwort, das nicht zu erraten war, im Gegensatz zu denen, die mit ihrer Affinität zu ihrer Alma Mater und dem Frauensegeln zu tun hatten. Ich sah mir die Konten an, die unter ihrem Namen in den Tiefen des Dark Web auftauchten, drei verschiedene, die nur auf ihren Namen zu laufen schienen.

Aber die relevanten Informationen blieben mir verborgen.

Der ältere Barrows, Großvater der Tripplethorn-Kinder, war in der Öffentlichkeit nur durch das präsent, was sein Media-Relations-Team und seine Unternehmen zur Verfügung stellten. Ich konnte keine privaten E-Mail-Konten für ihn finden und bisher waren auch keine gehackt und im Dark Web zur Verfügung gestellt worden.

Er würde ein Geheimnis bleiben müssen. Ihn auszuforschen war eine Nummer zu groß für mich, aber seine Tochter spielte nicht nach denselben Regeln, was die Wahrung ihrer Privatsphäre anging. Sie musste ein oder zwei Lektionen von ihrem alten Herrn lernen, wenn sie das Spiel richtig spielen wollte.

Sie war mir nicht überlegen.

Ich musste ein privates Gespräch mit den Tripplethorns führen, aber es würde an einem Ort stattfinden müssen, den ich auswählte, der mir einen Vorteil verschaffte. Lass niemals den Feind das Schlachtfeld wählen. Das war eines unserer Probleme im Nahen Osten. Wir waren immer in Eile. Wir hätten einfach Städte belagern und sie zu uns kommen lassen können, aber nein. Wir mussten reingehen und die bösen Jungs ausheben.

Das veränderte die Dynamik. Erhöhte die Gefahr.

Ich verschränkte meine Finger hinter dem Kopf,

während ich mich in dem unbequemen Hotelsessel zurücklehnte.

Ich war nur eine Hilfskraft, versiert im Umgang mit dem Internet, und besaß einen gesunden Menschenverstand, der mir half, Antworten auf schwierige Fragen zu finden. Aber dieser Job verlangte nach mehr.

Das Friedensarchiv. Es gab niemanden, den man um Hilfe bitten konnte. Die Schönheit ihres Systems lag in der Unabhängigkeit und der Abgrenzung. Niemand stand mit jemand anderem in Verbindung, soweit ich wusste. Ich hatte zwei private Bankkonten auf den Cayman-Inseln. Sie überwiesen Geld auf eines, ich bewegte es auf das zweite. Und dort ließ ich es liegen.

Ich benutzte Western Union, um mir selbst Bargeld zu schicken, oder besser gesagt, um Bargeld an Ian Bragg zu schicken.

Wie sollte ich das also bewerkstelligen? Ich klappte den Laptop zu und legte mich auf das Bett, stützte mich auf ein paar Kissen ab und starrte auf einen Punkt an der Wand. Dann spielte ich ein Szenario nach dem anderen durch, in dem ich mit Jimmy über seine Frau sprach. Warum sollte er mir die Wahrheit sagen? Und was bräuchte es, um ein offenes Gespräch mit dem wundersamen Biest zu führen?

Sie in die Ecke drängen. Sie zwingen, ihre Fehler wiedergutzumachen. Welche Art von Autorität respektierte sie?

Ich musste ihre anderen E-Mails durchsehen und prüfen, was sie preisgegeben hatte. Ich schloss meine Augen, während ich versuchte, nachzudenken.

Und im nächsten Moment küsste jemand meinen Hals. Ich hätte mich beinahe zu Tode erschrocken.

„Hey!" Jenny warf ihre Hände in die Luft, um mich zurückzuhalten.

Ich bemühte mich, zu Atem zu kommen und mein Herz

zu beruhigen. Ich hatte zu lange allein gelebt, um mit solchen angenehmen Überraschungen klarzukommen.

„Du hast so bezaubernd ausgesehen, wie du geschlafen hast … Ich konnte nicht anders. Ich schreibe es mir hinter die Ohren. Ian niemals aus dem Schlaf reißen."

Ich schüttelte den Kopf. „Ich kann mich nicht daran erinnern, dass ich eingeschlafen bin." Ich nahm ihre Hände in meine und hielt sie fest. „Ich habe über meinen Klienten nachgedacht. Ich muss mich morgen mit ihm treffen, aber am Sonntag habe ich frei. Was hältst du davon, wenn wir etwas Schönes unternehmen? Eine Wanderung, wenn das Wetter mitspielt, oder einen Kinofilm? Ich will einfach bei dir sein."

„Ich bin dabei." Jenny kletterte unter meinen Arm, um sich neben mir aufs Bett zu legen. „Ich habe über heute Morgen nachgedacht …"

Ich wartete, bis mir klar wurde, dass dies die Stelle war, an der ich etwas sagen sollte. „Warum wir uns kennengelernt haben?" Ich wich mit einer Frage aus.

„Weil du für einen Shirley Temple in die Bar gekommen bist und ich mit Leuten dort war, die sich nicht darum kümmerten, ob ich anwesend bin oder nicht."

„Das ist ziemlich heftig. Ich sehe es anders. Wir waren dazu bestimmt, uns kennenzulernen. Wir sind dazu bestimmt, zusammen zu sein. Ich weiß, deine Eltern sind tot, aber ich bitte deinen Vater im Himmel um Erlaubnis, dich zu umwerben."

„Er hätte dich gemocht. Er hat das Militär respektiert, aber nie gedient. Und er liebte meine Mutter abgöttisch."

„Ist es das, wonach du suchst, Miss Jenny? Jemanden, der dich genauso liebt?"

„Ist das zu viel verlangt?"

„Verlangen? Nein. *Fordern?* Ja. Deshalb ist dein neues Lieblingsgetränk Orangensaft mit Grenadine."

„Ich glaube nicht, dass das mein neues Lieblingsgetränk ist, aber ich bin damit einverstanden, dass es deins ist."

Ich strecke meine Hand aus. „Einverstanden."

Sie lachte und verrenkte ihren Körper, um mir die Hand zu geben. „Macht uns das zu Partnern?"

„Ich denke, das tut es. Was gibt es zum Abendessen, Liebes?"

Sie lehnte sich zurück.

„Die Nummer ziehst du bei mir nicht ab!", stellte sie klar. „Du hast gestern Abend das Essen bezahlt, also bin ich an der Reihe. Ich kenne ein Lokal, das nicht allzu weit weg ist. Ich werde fahren. Hast du Lust auf Steak?"

„Ich habe Lust auf Steak, aber die besten Burger gibt es meist in Steakhäusern, die nur mittelmäßige Steaks servieren."

„Verstehe ich das richtig – wenn ich mein Steak nicht mag, kann ich deinen Burger haben?" Ein weiterer Test. Ich war vorbereitet.

„Natürlich, solange es dir nichts ausmacht zu warten, während ich mir selbst einen neuen Burger bestelle."

„Ich erinnere mich an irgendetwas im Zusammenhang mit dem Arschloch einer Ziege." Jenny stützte eine Hand auf ihre Hüfte und warf mir einen Blick von der Seite zu.

„Nur, weil ich es esse, heißt das nicht, dass ich es mag. Ich bevorzuge die feineren Dinge des Lebens." Ich schlang meine Hände durch ihre Armbeugen und drückte sie fest an mich.

Jenny knabberte an meinem Ohrläppchen, bevor sie flüsterte: „Ich liebe dich, Ian Bragg."

Ich wusste, dass sie es sagen würde, aber das änderte nichts daran, wie überrascht ich war oder welche Antwort ich murmelte. „Gleichfalls."

Die Sache mit Kicker und dem wundersamen Biest löste sich für einen Moment in Luft auf. Morgen würden sie umso heftiger wieder in mein Leben treten. Denn morgen stand in Jimmys Terminkalender Familienzeit mit Opa. Das bedeutete, ich würde zum privaten Liegeplatz der Barrows-Jacht fahren, um zu beobachten, wie die Familie Tripplethorn miteinander umging, und herausfinden, was ich konnte.

Einsicht würde mir den nötigen Vorsprung verschaffen.

KAPITEL ACHT

„Man kann die Form des Spinnennetzes nicht von der Art und Weise trennen, auf die es entstanden ist.“ <u>Neri Oxman</u>

Nach einem Abend mit exzellentem Steak, Eiscreme, einem Spaziergang unter dem Sternenhimmel und intensivem Nahkampf im Bett schlief ich ganze sechs Stunden lang. Jenny schlief noch länger, genauso zufrieden wie ich. Ich nutzte die Gunst der Stunde in der frühen Morgendämmerung, ihr ein paar Momente beim Schlafen zuzusehen und zu schätzen, was das Leben mir bot.

Karma? Eine Belohnung dafür, dass ich das Richtige tat, oder ein Anreiz, der mich davor bewahrte, zu weit auf die schiefe Bahn zu geraten? Beides war gut. Egal aus welchem Grund, wir würden im Augenblick leben und unser Leben lebenswert machen.

Ich hatte noch etwas zu erledigen, bevor ich ging.

Ich recherchierte weiter, sowohl im öffentlichen als auch im Dark Web. Ich überprüfte die E-Mails des wundersamen Biests und fand die Benachrichtigung über meinen versuchten Log-in in ihr Bankkonto. Ich löschte sie und entfernte sie dann auch aus dem Gelöscht-Ordner. Sie war nicht so schlau, wie sie vielleicht dachte. Nachdem ich ihre Arroganz gesehen hatte, vermutete ich, dass sie nicht auf Menschen hörte, wenn sie sich überhaupt die Mühe machte, um Hilfe zu bitten.

Was ich fand, war durchaus erleuchtend. Ich öffnete ein neues Fenster mit ihren privaten E-Mails. Im virtuellen Papierkorb fand ich ihre Antworten, die ich beim ersten Mal übersehen hatte.

Die Aussicht ist spektakulär um diese Jahreszeit. Du solltest dich selbst davon überzeugen. Hier kannst du fahren, als wärst du die Einzige auf der Straße. Ihre Antwort auf die erste E-Mail war knapp. *In diesem Fall bevorzuge ich, dass jemand anderes fährt.*

Nicht die Aussicht, die du erwartet hattest. Es wird noch besser. Erklimme den höchsten Gipfel und klettere weiter. Ihre Antwort war *Eine Million Schritte bis zum Gipfel.*

Hatte das wundersame Biest tatsächlich eine Million Dollar bezahlt, um ihren Mann zu erledigen? Ich bekam drei Viertel davon und hätte niemals mehr als die Hälfte erwartet. Das Friedensarchiv trug ein größeres Risiko als ich. Sie mussten die Klienten finden, was sie einer breiteren Öffentlichkeit aussetzte als mich.

Die kryptische Antwort von der nicht identifizierten E-Mail-Adresse. *Ein Stuhl. Das Deck. Eine Wolke. Margarita.*

Sie hatte in gleicher Weise geantwortet. *Ozean. Hitze. Gelb. Serviette.*

Auf die letzte E-Mail hatte sie gar nicht geantwortet. *Ende.*

Es wirkte wie ein Substitutionscode – jedes Wort hatte eine bestimmte Bedeutung. Es gab keine Wiederholungen, nichts zu analysieren. Man bräuchte ein physisches Codebuch, um diese Reihe von E-Mails mit einer

Verhandlung über einen Auftragsmord in Verbindung zu bringen. Eine Chiffre, eine Verschlüsselung auf Buchstabenebene, könnte durch Kryptoanalyse entschlüsselt werden. Schade, dass es keine Chiffre war wie ein billiger Buchstabenersatz. Aber ich hatte mehr Vertrauen in das Friedensarchiv. Diese Leute waren nicht billig.

Ich sah mir ihre anderen E-Mails durch und suchte drei Dinge: jede Erwähnung des Wortes *Margarita*, die alphanumerische E-Mail und alle Anhänge. Das war keine kleine Aufgabe, da sie einen Berg von E-Mails mit Anhängen hatte, aber die meisten waren von sogenannten Freunden, die Rezepte und Memes austauschten.

Ich fragte mich, ob sie kochte, und musste gegen mein sofort aufkommendes Urteil ankämpfen, dass sie es nicht tat. Die Daten sammeln und sehen, wohin sie führen. Wie viel von ihrem Leben war eine Fassade? Das war es, was ich herausfinden musste. Wo verbarg sich die echte Tricia Tripplethorn?

Sie hatte eine Freundin namens Margarita. Es gab keine Anhänge, in denen dieses Wort – oder eines der anderen Codewörter – enthalten war. Nichts, was darauf hinwies, dass sie eine Anleitung zur Entschlüsselung des Codes per E-Mail erhalten hatte. Wie begann man ein Gespräch über die Beauftragung eines Auftragskillers?

Und die andere E-Mail-Adresse wurde nicht in ihren regulären E-Mails erwähnt. Eine Menge Recherche, die mich direkt in eine Sackgasse führte. Ich sah auf die Uhr. Laut Jimmys Zeitplan sollte er um neun Uhr morgens bei der Jacht sein. Und das bei diesem Verkehr. Ich musste in dreißig Minuten los, um rechtzeitig vor der Ankunft der Tripplethorns bei Opa vor Ort zu sein.

Schnell sprang ich unter die Dusche und zog meine Skinny Jeans, ein Hemd und meine Anzugjacke an. Ich dachte mir, gut gekleidet zu sein, würde in einer Marina weniger auffallen.

Jenny hatte mittlerweile die Augen geöffnet und setzte sich auf, als ich aus dem Bad zurückkam. Ich setzte mich neben sie auf das Bett.

„Kleider machen Leuten, nicht wahr, Mister Bragg?", sagte sie leise.

„So etwas in der Art. Was hast du heute vor?"

„Ich checke aus, bringe meine Sachen nach Hause und hole ein paar frische, nur für den Fall. Vielleicht kannst du für den Rest des Wochenendes mit mir nach Hause kommen, wenn du heute fertig bist."

„Eine gemeinsame Autofahrt. Hast du Kniffel dabei?"

„Ja, natürlich. Und Schach."

„Schach. Ein Spiel, das mehr ist als ein Spiel. Ich mag auch das Leiterspiel."

„Ich hätte auf Twister getippt", konterte Jenny.

„Wir brauchen Twister nicht, um Spaß zu haben."

Sie musste lachen. „Da hast du recht. Wir können über die Zukunft der Menschheit reden und vielleicht alle Probleme der Welt lösen, mit genug Zeit und genug Whiskey."

„Willst du damit andeuten, dass du mich betrunken machen willst?"

„Es hat keinen Sinn, wenn nur einer von uns beiden beschwipst ist."

Touché.

„Für König und Vaterland tue ich es natürlich." Meine Hand wanderte ungehemmt über ihre nackte Brust. Sie lehnte sich zurück und schloss die Augen. Ich beugte mich für einen Kuss über sie. „Ich muss jetzt los, aber ich komme wieder, und dann haben wir Zeit bis Montagmorgen, wo bei mir ein Wahnsinnstag auf dem Programm steht. Aber konzentrieren wir uns auf das, was wir haben, und zwar angefangen damit, dass ich heute Abend zu dir nach Hause komme.“

„Nach Hause“, wiederholte sie leise.

„Wenn ich nicht aufpasse, wird dieser Job mein Untergang sein, gerade jetzt, wo alles perfekt läuft.“

Jenny hatte keine Ahnung, wie viel Wahrheit in dieser Aussage steckte.

„Ich werde mein Bestes tun, um dich auszugleichen. Wir sind schließlich Partner. Was kann ich tun, um dir etwas von der Last abzunehmen?“

„Wenn ich nicht an den Job denken muss, kannst du mich ablenken. Das ist alles, worum ich bitten kann.“

„Ich bin für dich da. Du brauchst nur zu fragen.“ Sie ließ mich gehen und beobachtete mich, als würde sie mich studieren.

„Ich bin so schnell wie möglich wieder da. Dann fahren wir zu dir, essen etwas, entspannen uns bei einem Film, führen anregende Gespräche und tun, was immer uns sonst noch einfällt.“

„Bis heute Abend.“ Sie winkte und lächelte nicht. Sah mich nur an und respektierte, dass ich zur Arbeit musste, während sie einwilligte, auf mich zu warten.

Ich kehrte zu ihr zurück und setzte mich auf die Seite des Bettes, auf der ich ihr ins Ohr flüstern konnte: „Ich liebe dich auch, Jenny Lawless.“ Ich machte bereitwillig den Schritt, von dem es kein Zurück mehr gab.

Dann stand ich auf und eilte aus dem Zimmer. Im Flur angekommen, ging ich langsamer und versuchte, gedanklich die Tür zu schließen, hinter der Jenny stand, und mich auf die Aufgabe zu konzentrieren, die vor mir lag.

Eine Wut überkam mich. Warum hatte das Friedensarchiv einen Auftrag für jemanden angenommen, der kein Drecksack war? Und warum wollte Tricia Tripplethorn ihren Mann tot sehen?

Wenn sie den Vertrag nicht abgeschlossen hätte, wäre ich nie hier gewesen, hätte Jenny nie kennengelernt. Das Gute und das Schlechte gingen Hand in Hand. Und ich hatte insgesamt zehn Tage, um die Sache in Ordnung zu bringen.

Ich schaute im Restaurant des Hotels vorbei, das bereits geöffnet war. Ich musste die Kellnerin heute nicht wieder um eine Mahlzeit bemühen, aber es war Samstag. Eine andere Kollegin hatte Dienst. Ich nahm mir ein Würstchen im Schlafrock und Bratkartoffeln, die beide unter einer Wärmelampe warmgehalten wurden. Sie schmeckten nicht überragend, aber besser als nichts. Ich nahm im Restaurant Platz und aß schnell, bevor ich mir einen Kaffee mit zu viel Kaffeesahne gönnte.

Im Auto stellte ich meine 1980er-Rush-Playliste ein. Sie begann mit *The Spirit of Radio* aus dem Album *Permanent Waves* und zog sich durch die nächsten drei Alben *Moving Pictures*, *Signals* und *Grace Under Pressure*. Ich sollte in der Nähe des Jachthafens sein, lange bevor mir Musik ausging, also würde ich mir einfach alles anhören, was zeitlich drin war, zusammen mit *Power Windows* und *Hold Your Fire* auf der Rückfahrt.

Ich musste die Fähre von Seattle nach Bainbridge erwischen. Sie würde mich in Eagle Harbor absetzen, wo Barrows' *Euripides' Ion* angedockt war.

Der Verkehr war dichter, als ich erwartet hatte, fast wie an einem Werktag. Gut, dass ich viel Zeit eingeplant hatte. Ich saß im Stau und versuchte, Szenarien zu ersinnen, in denen dieser Vertrag endete, ohne dass ich am Ende eine Kugel des Friedensarchivs abbekam.

Was, wenn ich das Biest erledigte?

Das würde zwar den Vertrag nicht auflösen, aber es

wäre auch niemand mehr da, um sich zu beschweren. Ich notierte mir die Idee als letzten Ausweg.

Ich drehte die Musik auf, um einen klaren Kopf zu bekommen. Das beruhigende Slow-Roll-Intro von *Natural Science* ertönte im Auto, bevor es langsam an Tempo zunahm und fast frenetisch war, als es nach mir rief. Triumphierend. Tragisch. Mit solcher Kraft.

Das nächste Lied war *Tom Sawyer*, gefolgt von *Red Barchetta*. Ich fragte mich, wie sie ihren Porsche Panamera nannte. Ich beschloss, ihn ab jetzt als Barchetta zu bezeichnen. Ich hatte so ein Gefühl, dass er irgendwann während dieser Operation ins Spiel kommen würde.

Als ich die Innenstadt erreichte, nördlich des Fußballstadions, führten mich die Schilder dorthin, wo ich hinwollte. Eine Mautstelle schleuste zahlende Fahrzeuge auf die *Wenatchee*, eine Fähre für zweihundert Autos am Colman-Dock. Eine Sonderfähre fuhr am frühen Samstagmorgen ab. An Werktagen fanden alle Abfahrten nach Mittag und bis knapp zwanzig Uhr statt. Eine andere Art zu pendeln.

Sie beluden die Fähre bereits mit Fahrzeugen. Ich fuhr auf das Deck und quetschte mich mit den anderen acht Frühankömmlingen in die erste Reihe. Dann stieg ich aus, verriegelte die Türen und machte mich mit dem Schiff vertraut. Man konnte nie wissen, wann diese Art von Wissen noch nützlich sein würde. Früher war es einfacher, weil nur wenige Leute an Bord waren. Es war unauffälliger.

Ich schlenderte auf dem Deck umher und beobachtete die Leute, die ihrem täglichen Leben nachgingen. Ein junges Paar, das ein Picknick machte. Ein Paar mit Kindern, das diese Bootsfahrt als billige Unterhaltungsmöglichkeit nutzte. Die Kinder wollten Hot Dogs, aber der Automat lief so früh noch nicht. Ein Muffin aus der Tüte konnte ihr Verlangen nicht stillen. Sie fingen beide an zu weinen. Ich entfernte mich, einfach, weil ich es konnte. Die Eltern waren bewundernswert gut darin, die beiden Schreihälse zu ignorieren, sehr zum Leidwesen aller anderen.

Von der hinteren Reling aus konnte ich andere Autos auf dem Parkdeck sehen. Ich hätte nicht überrascht sein sollen, darunter auch einen roten Escape Hybrid zu entdecken. Ich schüttelte langsam den Kopf über mein Pech.

Ich hatte Jimmy die Hand geschüttelt. Er würde mich wiedererkennen. Ich eilte zurück zum Auto und holte meinen Schlapphut aus dem Kofferraum. Ich setzte ihn mir auf, bevor ich ihn wieder abnahm. Ich war leger, aber geschäftlich gekleidet, und jeder meiner Hüte wirkte auffällig.

Ich warf sie alle zurück in den Kofferraum. Was tun, um nicht erkannt zu werden?

Untertauchen. Es herrschte enges Gedränge auf der unteren der beiden Parkebenen. Also ging ich nach oben, um zu sehen, wo die Tripplethorns parken würden.

Der rote Escape war einer der ersten auf dem oberen Parkdeck. Daher wich ich zum hinteren Ende des Schiffes aus und hielt mich dort im Hintergrund. Die Familie begab sich nicht auf das Aussichtsdeck, sondern marschierte direkt in die Kantine. Ich machte mich langsam auf in dieselbe Richtung und blieb hinter einem großen Mann für den Fall, dass Jimmy auftauchen würde, aber er war mit den anderen drinnen und wartete geduldig in der Schlange auf das, was auch immer sie zum Frühstück servieren würden.

Die Leute blieben stehen, um ihm die Hand zu schütteln, bevor sie ihn um Verzeihung baten, Jimmys Zeit mit der Familie zu stören. Das wundersame Biest hatte ein falsches Lächeln aufgesetzt. Ihre Augen sagten alles.

Nicht amüsiert.

Rampenlicht kam mir in den Sinn. Mrs. Tripplethorn mochte das Rampenlicht nicht. *Warum nicht eine Scheidung wie normale Leute? Aber Sie sind kein normaler Mensch, oder?*

Jimmy schenkte den Kindern seine volle Aufmerksamkeit, als sie an einem Tisch für vier Personen saßen. Die Kinder aßen, während sich die Erwachsenen mit Kaffee begnügten. Wie eine normale Familie. Jimmy aß am Ende das, was seine Tochter von ihrem Muffin übriggelassen hatte. Der ältere Junge verschlang Rühreier mit Schinken auf einem Croissant. Beide Kinder tranken Orangensäfte aus kleinen Päckchen mit Strohhalmen. Jimmy öffnete einen und Tricia den anderen.

Die Familie begann zu plaudern und lachte gelegentlichen über Scherze eines der Kinder. Wie normale Menschen. Das Biest sah sich gelegentlich in der Kantine um. Ich konnte nur vermuten, dass sie nach mir Ausschau hielt.

Ich duckte mich zweimal, bevor das Risiko zu groß wurde, und arbeitete mich noch rechtzeitig zum hinteren Ende des Schiffes vor, um das Ablegemanöver mitzuerleben. Wir steuerten vom Dock weg und die Reise durch die Meerenge des Puget Sound begann. Ich stieg in den Bauch des Schiffes hinab, auf das untere Fahrzeugdeck, und fand dort vier junge Männer verschiedener Hautfarben, die die Fenster der Fahrzeuge prüften, bevor sie weiterzogen. Es kümmerte sie nicht, als ich an ihnen vorbeiging, um zu meinem Auto zu gelangen. Sie machten weiter mit dem, was sie gerade taten. Ich lehnte mich gegen den Kofferraum und wartete. Zwei kamen von der linken Seite auf mich zu, während die anderen beiden drei Autos weiter hinten auf der rechten Seite standen.

„Hast du was Brauchbares, das du uns abgeben willst?", fragte einer der Männer.

„Nichts. Seht doch nach." Ich schloss das Auto nicht auf. Der zweite zog am Türgriff und schaute mich finster an, als er feststellte, dass die Tür versperrt war. Der erste blieb bei mir stehen.

Der zweite schaute durch das Fenster. „Sieht nach einer guten Stereoanlage aus. Was hast du da drauf?"

„Rush, Mann. Alle Alben."

„Nie davon gehört, aber ich bin sicher, man kann sie löschen. Wir können da ein paar gute Sachen draufspielen. Schließ die Tür auf."

Mein *enger* Freund lehnte sich zu mir, um den Befehl zu bekräftigen. „Er sagte, schließ die Tür auf."

Ich wich einen halben Schritt zurück, um zu sehen, ob er mit seiner Drohung weitermachen würde. Er tat es. Ich stieß ihm mein Knie in den Bauch. Als er drohte, vorn überzukippen, lenkte ich sein Gesicht in die Ecke meines Kofferraums. Dann sprang ich über ihn und bewegte mich auf den zweiten Mann zu. Dieser holte ein Messer aus seiner Tasche, gerade als ich bei ihm ankam, zu spät, um meine Faust davon abzuhalten, ihn auf die Nase zu treffen. Ich ließ einen zweiten Schlag gegen die Schläfe folgen, um ihn auszuschalten.

Seine beiden Freunde eilten ihm zu Hilfe, aber sie hatten zu weit hinten gestanden, um etwas unternehmen zu können.

Ich verschränkte meine Arme und wartete.

„Ich werde dich heftig aufschlitzen", behauptete der Größere der beiden.

„Komm hier rüber, damit ich dich auf einen Haufen mit dem hier werfen kann. Ich wette, dass Nummer vier wie ein verängstigtes Mädchen wegrennt, wenn er erst einmal allein mit mir ist, während seine drei harten Kumpels in ihre Cornflakes heulen. Kommt schon, Dick und Doof, ich habe nicht den ganzen Tag Zeit, euch den Sinn des Lebens einzuprügeln." Nichts war besser, als einen Tyrannen zu verspotten, um ihn aus der Reserve zu locken.

Er zögerte, als er an dem Kerl vorbeiging, dessen Gesicht eine ungünstige Begegnung mit meinem Kofferraum gehabt hatte. Vielleicht war er doch nicht so dumm.

„Wir sorgen nur dafür, dass die Fahrzeuge sicher sind. Wir arbeiten für den Fährdienst."

„Ist das das Beste, was dir einfällt? Jetzt komm hier rüber und ertrage deine Lektion wie ein Mann." Ich hob den bewusstlosen Mann auf und hielt ihn vor mich. Wäre sein Kumpel jetzt immer noch bereit, sein Messer einzusetzen?

Die ganzen ein Meter neunzig und hundert Kilo kamen um die Ecke meines Wagens, dicht gefolgt vom vierten Kerl, der wahrscheinlich nicht älter als achtzehn Jahre und keine achtzig Kilo schwer war.

Beide waren Rechtshänder. Ich hob und schob den schlaffen Körper in meinen Händen in Richtung der rechten Seite des großen Mannes und versperrte ihm für einen Moment die Sicht. Er ließ sein Messer nicht los, als der bewusstlose „Freund" auf ihn fiel. Stattdessen schubste er seinen vermeintlichen Freund mit der linken Hand beiseite.

Ich war schon mitten in einem Roundhouse-Kick, der direkt auf die Eier des Mistkerls abzielte. Als mein menschlicher Schild zur Seite fiel, traf meine Ferse den großen Mann mit der Kraft einer Ganzkörperdrehung genau in die entscheidenden Weichteile und ließ ihn zurücktaumeln, bis er umfiel.

Die Hand des schmächtigen Mannes zitterte, als er sein Messer nach mir ausstreckte.

„Steck es weg und hilf deinen Freunden. Bring sie von mir weg, während du über deine Lebensentscheidungen nachdenkst. Du kannst in diesem Geschäft nie gewinnen. Du wirst immer jemanden finden, der größer, härter und schneller ist. Wenn ihr nur die Schwachen tyrannisieren wollt, passiert genau das, oder noch schlimmer, ihr werdet getötet. Leute, die ihr ganzes Leben lang schikaniert wurden, neigen dazu, irgendwann die Nase voll zu haben."

„Bist du gemobbt worden?", fragte er, während er sein Messer wegsteckte und seinen Abstand hielt.

„Nein. Ich bin zum Marine Korps gegangen, bevor Penner wie die hier mir auf den Sack gehen konnten. Der Unterschied? Sie haben gekämpft, um Arschlöcher zu sein. Ich habe gekämpft, um zu gewinnen. Und jetzt hilf diesen Volltrotteln hier raus, bevor der Sicherheitsdienst kommt. Das Letzte, was ihr wollt, ist, dass man euch eine Abreibung verpasst *und* in den Knast steckt."

„Wie heißt du, Mann?"

„Du hast dir nicht das Recht verdient, meinen Namen zu erfahren. Und jetzt verzieh dich."

Er beugte sich zu dem ersten Kerl hinunter, um ihm zu helfen. Er war noch groggy und sein Gesicht blutverschmiert, als die beiden zum Aufzug taumelten. Der schmächtige Mann eilte zurück, um dem zweiten zu helfen. Er war immer noch bewusstlos, was es nicht leichter machte, ihn zum Aufzug zu bringen.

Ich bückte mich und hob das Messer des großen Kerls auf. „Wenn ich dich noch einmal sehe, ramme ich dir dieses Ding in den Hals." Ich fuchtelte mit dem Messer vor seinem Gesicht herum. Er stöhnte, anstatt zu sprechen. Ich konnte nicht genau sagen, ob es eine Entschuldigung oder eine Drohung war. Ich gab ihm einen Vertrauensvorschuss und schnitt den Gürtel seiner schlaffen Jeans auf. Wenn er sich mit jemandem prügeln wollte, würde er es mit einer Hand tun müssen, während die andere seine Hose hochhielt.

Das jüngste Mitglied ihrer Bande kehrte zurück und half dem großen Mann auf. Er ging stark gekrümmt. Gemeinsam arbeiteten sie sich zum Aufzug vor.

Ich rief ihnen hinterher: „Da solltest du vielleicht etwas Eis drauflegen." Dick und Doof stöhnten wieder. Je größer sie waren, desto härter fielen sie. Es schien angemessen. Ich würde längst weg sein, bis diese Schwachköpfe wieder bei Verstand waren. Der junge Mann sah mich an, während er auf den langsamen Aufzug wartete. „Wenn du hart sein willst, geh zum Korps. Verprügle nicht die Schwachen. Das ist was für Weicheier wie diese drei."

Der Aufzug kam an und er schob die anderen hinein, drückte den Knopf und behielt mich im Auge, bis die Türen sich schlossen. Wenn er es kapiert hatte, war künftig zumindest ein Verbrecher weniger auf der Straße. Vielleicht auch drei oder gar vier, wenn ich Eindruck bei ihnen hinterlassen hatte.

Ich lachte über meinen eigenen Scherz, bevor ich mein Auto aufschloss und einstieg. Ich stellte so die Spiegel ein, dass ich die Aufzüge und Treppen beobachten konnte für den Fall, dass sie sich zumindest so weit erholten, dass sie nach Rache sinnen konnten. Keiner von ihnen hatte Schusswaffen dabeigehabt und sie hatten nur noch zwei Messer. Ich hatte die anderen beiden, ein schönes Backlockmesser von Schrade mit einer zehn Zentimeter langen Klinge, ein Jagdmesser. Das andere sah aus wie ein Butterflymesser, gekauft auf einem asiatischen Souvenirmarkt. Ich verkeilte es in der Bodenplatte und trat dagegen, um die Klinge zu brechen.

Das Schrade faltete ich zusammen und steckte es ein.

Es war ein schönes Stück, ein Preis für meinen Sieg im Kampf. Ich würde es abwischen und wegwerfen, wenn diese Operation vorbei war, genauso wie alles andere. Es war alles entbehrlich. Der Wert der Dinge war am größten, wenn sie mich nicht mit Seattle in Verbindung brachten.

Kameras hatten das Handgemenge wahrscheinlich aufgezeichnet, aber im unteren Fahrzeugdeck war es dunkel. Die Bilder würden unterbelichtet und unscharf sein. Mein Nummernschild wäre irrelevant, da es keine Verbindung zwischen mir und dem Auto gab. Es war immer noch auf den Namen des Vorbesitzers ausgestellt.

Es dauerte nicht lange, bis die *Wenatchee* in den Empfangspier einlief. Die Rampe senkte sich und wir fuhren in umgekehrter Reihenfolge los. Die Tripplethorns waren die ersten an Land und längst weg, als ich an der Reihe war.

Die vier *Amigos* sah ich nicht wieder. Gut für sie. Besser für mich.

Tyrannen. Sie waren in die Schranken gewiesen worden, was sie dazu zwang, zu glauben, dass ein Leben als Verbrecher sie nirgendwohin führen würde außer nach Schmerzhausen.

Die untere Rampe öffnete sich und ich fuhr an der Spitze einer Parade von Wochenendurlaubern, die die Insel besuchten, von der Fähre.

Sobald ich an Land war, bog ich links ab, um den Wyatt Way zu finden, der in den Eagle Harbor Drive überging. Er führte in einer Schleife um das westliche Ende von Eagle Harbor herum, um bald darauf auf die Seite des Puget Sound zurückzukehren, von der man den besten Blick auf die *Euripedes' Ion* hatte. Ein abgesperrter Bereich in Privatbesitz hielt mich davon ab, ganz am Ende des Docks zu parken. Ich fuhr vorbei und parkte im Pritchard Park, bevor ich an der Gedenkstätte der japanischen Internierung vorbei und zum Strand schlenderte.

Treibholz lag überall verstreut. Das Wetter war angenehm mit einer mäßigen Brise. Kühl, aber es regnete nicht.

Ich saß auf einem angeschwemmten Baumstumpf und blickte über den Hafen. Ich konnte den roten Escape nirgendwo sehen, wusste aber, dass er in der Nähe parken musste, denn die vierköpfige Familie näherte sich dem Ende des Docks. Ein älterer Mann winkte vom Boot aus und die Kinder begannen loszulaufen.

KAPITEL NEUN

„Es ist das Beste, den Gegner schwerer einzuschätzen, als er ist."
William Shakespeare

Die *Euripedes' Ion* überragte das Dock und ließ die anderen Boote, die in Eagle Harbor lagen, klein und unbedeutend erscheinen. Jimmy und Tricia beobachteten, wie die Kinder zu ihrem Großvater liefen. Sie liefen den Landungssteg hinauf, der zum Achterdeck führte, wo er sie herzlich begrüßte, wie es sich für einen Großvater gehörte.

Eine viel jüngere Frau winkte hinter dem älteren Barrows. Die zweite Ehefrau. Die erste lebte auf Zypern, dank einer großzügigen Abfindung aus der Scheidung. Ich fragte mich, wie viel von beiden Elternteilen das wundersame Biest geerbt hatte und nach wem sie kam. War Jimmy ihre Rache dafür, dass ihr Vater ihre Mutter durch eine jüngere Frau ersetzt hatte?

Ich vermutete, dass Jimmy nichts bekäme, wenn er sie verließ. Es musste einen Ehevertrag geben. Warum also der Anschlag? Eine Scheidung würde sie wie die Böse dastehen lassen, während er umso beliebter werden würde.

Wäre er aber aus der Welt geschafft, könnte sie vielleicht auf der Welle zum Bürgermeisteramt schwimmen, würde dort aber gestoppt werden.

Nichts davon ergab einen Sinn. Es ließ mich zweifeln, ob sie wirklich diejenige war, die für den Anschlag bezahlt hatte. Vielleicht war ich voreilig gewesen. Trotzdem war da etwas. Ein Geheimnis umgab sie.

Leichen im Keller.

Ich benutzte mein Handy, um die *Ion* über den Kamerazoom aus der Nähe zu betrachten. Von meinem Platz aus musste ich quer durch die willkürlich an der Bainbridge Marina vertäuten Boote schauen. Ein Paar ging auf den Steg hinaus und blickte ins Wasser, bevor es zurück an Land schlenderte.

Ich nutzte die Gelegenheit, um dorthin zu gehen, wo die beiden gerade gewesen waren, und machte mir den öffentlichen Zugang zunutze. Am Dock, umgeben von einer bunt zusammengewürfelten Flotte privater Motorboote und Segeljachten, schaute ich in regelmäßigen Abständen ins Wasser, als ob ich nach Meeresbewohnern Ausschau halten wollte.

Am Ende des Docks war ich nur noch dreißig Meter von den Familien Barrows und Tripplethorn entfernt. Das hintere Deck war zu mir hin offen und die Familie saß dort entspannt beisammen. Rauch stieg aus dem Lüftungsschacht auf, bevor er sich legte.

Die Jacht der Barrows war auf dem Weg aufs Meer hinaus.

Ich setzte mich an das Ende des Stegs, zog meine Schuhe und Socken aus und krempelte meine Hosenbeine hoch. Ich ließ meine Füße ins Wasser hängen und mimte den Unbeschwerten. Ich zog meine Fankappe tief in mein Gesicht, um meine Augen zu verdecken und zu verhindern, dass Jimmy mich erkannte. Ich trug meine

Sportjacke und ein Hemd. Ein Geschäftsmann, der eine Pause von den Strapazen des Alltags machte.

Auch, wenn es Samstagmorgen war. Ich hätte auch etwas Lässigeres tragen können. Ein alter Seebär kam den Steg entlang auf mich zu, mit zwei Angelruten und einer Köderbox. Er warf seine Sachen in ein altes Kajütboot, bevor er weiter in meine Richtung kam.

„Hast du dich verlaufen, Kumpel?"

„Ich frage mich, wie es wäre, das Büroleben hinter mir zu lassen, um mehr Zeit auf dem Meer zu verbringen."

„Es wäre das Leben eines Narren!" Er lachte sich mit kratziger Stimme in einen Hustenanfall. Ich hatte keine Ahnung, worauf er hinauswollte. „Ich war mal wie du, habe in einem Büro gearbeitet. Bin früh in Rente gegangen und habe mir diese Luxusjacht gekauft."

Ich schaute den alten Kahn an. Er musste mich auf den Arm nehmen.

„Sie war mal etwas Besonderes, aber alles wird teurer und das Geld reicht nicht so lange, wie man es gerne hätte. Ich komme durch. Esse, was ich fange. Ich könnte ein zweites Paar Hände gebrauchen, wenn du mal sehen willst, wie das so ist. Ich fahre nicht zu weit raus. Dieser alte Schlepper macht keine langen Fahrten mehr."

Ich war unschlüssig, aber ich wollte sehen, was die *Ion* vorhatte. Laut Jimmys Zeitplan war es ein Tagesausflug. Die Tripplethorns hatten keine zusätzliche Kleidung oder Rucksäcke mitgebracht, die eine Übernachtung hätten vermuten lassen.

„Ich muss heute Nachmittag noch wo hin, aber ich könnte den Vormittag mit dir verbringen. Ich würde gerne mal im Puget Sound fischen."

„Yeehaw! Wir fangen uns ein paar Königslachse und vielleicht zwei oder drei Lengdorsche. Wir sind kurz nach Mittag zurück, wenn du Köder werfen kannst."

„Lass mich zu meinem Auto laufen und andere Sachen holen."

„Lass dir nicht den ganzen Tag Zeit, Kumpel. Du musst das Deck schrubben, während ich alles für den Fischfang vorbereite."

Ich lachte, während ich meine Sachen aufhob, zurück zum Ufer eilte und auf Zehenspitzen barfuß über den Parkplatz und durch das Gestrüpp zu meinem Auto ging. Ich tauschte meine Jacke und die guten Schuhe gegen meine versiffte Obdachlosen-Hose. Wenigstens war der Schlamm getrocknet. Auf meinem Weg zur *Bessie Mae* bröckelte einiges davon ab.

Es gab einen deutlichen Unterschied zwischen jemandem, der zielgerichtet ging, und jemandem, der einfach nur ging. Ich könnte den rüstigen Alten nach dem großen Boot und seinem Besitzer fragen. Man fischte ja nicht nur. Ich erwartete, dass der Mann durchgehend reden würde, während wir auf See waren. Ich würde ihm im Gegenzug für sein Wissen zur Hand gehen.

Denn er würde von mir mit Sicherheit keine Informationen bekommen.

Nachdem ich meine Sachen unter Deck abgelegt hatte, kehrte ich zurück und trug nichts außer meiner schmutzigen Hose und einer Baseballkappe. Keine Schuhe. Kein Hemd.

Er sah mich skeptisch an. „Was zum Teufel ist mit dir passiert?" Er zeigte auf meine Seite.

„Granatsplitter. Ein Geschenk von denen, die es nicht mochten, dass die Amerikaner auf ihrem Sand herumtrampelten."

„Ich war bei der Navy. Zwischen den Kriegen, aber ich liebe das Meer. Und jetzt hör auf, herumzualbern, Sandlatscher, und fang an zu schrubben."

„Ja, Sir. Jetzt wird geschrubbt, aye, aye, Sir." Ich nahm

den Eimer und die Bürste, die er mir hinhielt, und ging so weit in Richtung Heck zurück, wie ich nur konnte, um die *Ion* im Auge zu behalten. Zwei Besatzungsmitglieder standen auf dem Dock und bereiteten sich darauf vor, die Leinen loszumachen. „Was wissen Sie über dieses große Boot? Wem gehört so ein Riesending?"

„Das ist Clive Barrows. Baron der Ball Street. So nennen wir ihn jedenfalls." Ich nahm mir das Deck vor und schrubbte den Dreck des letzten Jahres weg. Der alte Mann hatte sein Boot schon lange nicht mehr geputzt, als hätte er die Liebe zu ihr verloren. „So ähnlich wie die Wall Street, nur an der Front. Ihm gehören ein Dutzend Lebensmittel-Ketten. Bereichert sich an den Arbeitern, indem er ihnen Essen aus der Mikrowelle und überdimensionale Colaflaschen verkauft. Diejenigen, die schwer schuften, Durchschnittsmenschen, nicht wie du und ich. Ich esse und trinke dieses Zeug nicht. Gift!"

Der Skipper der *Bessie Mae* wurde wütend. Die Adern in seinem Gesicht pulsierten und die Blutgefäße in seiner Nase drohten zu explodieren. Er sah aus, als bräuchte er einen Drink. Ich war froh, dass er nicht nach einem griff.

„Kein Grund, sich aufzuregen. Er lebt nicht in unserer Welt. Aber ich bin neugierig auf seine. Sieht aus, als ob eine junge Familie an Bord ist. Wer sind die Leute?"

„Das ist der nächste Bürgermeister von Seattle, Jimmy Tripplethorn. Er hat die Tochter geheiratet und mit ihr das ganze Geld. Sie ist die einzige Erbin und der alte Clive ist in die Jahre gekommen."

„Eine zweite Frau?"

„Das ist der Trend unter den alten reichen Kerlen. Man tauscht sie gegen ein jüngeres Modell, wenn du verstehst, was ich meine. Ich bin mir sicher, dass die neueste Mrs. Barrows sich einen netten Notgroschen zugelegt hat, indem sie den alten Mann in seinen späten

Jahren gevögelt hat, aber die Tochter bekommt den Löwenanteil."

„So alt ist er doch nicht, oder?"

„Älter als ich!" Der Skipper wechselte den Köder an einer seiner beiden Ruten aus und wählte einen massiven Blinker anstelle des Hakens und Bleigewichts auf der anderen Seite. „Macht nichts. Es geht mich nichts an, wofür er sein Geld ausgibt. Ich bin nur verbittert, dass mein Geldhaufen immer kleiner und seiner immer größer wird."

Er streichelte den Holzrahmen neben der Fahrerkabine über der Kabine.

„Ich und *Bessie Mae* haben schon einiges durchgemacht, nicht wahr, altes Mädchen?"

„Deine Frau?" Ich hielt meine Augen auf die *Euripedes' Ion* gerichtet, während sie im großen Hafen wendete. Ich konnte nicht sehen, wer sie lenkte, aber ich wusste, wer es nicht war. Der alte Barrows blieb auf dem hinteren Deck und zeigte auf die Sehenswürdigkeiten von Bainbridge Island, als ob die Kinder sie nicht schon oft genug gesehen hätten.

„Weg. Es stellte sich heraus, dass sie weder Fisch mochte, noch mich als Rentner."

„Hat dich also dir selbst überlassen." Ich versuchte, Mitleid zu haben. Das wundersame Biest und die zweite Frau waren nicht mehr an Deck, nur Jimmy, Clive und die Kinder. Sie waren zu sehr mit Zeigen und Schauen beschäftigt, um sich um die *Bessie Mae* oder *mich* zu kümmern. Ich beobachtete sie genau.

Da bestand eine gute Dynamik zwischen Jimmy und seinem Schwiegervater. Jemand von der Crew brachte einen Krug und Gläser heraus. Sah aus wie Eistee. Es war noch früh, kaum zehn Uhr morgens.

„Sieh nicht zu, wie die Farbe trocknet, Skipper." Ich

hüpfte vom Boot und drohte, die Bugleine zu lösen. „Gehen wir angeln oder willst du mit deinem Steuerrad Liebe machen?"

„Immer mit der Ruhe, Stoppelhopser. Ich muss alles der Reihe nach machen."

„Leck mich, Tintenfisch!" Während die *Ion* den Hafen verließ und beschleunigte, kehrte ich zum Schrubben des Decks zurück.

„Verdammte Trampeltiere."

„Faule Seebären." Ich stand ihm in unserem kleinen Wettstreit zwischen den Diensten in nichts nach. Ich hatte sogar lange und hart daran gearbeitet, es zu perfektionieren. „Schlaghosen tragender Modefreak."

„Hey! Die waren bequem. Ich wünschte, ich hätte ein Paar, das passt", konterte der Skipper, aber er stapfte um das Boot herum und überprüfte Armaturen und Flüssigkeitsstände. Schließlich kam er zurück ins Ruderhaus, wo er eine Reihe von Schaltern umlegte, bevor er den Motor anließ. Dieser ächzte und begann quietschend zu arbeiten.

Ich sprang auf meine Füße. Es war unangenehm nah gewesen, das Geräusch eines Motors, der zu explodieren drohte.

Er stotterte und erwachte rumpelnd und polternd zum Leben. Ein Diesel. Er schnurrte nicht, aber er lief. Eine Überholung würde ihm neues Leben einhauchen, aber die kostete Geld und *Bessie Maes* Kapitän schien ein paar Dollar zu wenig zu haben.

„Wenn ich an Land schwimmen muss, weil der Schlepper eine Panne hat, werde ich sehr verärgert sein. Sehr", rief ich über das Aufheulen des Motors hinweg.

„Mach die Leinen los, du Amateur!" Er machte eine unspezifische Handbewegung. Ich sprang auf den Steg, löste die Bugleine und warf sie an Bord. Dann löste ich die

Heckleine und nahm sie mit mir, als ich zurück ins Boot sprang. Der Kapitän lachte, als er das Steuerrad drehte und die *Bessie Mae* vom Dock steuerte.

Bei einem Tempolimit von fünf Knoten blieben wir kläglich hinter der *Ion* zurück. Sie drehte einmal im Sund nach links und beschleunigte dann außer Sicht. Ich schrubbte weiter, während ich aufsah, um die Megajacht im Auge zu behalten. Die Überwachung neigte sich für heute dem Ende zu.

Bessie Mae drehte nach rechts ab, fuhr eine Meile an der Küste entlang und wurde dann langsamer, während der Kapitän den Fischfinder beobachtete. Mir fiel auf, dass er mir seinen Namen nicht genannt hatte. Er hatte auch nicht nach meinem gefragt. Es machte mir nichts aus. Die Anonymität war mein Freund.

Ich hörte auf zu schrubben und hinterließ einen Unterschied wie Tag und Nacht zwischen dem sauberen und dem schmutzigen Bereich.

„Komm schon, Soldat, lass uns ein paar Fische fangen.“

„Immer mit der Ruhe, Schmutzfink. Nimm die Rute mit dem Sinker und mach dich bereit, sie rauszulassen. Wenn ich es dir sage, holst du sie ein, nicht vorher.“ Hochkonzentriert auf seine Ausrüstung hielt er seine Hand aus, als ob er sich bereit machte, die Krieger in den Kampf zu rufen.

Ich hakte den Sinker aus, überprüfte die Angelrolle und machte mich bereit, ihn über Bord zu werfen.

Der Kapitän ließ das Boot im Leerlauf auf dem Weg zurücktreiben, den wir gekommen waren. Er hielt seine Augen auf den Fischfinder gerichtet. „Hast du eine Frau, zu der du zurückmusst?“

„Und was für eine. Sie verlangt mir alles ab, manchmal auch noch mehr.“

„Eine echte Amazone, was? So einen brauchen wir alle. JETZT!"

Ich warf den Sinker hinter das Boot und ließ ihn sinken, wobei ich den Bügel der Rolle geöffnet ließ, um den Köder tief ins Wasser zu führen.

„Das ist gut. Spann ihn an und mach dich bereit. Ich glaube, wir haben ein paar schöne Lachse unter uns. Die dürfen nicht an den Haken gehen. Wenn du den Köder rausziehst, verlierst du den Fisch. Erst wenn ein Fisch anbeißt, ziehst du ihn rein."

Es dauerte nicht länger als zehn Sekunden, bis ich einen am Haken hatte. Ich lehnte mich zurück und ließ die Angelrute einen Großteil des Kampfes übernehmen, während ich die Schnur einholte. Der Fisch begann zu flüchten. Ich ließ es zu. Der Widerstand war locker eingestellt und der Fisch schwamm ohne großen Widerstand davon. Ich zog ein wenig von der Leine ein, um die Spannung am Haken zu halten. Ziehen, lösen, ziehen. Der Kapitän machte sich ein Bier auf und nippte daran, während ich mit dem Fisch kämpfte.

Sobald der Königslachs an die Oberfläche kam, stellte er seine Dose ab und griff nach dem Netz. Der Fisch bewegte sich auf das offene Wasser zu. Ich zog fester an der Leine und erlaubte der Rute sich durchzubiegen, um als Stoßdämpfer zu wirken. Einholen. Immer die Leine einholen.

Der Kapitän ging zurück in die Kabine und gab ein wenig Gas, um die *Bessie Mae* vorwärts zu treiben, dann kehrte er auf das Achterdeck zurück. „Bring ihn auf diese Seite." Er hielt das Netz so, dass der Fisch es nicht sehen konnte. Der Lachs begann wieder zu flüchten, aber er wurde müde. Ich trieb ihn die letzten paar Meter an.

Schnell wie eine Klapperschlange tauchte der Kapitän das Netz ins Wasser, fing den Fisch und zog ihn an Bord.

„Gut!" Eine schnelle Messung ergab, dass das Tier einen guten Meter lang war, mit einem Gewicht von knapp fünfzehn Kilogramm. Der Kapitän legte ihn in die Kühlbox, die gleichzeitig als Sitzbank diente. Ich löste den Köder aus dem Netz. „Jetzt kommt die zweite Runde."

Wir machten kehrt und wiederholten das Spiel noch fünfmal, bis wir drei weitere Lachse in der Kühlbox hatten.

Nach dem vierten Fang des Tages musste ich mir die Arme reiben. Sie wurden steif und ich hatte einen blauen Fleck unterhalb meines Bauchnabels abbekommen, wo ich das Ende der Angelrute beim Kampf mit dem Fisch eingeklemmt hatte.

„Du hast sie gefangen. Du kannst die Hälfte davon behalten."

„Ich bin in einem Hotel. Kein Platz, aber du hast mir einen tollen Tag beschert. Lass uns zurückfahren. Bei diesem guten Fang ist alles andere nur Benzinverschwendung. Mein Kompliment, Seemann."

„Vier am Haken, vier im Boot. Nicht schlecht, Junge."

„Es ist fast so, als hätte sie mir jemand an den Haken gehängt. Tintenfische tun sowas, nicht wahr?"

„Du schrubbst besser die andere Hälfte des Decks. So kannst du es nicht lassen." Er zeigte auf die unvollendete Arbeit. „Ich bringe uns zurück und dann verbringst du etwas Zeit mit deiner Frau."

Ich holte den Eimer und die Bürste heraus, ging wieder auf die Knie und setzte mein Körpergewicht ein, um mehr Druck auf das Deck auszuüben. Ich wollte fertig werden, bevor wir andockten. Es war eine Frage des Stolzes.

Die *Ion* war nirgends zu sehen. Es war bereits Mittag. Ich wollte früh zurück sein, solange der Verkehr mitspielte. Mit diesen Gedanken richtete ich meine Aufmerksamkeit auf das Deck und strengte mich noch mehr an.

Als wir anlegten, hatte ich noch ein kleines Stück übrig. Der Kapitän sagte mir, ich solle es lassen. Das konnte ich nicht. Ich sicherte das Boot und kehrte zurück, um das letzte Stück zu schrubben. Der alte Mann trug zwei Fische zum Filetiertisch. Ich war fertig, bevor er zurückkam, und nahm die beiden anderen und trug sie den Steg hinunter, wo der alte Mann sie ausnahm.

Ich ließ sie auf den Tisch klatschen und ging zurück zum Boot, um meine Sachen zu holen. So gut ich konnte, machte ich mich mit einem schmutzigen Lappen sauber. Ich brauchte eine Dusche. Als ich wieder auf den Steg kamk, zog ich zwei Hundertdollarscheine aus meiner Brieftasche, rollte sie zusammen und steckte sie in die Hemdtasche des alten Mannes.

„Dank dir hat der Tag heute richtig Spaß gemacht. Das war keine Selbstverständlichkeit."

„Ich habe all diese Fische und ein sauberes Deck. Ich sollte dir etwas zahlen." Der alte Mann zog die Scheine heraus und sah mich von der Seite an. Ich hielt einen Finger an meine Lippen.

„Falls jemand fragt: Ich war nie hier. Ich würde es nicht verkraften, wenn jemand herausfindet, dass ich den Tag mit einem Tintenfisch verbracht habe."

Er hielt mir eine mit Innereien verschmierte Hand hin. Ich nahm und schüttelte sie. In den Filetiertisch war ein Waschbecken eingebaut, in dem ich mich abspülen konnte, aber das reichte bei Weitem nicht.

„Kann man hier irgendwo duschen?"

„Drinnen. Ich sage ihnen Bescheid." Er ließ seinen Fisch liegen und öffnete die Tür zum Hauptgebäude. „Mein Freund hier geht duschen. Hat ein paar anständige Königslachse am Rockaway Point gefangen." Er zeigte jemandem drinnen einen erhoben Daumen und ich ging hinein, barfuß und ohne Hemd. Eine ältere Frau deutete in Richtung der Toilette.

Die Dusche war klapprig und veraltet wie der Rest des Gebäudes, aber sie erfüllte ihren Zweck. Ich roch endlich wieder sauber, war immer noch barfuß, trug aber immerhin meine gute Hose und das Hemd. Ich rollte meine eklige Hose zusammen und hielt sie von meinem Körper weg, während ich aus der Tür, über den Parkplatz und in den benachbarten Park zu meinem Auto ging. Die Hose warf ich in den Kofferraum, während ich mich auf die Stoßstange setzte, um mir die Füße abzuwischen und meine Schuhe anzuziehen.

Was hatte ich herausgefunden, abgesehen davon, wie man Königslachse fing?

Auf der Fahrt hatte ich Zeit zum Nachdenken.

Wenn es nicht das wundersame Biest war, wer dann? Ich fühlte mich, als stünde ich wieder am Anfang.

Rush würde mir weiterhelfen. Ich scrollte zu *Grace Under Pressure* und tippte auf *The Enemy Within*. Ich nahm den langen Weg zurück zum Hotel, um die Fähre zu umgehen, indem ich über Land erst nach Süden und dann nach Osten fuhr.

Was sollte ich nur mit Tricia Tripplethorn machen? Ich musste herausfinden, wohin sie ging und wen sie traf. Ich wollte wissen, wohin die Barchetta fuhr. Ich musste in einem Elektronikladen anhalten, um einen kommerziellen GPS-Tracker zu kaufen. Auf der Verpackung sah ich den passenden rechtlichen Warnhinweis über das Verfolgen von Personen ohne deren Zustimmung.

Perfekt.

Ich kaufte zwei Stück. Dreißig Dollar pro Stück. Sollte eigentlich verboten werden.

Würde das Biest am Montagabend in der Wahlkampfzentrale auftauchen? Ich verließ mich darauf.

Ich würde täglich ihre E-Mails durchforsten, um herauszufinden, was in ihrem Leben sonst noch so los war. Es nagte an mir. Welche Rolle spielte sie?

Sie musste etwas davon haben, aber was? Ich musste auch weiter nach Dingen suchen, die Jimmy diskreditieren konnten. Ich musste in seinen E-Mails graben, wenn ich es schaffte, mir Zugriff zu verschaffen. Es gab eine Menge zu tun. Ich würde mich morgen Früh darum kümmern, während Jenny schlief.

Der Verkehr kam zum Stillstand. Ich nutzte die Gelegenheit und rief sie an.

Sie kam ohne Begrüßung zur Sache. Das hielt mich auf Trab. „Bedeutet das, was ich hoffe, dass es bedeutet?"

„Deine Hoffnungen sind meine Wünsche. Ich bin auf dem Weg zum Hotel."

„Ich bin in meinem Haus, aber ich fahre gleich zurück. Bin in weniger als einer Stunde da."

„Ich kann es nicht erwarten, dich zu sehen, Miss Jenny." Ich wartete einen Moment, bevor ich hinzufügte: „Pass auf, dass du nicht geblitzt wirst."

„Ich schnappe mir grade meine Handtasche und meine Schlüssel und bin auf dem Weg zur Tür. Bis bald, Ian." Sie legte auf, um sich darauf zu konzentrieren, zurück ins Hotel zu kommen.

Ich drehte das Autoradio auf. *Hold Your Fire* hatte gerade begonnen. Das Album war über fünfzig Minuten lang. Es sollte mich den ganzen Weg zum Hotel begleiten, wenn der Verkehr in einem anständigen Tempo weiterging. Samstagmittag.

Wohin wollten alle? Dorthin, wohin das Leben sie trieb. Genau wie ich.

Aber mein Ziel war ein anderes.

Ich ritt auf der Welle. Änderte den Kurs, wenn es nötig war. Ich musste nur entscheiden, in welche Richtung.

KAPITEL ZEHN

„Die Schulung des Körpers und die Schulung des Geistes ergänzen sich, und beide können erholsam und erzieherisch gestaltet werden." John Lancaster Spalding

Ich erreichte den Parkplatz vor Jenny und eilte in mein Zimmer, um mich umzuziehen, mir die Zähne zu putzen und ein paar Sachen für den Rest des Wochenendes in eine Tasche zu werfen.

Ein leises Klopfen signalisierte Jennys Ankunft. Ich wartete, ohne zu antworten. Sie benutzte ihre Schlüsselkarte und trat ein. „Oh! Du bist da. Warum hast du nichts gesagt?"

Sie schlenderte lässig auf mich zu, mit einem Lächeln, das mit jedem Schritt breiter wurde.

„Ich habe dir den Schlüssel zu meinem Zimmer gegeben. Mehr brauchst du nicht, um hereinzukommen."

Sie lehnte sich zurück. „Das Zimmermädchen hat auch einen Schlüssel zu deinem Zimmer." Sie rieb ihre Nase an meiner.

„Der Unterschied ist, dass ich ihr den Schlüssel nicht gegeben habe."

„Punkt für Ian", räumte Jenny ein. „Ich rieche Fisch."

„Komische Sache", begann ich, schaute nach unten und verlagerte mein Gewicht von einem Fuß auf den anderen. „Die Arbeit mit dem Kunden führte dazu, dass wir im Puget Sound fischen waren. Wir haben ein paar Königslachse gefangen."

„Ooh! Ich liebe frischen gegrillten Lachs." Jenny begann zu strahlen.

„Oh, nein. Ich hatte keine Kühlbox. Hätte nicht gedacht … Ich habe meine dem Kunden gegeben. Verdammt." Die Aneinanderreihung unzusammenhängender Gedanken kam mir unverhofft über die Lippen. „Wollen wir einen kaufen?"

„Klar. Wir sind hier in Seattle. Die Frage ist, kriegen wir einen richtig guten?"

„Lass uns einkaufen gehen", bot ich an und versuchte, es wiedergutzumachen.

„Wir sollten ihn gleich verarbeiten, wenn wir ihn gekauft haben. Und dafür ist es noch ein bisschen früh, meinst du nicht?" Jenny ließ ihre Handtasche auf die Kommode fallen. Sie ging zur Tür zurück und hängte das Bitte-nicht-stören-Schild hinaus, bevor sie absperrte.

Dann blieb sie bei der Tür stehen und knöpfte lässig ihre Bluse auf.

Ich spiegelte ihre Bewegungen. Es gab nichts weiter zu sagen.

<hr>

Jenny fuhr nach Norden, am Lake Sammamish vorbei, und dann erst nach Osten und dann nach Süden. Wir hielten uns an den Händen. Ihre war warm und weich wie der Rest ihres Körpers.

„Lebensmittelladen?" Ich fragte mich, was es zum Abendessen geben würde. Jenny fuhr an einer großen Ladenkette vorbei, die frisch gefangenen Lachs zum Verkauf anpries.

„Du hast deinen Burger nie bekommen, also gehe ich mit dir in ein Restaurant, wo sie Gegrilltes und Burger servieren. Ich lade dich ein."

„Klingt eigentlich gut. Ich mag zwar gute Burger, aber ich bevorzuge großartige."

„Ich denke, dann haben sie genau das Richtige für dich. Du kannst bestellen, was du willst."

„Wohnst du hier in der Gegend?"

„Etwa zehn Minuten von hier. Ich bin hier aufgewachsen, aber jetzt kenne ich nicht mehr so viele Leute. Viele Leute sind weggezogen und neue Pendler haben die Stadt erobert."

Das konnte ich verstehen. „Immer noch erschwinglich für viele, die in der Innenstadt arbeiten, aber es ist ein langer Weg von hier in die große Stadt. Ein Opfer, das die jungen Leute bereit sind zu bringen, um mehr für ihr Geld zu bekommen – auf Kosten ihrer wertvollen Zeit."

„Mein Vater hat es auch so gemacht", antwortete Jenny. „Aber er liebte es auch zu jagen."

„Kannst du schießen?" Ich erwartete, dass sie seine Waffen geerbt hatte.

„Ich kann es, aber ich tue es nicht. Ich fühle mich nicht wohl dabei, allein zum Schießstand zu gehen."

„Das könnten wir doch morgen gemeinsam machen. Wir durchlöchern ein paar Papierschurken und reinigen dann die Waffen. Das ist bestimmt schon eine Weile her, oder?"

„Das ist nichts, was ich zu tun gedenke."

Ich wollte sehen, was sie draufhatte, für den Fall, dass wir uns verteidigen mussten. Falls das Friedensarchiv Jagd auf uns machen würde.

„Gut. Dann schießen wir nur und vergessen den Rest. Dann gehen wir wandern oder schwimmen oder sonst was."

„Schwimmen! Als ob du mit einem gestrandeten Wal gesehen werden willst."

Ich nahm ihre Hand und drückte sie fest. „Du kannst dieses Gerede jetzt sofort beenden. Vertreibe diese Gedanken aus deinem Kopf, denn das ist der einzige Ort, an dem sie existieren. Definitiv nicht in meinem. Ich denke darüber nach, wie schön du bist und wie es möglich ist, dass du dich in jemanden wie mich verliebst. Ich habe großes Glück, mit dir zusammen zu sein. Vielleicht mehr Glück als alle anderen Männer auf dieser Welt."

„Aber es ist in Ordnung, wenn wir nicht schwimmen gehen?"

„Natürlich, aber nicht, weil du Angst davor hast, was die Leute denken könnten. Was wir tun, geht niemanden sonst etwas an."

Jenny lächelte und ihre Augen strahlten, als sie auf den Parkplatz des Restaurants fuhr. „Nur uns geht es etwas an, Mr. Bragg."

„In der Tat, Miss Lawless. Lass mich die Tür für dich öffnen. Das ist das Mindeste, was ich tun kann, da du bezahlst. Ich werde meine Rolle als Gigolo spielen."

„Ich hatte noch nie einen Gigolo." Sie nickte mir zu. Ich stieg aus und umrundete das Auto.

Auf der anderen Seite öffnete ich ihr die Tür und verbeugte mich leicht. „Geht mir auch so."

Sie kuschelte sich eng an mich, bevor sie sich bei mir einhängte und wir gemeinsam zum Restaurant gingen.

„Siehst du mal nach, wie spät es ist?" Ich hielt Jenny meine Uhr hin.

„Wir benehmen uns wie alte Leute, so früh, wie wir zu Abend essen."

„Ich habe seit dem Frühstück nichts mehr gegessen und ich bin hungrig. Danke, dass du mir entgegenkommst. Jenny und Ian sind erwachsen und ignorieren alle sozialen Normen in ihrem Leben."

„Philosophie. Ich hätte dich nicht für jemanden gehalten, der sich an gesellschaftliche Normen hält. Ich habe die Kleidung gesehen, die du mitgebracht hast."

Ich lachte und schüttelte den Kopf. Mein Versuch, mich anzupassen, war nicht gerade erfolgreich gewesen. „Nicht viele Dinge bedeuten mir etwas, aber die paar wenigen bedeuten mir dafür sehr viel."

„Wie ich?"

„Unheimlich viel sogar." Das wollte ich klarstellen. Ich öffnete die Tür und sie ging hindurch und direkt auf die Empfangsdame zu.

„Miss Lawless. Willkommen im Pighouse." Sie griff hinter sich nach mir. Ich legte einen Arm um ihre Taille und nickte dem Teenager hinter dem Empfangstisch zu. Sie hob beide Augenbrauen, während sie mich schnell von oben bis unten musterte. Dann wandte sie sich wieder an Jenny. „Wir haben den Jubiläumstisch frei, wenn Sie wollen. Feiern Sie einen besonderen Anlass?"

„Danke, Dara, den nehmen wir. Wir feiern die Liebe zum Leben." Jenny wandte sich an mich. „Dara war vor ein paar Jahren in meiner Klasse. Sie lernt schnell und ist eine hervorragende Schülerin."

Sie führte uns durch das halb volle Restaurant und legte die Speisekarten an einem abgelegenen Tisch im hinteren Bereich ab. Wir setzten uns einander gegenüber. „Die Liebe zum Leben, was? Ich bin mir nicht sicher, ob ich dich jemals so strahlen gesehen habe, Miss Lawless. Das Leben muss deine Liebe erwidern." Das Mädchen warf mir einen Blick zu, bevor sie Jenny für einen Moment die Hand auf die Schulter legte und wegging.

Ich hielt ihre Hände, machte mir nicht die Mühe, die Speisekarte zu studieren, und gab mich wieder einmal damit zufrieden, mich in ihren Augen zu verlieren.

Jemand räusperte sich. Ich blinzelte, bevor ich aufsehen konnte. „Da sind Sie ja!"

Er lächelte humorlos. „Kann ich Ihnen etwas zu trinken bringen?"

„Eistee gesüßt, bitte", bestellte Jenny.

„Für mich auch."

„Sind Sie bereit zu bestellen?", drängte er.

„Ich gebe zu, dass ich mir die Speisekarte noch nicht angeschaut habe. Was empfehlen Sie?" Jenny sah sich die Karte durch, während ich redete.

„Das Pulled-Pork-Sandwich ist unsere Spezialität und wird mit unserer hausgemachten Barbecue-Sauce serviert."

„Ich bin unschlüssig. Wir sind für einen Burger gekommen, aber wenn ein Restaurant eine Spezialität hat, ist es schwer, sie abzulehnen. Ich kann mich mit dem Pulled-Pork-Sandwich anfreunden. Ich vermute, es gibt auch eine Option mit Krautsalat und Pommes?" Der Kellner nickte, während er mitschrieb. „Miss Jenny?"

„Für mich auch. Es ist einfach zum Sterben gut."

„Das hoffe ich nicht. Kann ich es zuerst essen?" Auch das lockte den Kellner nicht aus der Reserve, als er die Speisekarten einsammelte und uns alleinließ.

„Was machst du beruflich, Ian?" Jenny stützte die Ellbogen auf den Tisch und ihr Kinn auf ihre Hände.

Ich mochte diese Pose. Die Frage mochte ich nicht, aber sie war unvermeidlich gewesen. „Ich erzähle es dir bei dir zu Hause. Meine Klienten legen Wert auf Diskretion und das hier ist ein öffentlicher Ort." Niemand konnte uns an unserem Tisch hören, aber das spielte keine Rolle. Ich konnte es nicht riskieren.

„Interessant. Ich habe mich gefragt, wie lange du es brauchen würdest, um es mir zu sagen. Keine Geheimnisse zwischen uns. Und keine Lügen. Versprochen?"

„Diese Werte sind die Grundlage für eine starke Beziehung. Ich verspreche es dir von ganzem Herzen zu. Bitte verlass mich nicht."

„Was für ein Geheimnis bewahrst du, Ian, das dich denken lässt, dass ich dich verlassen könnte?" Winzige Fältchen bildeten sich in ihren Augenwinkeln, als sie meinen Blick erwiderte.

„Ich erzähle dir alles heute Abend. Was ich dir jetzt schon sagen kann, ist, dass mir die Liebe nicht leichtfällt und ich dabei auch nicht unbefangen bin. Ich bin selbst erstaunt, wie schnell ich mich in dich verliebt habe. Das hier ist keine Masche, um während eines Auftrags jemanden ins Bett zu kriegen. Tatsächlich könnte ich nicht überraschter darüber sein, wie sich die Dinge entwickeln. Es bringt mich dazu, meine Lebensziele und alles, was damit zusammenhängt, zu ändern. Der Anfang einer Beziehung ist meist so kraftvoll, dass man die kleinen Dinge leicht übersieht. Aber ich liebe alles an dir, Miss Jenny. Ich würde nichts ändern wollen. Ich möchte nur Teil dessen sein, was direkt vor mir liegt. Und das bedeutet, dass ich auch möchte, dass du auch ein Teil von mir bist."

Jenny lehnte sich zurück und lächelte, ohne mir zu antworten. Der Kellner stellte unsere Getränke ab und verschwand, ohne sich um ein lockeres Gespräch zu bemühen.

Als sie schließlich sprach, war es mit einem Achselzucken. „Es gibt nichts, was du sagen könntest, das mich in die Flucht schlagen würde. Ich fürchte, du hast mich an der Backe."

Ich streckte meine Hand aus und den kleinen Finger in die Luft. „Schwörst du es bei deinem kleinen Finger?"

„Sind wir etwa in der Highschool?"

Ich beließ meinen Finger, wo er war. Schließlich gab sie nach und wickelte ihren warmen Finger um meinen. „Sei ehrlich zu mir. Ist das Pulled Pork gut?"

„Mir schmeckt es." Nicht die verbindliche Aussage, nach der ich gesucht hatte, aber wenn das alles war, was sie zu geben bereit war, konnte ich nicht mehr verlangen.

„Dann werden wir sehen, wie unsere Geschmäcker übereinstimmen." Ich stand von meinem Platz auf und quetschte mich neben sie. Sie rückte für mich ein Stückchen zur Seite. Ich nahm ihr Gesicht in meine Hände und küsste sie.

Der Blitz erschreckte mich. Ein Foto!

Dara saß plötzlich auf meinem Platz und grinste. „Das sieht aus wie ein Verlobungsfoto. Ich möchte die Erste sein, die Ihnen gratuliert."

Ich konnte kein Foto von mir mit Jenny gebrauchen. „Kann ich mal sehen?" Dara rief das Bild auf und hielt mir ihr Handy hin. Hauptsächlich mein Hinterkopf und meine Hände, die den größten Teil von Jennys Gesicht verdeckten. Niemand würde etwas erkennen können, vor allem auch keine Webcrawler mit Gesichtserkennung.

Dara lehnte sich zurück und richtete ihr Telefon auf uns. „Lassen Sie mich ein wirklich schönes Foto von Ihnen beiden machen. Glückwunsch, Miss Lawless! Wer ist der Glückspilz?"

Ich stand auf und stellte mich neben den Tisch. Dara wirkte enttäuscht. „Psst. Wir werden es formell ankündigen, wenn die Zeit reif ist. Behalte das Bild, denn es zeigt das Gesicht der wahren Liebe, aber bitte nicht mehr. Mein Arbeitgeber wäre außer sich, wenn er mich beim Herumalbern erwischen würde."

Dara schaute verwirrt drein. „Seit wann ist ein Abendessen Herumalbern?"

„Wenn man einen so anspruchsvollen Arbeitgeber hat wie ich. Sie zahlen mir viel Geld dafür, dass ich es nicht tue." Ich legte mir einen Finger an die Lippen. „Das bleibt unser Geheimnis."

„Aha", murmelte sie.

„Unser Geheimnis", drängte Jenny mit ihrer Lehrerinnen-Stimme.

Dara fing sich schnell und straffte ihre Schultern. „Sie beide sind ein tolles Paar. Wenn jeder eine Beziehung wie die Ihre hätte, wäre die Welt ein besserer Ort."

Eine Beziehung wie die unsere. Was wäre, wenn das wundersame Biest einen Freund hätte, einen reichen Freund, der noch reicher werden wollte?

Die Welten in meinem Kopf verschmolzen auf unangenehme Weise miteinander. Ich hatte immer noch einen Auftrag zu erfüllen und musste bei der Sache bleiben.

Eine Stimme, sanft und eindringlich zugleich. „Ian?" Jenny. Ich stand da und starrte die Wand an.

Die beiden Abteile in meinem Geist waren offen und flossen ineinander. Tricia Tripplethorn. Jenny Lawless. Welten voneinander entfernt. Hingabe. Verrat.

Und im Zentrum stand immer noch das wundersame Biest. Ich hatte mich nicht geirrt. Der Porsche. Ich musste wissen, wohin sie fuhr. Jimmys Tage waren lang und die Kinder waren in der Schule. Was machte sie den ganzen Tag über?

„Ian? Du machst mir Angst."

„Nein. Es tut mir so leid, nein! Es ist mein Job. Daras Worte haben mir gerade etwas klargemacht. Ich sehe einige Dinge klarer und andere nicht so sehr, aber gerade habe ich etwas verstanden. Heute Abend, wenn wir bei dir zu Hause sind, erzähle ich dir alles."

Ich setzte mich wieder Jenny gegenüber. Sie nickte wortlos, während sie mich nachdenklich betrachtete.

„Ein Mann voller Geheimnisse. Ich denke, du wirst mich auf Trab halten, Ian Bragg."

„Und das ist etwas Gutes. Wir wollen nie selbstgefällig werden." Ich senkte meine Stimme. „Ich hoffe, du hast nichts gegen eine Weltreise, wenn das hier vorbei ist. Sie wird vielleicht sechs Monate dauern, aber sie wird legendär sein."

„So was kann ich mir nicht leisten", antwortete sie und schüttelte entschieden den Kopf. „Eine Partnerschaft bedeutet, dass wir zu gleichen Teilen beteiligt sind."

„Das besprechen wir später und wir treffen keine Entscheidungen ohne unser beider Einverständnis. Abgemacht?"

„Ich werde dich daran erinnern." Ihr Gesicht blieb ernst bis auf ihre Mundwinkel, die sich ansatzweise nach oben zogen. Ich konnte nicht anders, als sie anzustarren. Mein Junggesellen-Ich von vor sechs Tagen wäre entsetzt gewesen. Doch in diesem Moment freute ich mich über die Entwicklung, die ich gemacht hatte.

Der Kellner kam, bevor ich mir noch etwas anderes einfallen lassen musste, denn die Wahrheit über mein Leben war der riesige Elefant im Raum, der den ganzen Sauerstoff verbrauchte. Ich musste es ihr sagen, damit wir weitermachen konnten.

Stattdessen aßen wir schweigend. Ich sah sie verstohlen an und sie mich auch, während wir kauten und die Barbecue-Soße uns über die Finger lief. Bald hatten wir keine Servietten mehr.

„Ich glaube, wir sollen uns die Finger ablecken", schlug

ich vor. Meine einzige Serviette war größtenteils voll und nicht mehr zu gebrauchen. „Oder es aufessen, ohne es wegzulegen wie ein Zweijähriger."

Ich hielt es mir vor das Gesicht und spähte über die Oberseite meines Sandwichs. Die Soße lief ihr über das Kinn. Sie legte ihr eigenes Sandwich ab und wischte sich mit den letzten Resten ihrer Serviette über das Gesicht. Dann stand sie anmutig auf und schlenderte zu einem Beistelltisch hinüber, wo sie sich einen Stapel Servietten schnappte, bevor sie zu unserem Tisch zurückkehrte und währenddessen mit den Servietten fächerte wie jemand, der seinen Lottogewinn eingelöst hatte.

Sie ließ sie auf den Tisch fallen. „Männer."

„So einer bin ich. Ich fahre lieber verloren durch die Gegend, als nach dem Weg zu fragen. Nur damit du es weißt. Mein Geheimnis ist raus, obwohl es gar nicht so geheim war. Du wusstest bereits, dass ich ein Mann bin."

Sie nahm einen tiefen Atemzug. „Ich bin mit Männern *und* Frauen ausgegangen."

Ich wusste nicht, ob sie das sagte, um mich zu schockieren, oder ob es eine Tatsache war. Ich hatte gerade einen großen Bissen von meinem Sandwich gemacht, konnte die Antwort aber nicht hinauszögern. Sie würde einen falschen Eindruck bekommen. Ich antwortete mit vollem Mund: „Und?"

„Manche Männer reagieren komisch drauf. Wollen dann einen Dreier oder so."

Ich kaute schnell, auch wenn ich das Pulled Pork gerne genossen hätte. Die Barbecue-Sauce sorgte für die perfekte Würze und ergänzte die Zartheit des gut geräucherten Schulterstücks. „Ich bin nicht wie andere Männer. Ich habe null Interesse daran, Intimitäten mit jemand anderem als dir auszutauschen. Und ich werde den Rest meines Lebens damit verbringen, dir das zu beweisen."

„Vom L-Wort zu einer lebenslangen Verpflichtung. Du lässt nichts anbrennen."

Ich benutzte zwei Servietten, um die klebrige Soße von meinen Händen zu entfernen, damit ich den Krautsalat essen konnte. „Ich habe mein halbes Leben damit verbracht, dich zu finden, und ich habe nicht vor, die andere Hälfte zu verschwenden. Den Nachtisch lasse ich uns einpacken."

„Tu es." Eine einfache Antwort, angemessen schräg für mich. Großartig. Ich machte mich auf die Suche nach dem Kellner, bat ihn um eine Schachtel und bestellte Soufflé mit flüssigem Kern für zwei mit Vanilleeis zum Mitnehmen. Als er mit der Schachtel und dem Dessert kam, griff ich nach meiner Brieftasche, aber Jenny hielt mich auf und reichte ihm ihre Kreditkarte. Nachdem unsere Schuld beglichen war, verließen wir das Restaurant hastig, um keine wertvolle Lebenszeit zu vergeuden.

Ins Auto und los, die Straße hinunter, erst eine Kurve und dann noch eine, in eine Seitenstraße. Jenny hielt vor einem älteren Haus. Der Vorgarten wirkte ein wenig ungepflegt und es gab keinen Lattenzaun.

Sie parkte in einem Carport und nicht in der Garage dahinter. Ich vermutete, dass sie mit Gerümpel gefüllt war.

Drinnen fand ich ein aufgeräumtes Haus vor, das nach frischen Blumen roch, obwohl ich keine Vasen entdecken konnte. Ich würde welche bestellen müssen. Drei Schlafzimmer und ein kombiniertes Wohnzimmer mit Essbereich. Die Küchentheke war an den Ecken abgenutzt, die Geräte glänzten und an Halterungen hingen die Utensilien eines Meisterkochs.

„Deine Mutter war eine gute Köchin."

„Sie war sensationell. Wir mussten uns nie nach einem guten Essen sehnen."

Jenny stellte die Soufflés auf den Esszimmertisch, zog

eine Schublade in der Küche auf und kramte Gabeln und einen Tortenheber heraus. Dann ging sie zu einem Schrank, um Dessertteller zu holen. Sie setzte sich und ich nahm neben ihr Platz, sodass die Desserts zwischen uns auf der Ecke des Tisches standen.

„Was ist dein Geheimnis, Ian Bragg?", fragte sie, während sie ein Soufflé in der Mitte teilte. Als sie damit fertig war, schenkte sie mir ihre ungeteilte Aufmerksamkeit.

Ich musste nicht tief Luft holen, denn ich hatte meinen Atem schon die ganze Zeit angehalten und auf den Moment gewartet, um die Worte laut auszusprechen, die ich nie zuvor zu jemandem gesagt hatte. „Ich wurde geschickt, um Jimmy Tripplethorn zu töten. Ich werde dafür bezahlt, Menschen zu ermorden."

Jennys Hand zitterte, aber sie machte weiter und nickte verhalten, bevor sie uns beiden etwas von dem Dessert auf den Teller legte. Sie ließ ihre Gabel auf ihrem Teller liegen und beobachtete mich genau. Ich fuhr fort.

„Insgesamt sechs im Laufe von etwas mehr als einem Jahr. Ich habe noch neun Tage, um den Auftrag durchzuführen, aber ich kann es nicht. Die anderen waren schlechte Menschen. Es war leicht, sie zu erschießen, denn ihr Verlust machte die Welt zu einem besseren Ort."

Ich schluckte. „Aber in diesem Fall ist es anders. Ich habe gründlich gesucht, aber ich kann keinen Grund finden, warum Jimmy sterben müsste. Die schlechte Nachricht ist, dass die Organisation, für die ich arbeite, das Friedensarchiv, mir nicht gestatten wird, den Vertrag zu kündigen. Derjenige, der für den Vertrag bezahlt hat, muss es tun. Selbst wenn ich das Geld zurückzahle, bleibt der Auftrag bestehen."

Ich kniff die Augen zusammen. Mein Herz raste. Ich war ein harter Kerl. Und dennoch hatte ich das Gefühl, dass ich gleich weinen müsste. Ich hörte sie seufzen und dann schnell atmen. Die Stille zog sich in die Länge. Als ich die Augen öffnete, sah sie mich unschlüssig an. Ich senkte meinen Blick in meinen Schoß und wartete. Sie war dran.

Jenny erhob sich schließlich aus ihrem Stuhl und kniete sich neben mir hin, nahm meine beiden Hände in ihre und küsste sie. „Damit kann ich leben. Wenn das alles ist, was du zu sagen hast, dann hast du mich an der Backe."

KAPITEL ELF

„Zwei Köpfe sind besser als einer, nicht weil einer von beiden unfehlbar ist, sondern weil es unwahrscheinlich ist, dass sie sich beide auf die gleiche Weise irren.“ <u>C.S. Lewis</u>

„Der Job ist nicht besonders schwierig. Finde den Fluchtweg, warte, bis die Zielperson dort steht, wo du sie brauchst, schieße und verschwinde. Das Schwierigste daran ist es, niemanden zu haben, mit dem man darüber reden, eine Idee oder einen Plan ausarbeiten, ihn verbessern kann. Du kannst mir beim Denken helfen, mich vor mir selbst retten. Jimmy ist der erste Politiker, auf den ich angesetzt wurde. Die anderen waren auf die eine oder andere Art Verbrecher.“

„Ist das Friedensarchiv eine Regierungsorganisation? So etwas wie eine streng geheime Operation?“

Ich dachte über ihre Frage nach. Ich hatte das Offensichtliche übersehen. „Das ist eine gute Frage. Wer innerhalb der Regierung würde einen Politiker töten wollen, einen aufrichtigen? Ich denke, die Antwort darauf ist: sie alle. Aber wer könnte es sich leisten? Es geht um mindestens eine Million Dollar, vielleicht mehr. Kein Regierungsangestellter könnte sich diesen Anschlag leisten. Reiche gewählte Beamte vielleicht, aber das ist eine unwahrscheinliche Theorie, weil reiche Politiker Menschen eher durch Verleumdung in den Medien zerstören. Menschenleben zu zerstören ist ein Spiel für sie. Nein. Ich glaube, Tricia Tripplethorn ist darin verwickelt. Entweder sie oder ein heimlicher Geliebter."

„Keiner mag sie, aber niemand sagt es laut. Ich kann mir vorstellen, dass sie eine Affäre hat."

„Kennst du sie?"

„Natürlich nicht. Ich sehe mir die Nachrichten an und der zukünftige Bürgermeister und seine Familie bekommen hier eine Menge Sendezeit."

„Jeder geht davon aus, dass er die Wahl gewinnen wird. Ich habe noch niemanden getroffen, der das nicht tut. Woran liegt das deiner Meinung nach?"

„Es liegt daran, dass der derzeitige Bürgermeister dumme Dinge tut und es ihm egal zu sein scheint. Da betritt Jimmy Tripplethorn mit seiner weißen Weste die Bildfläche. Keiner kandidiert gegen sie. Zwei Rennpferde kämpfen gegeneinander an und eines davon humpelt und kriecht seinem Sterbebett entgegen."

„Aus meiner Sicht liegen beide auf dem Sterbebett."

„Es tut mir leid. Ich bin es nicht gewohnt, so zu denken." Jenny sah mich weiter von unten herauf an. Unsere Eiscreme schmolz dahin. Im Haus fühlte es sich wärmer an als nötig.

„Ich bin derjenige, dem es leid tut. Warum konnte Jimmy kein Bösewicht sein, den niemand vermissen würde?" Ich häufte etwas von dem Soufflé und der Eiscreme auf meine Gabel und hielt sie Jenny hin.

„Ein zärtlicher und liebevoller Auftragskiller. Wer hätte das gedacht?" Sie öffnete den Mund und nahm den

Happen von mir an. Dann aß ich einen Bissen und bot ihr eine zweite Portion an. Sie blieb auf dem Boden sitzen, während ich mich durch meine Hälfte unseres Desserts arbeitete. Es ging schnell. Ich schob ihren Teller auf meine Seite Tisches. „Warst du heute mit einem Kunden angeln?"

„Ich bin nach Bainbridge Island gefahren, wo Clive Barrows' Boot, die *Euripedes' Ion*, liegt. Die Familie Tripplethorn war dort, um Opa zu besuchen. Ich bin hingefahren, um sie zu beschatten, aber sie haben abgelegt und sind aufs Meer hinausgefahren. Ein schrulliger Fischer hat mich auf dem Dock gesehen und gefragt, ob ich ihn begleiten wolle. Er konnte mir auch einige Informationen aus erster Hand über den alten Barrows liefern. Also ja, es war zu hundert Prozent geschäftlich, bis die *Ion* uns in ihrem Kielwasser zurückließ. Dann sind wir zum Angeln rausgefahren und haben ungefähr 40 Kilo Königslachs gefangen. Ich glaube, er wollte auch einen Lengdorsch erwischen, aber wir mussten nur fünfmal auswerfen, um vier Fische zu fangen. Dann kehrten wir in den Hafen zurück und ich fuhr direkt zum Hotel. Nein, warte, ich habe noch am Elektronikmarkt angehalten und ein zwei magnetische GPS-Tracker gekauft. Einen davon werde ich am Porsche des wundersamen Biests anbringen."

„Wundersames Biest?" Als sie mich ansah, waren ihre Lippen leicht geöffnet und ihre Zunge ruhte zwischen ihren Zähnen.

„Ich verpasse meinen Zielpersonen Spitznamen, um sie zu entmenschlichen. Jimmy hieß früher Kicker, bevor er sich als anständiger Kerl entpuppte. Kicker wie in ‚Kick mir in den Jimmy'. Und sie nenne ich das wundersame Biest, weil sie denkt, sie sei so wunderbar, und alle anderen sie für ein Biest halten. Glaub mir, in meinem Kopf klingt es viel besser. Ich spreche die Namen normalerweise nicht laut aus."

„Ich nehme dich beim Wort. Ich will es ganz genau wissen. Wie wird man überhaupt Auftragskiller? Wie kontaktiert man das Friedensarchiv und nimmt einen Auftrag an? Ich verstehe nicht, wie das alles abläuft."

„Such nicht online nach dem Friedensarchiv oder meinem Namen oder so etwas. Sie werden es erfahren und dein IDA wird sie direkt hierherführen", rief ich panisch.

Sie erhob sich, aber nur so weit, dass sie es sich auf meinem Schoß bequem machen und ihre Arme um meinen Hals legen konnte. „Sind wir in Gefahr?"

„Ich sagte doch, ich würde dich nicht anlügen." Ich sah nach unten. „Die Antwort ist ja. Ich bin immer in Gefahr und jetzt wurdest du mit mir gesehen. Das war eine schlechte Entscheidung meinerseits, aber ich wollte, dass du weißt, wie schön du bist und dass es für mich ein Privileg ist, mit dir in der Öffentlichkeit gesehen zu werden. Aber dieser Egoismus hat dich in Gefahr gebracht."

Jenny küsste meine Stirn und streichelte dann langsam mein Gesicht mit ihren Lippen. Sie drückte ihre Nasenspitze gegen meine und sah mir in die Augen.

„Das zu wissen ist wirklich eine große Erleichterung. Mein Leben hat sich schlagartig verändert, nicht wahr?"

„Es tut mir leid."

„Mir nicht." Sie tauchte ihren Finger in die Schokolade auf dem Soufflé und zog damit eine Linie von ihrem Kiefer über ihren Hals hinunter. Dann neigte sie den Kopf zurück. „Oh nein, jetzt habe ich mich bekleckert. Was soll ich nur tun?"

„Was auch immer du tust, lass nichts davon auf deine Kleidung kommen. Es wird Flecken hinterlassen." Billig, aber etwas Besseres fiel mir nicht ein, während sich das Blut aus meinem Gehirn verabschiedete. Ich leckte ihr die Schokolade vom Hals.

Ich würde keine Probleme mit dem Friedensarchiv bekommen, bis ich mit dem Vertrag in Verzug geriet oder derjenige, der den Vertrag bezahlt hatte, sich darüber beschwerte, dass er unter Druck gesetzt wurde, ihn zu kündigen. Für den Augenblick war Jenny sicher, aber früher als mir lieb war, würden wir auf der Flucht sein.

Wir liebten uns mit rücksichtsloser Hingabe; wie zwei Menschen, die alles zu verlieren hatten und die verbleibenden Tage ihres Lebens in vollen Zügen auskosten wollten.

„Ian ist nicht dein richtiger Name, oder?"

„Im Moment schon. Mein früherer Name hat keine Bedeutung mehr. Diese Person ist Geschichte. Ich *bin* Ian Bragg."

Sie nickte. Ich stützte einen Ellbogen auf das Bett und legte meinen Kopf in meine Hand.

„Eine Weltreise klingt doch gar nicht so schlecht, oder?", fragte ich.

„Das klingt nach einer tollen Idee. Ich muss mich zwar von meinem Job beurlauben lassen, aber das bedeutet, dass eine Aushilfslehrerin ihre Chance auf einen Vollzeitjob bekommt. Es stellt sich die Frage, ob wir für den Rest unseres Lebens Flitterwochen machen können."

„Das ist wohl die Frage, nicht wahr? Sofern sie mich lebend aus dem Spiel nehmen."

„Menschen zu töten ist ein Spiel?" Sie wollte es wirklich wissen. Sie verurteilte mich nicht.

„Nein, aber so nenne ich es. Ein tödliches Spiel, bei dem es nur Gewinner und Verlierer gibt. Es gibt keinen zweiten Platz."

Jenny nickte, während ich meine Finger geistesabwesend über ihre Kurven wandern ließ.

„Hast du WLAN?"

„Für wie rückständig hältst du mich?", erwiderte sie.

„Ich glaube nicht, dass du rückständig bist, Jenny. Meine eigentliche Frage ist, kann ich das Passwort haben, damit ich arbeiten kann."

„Willst du nicht mit mir schlafen?" Sie meinte es ernst.

Ich schluckte. „Ich werde immer mit dir schlafen wollen. Ich brauche das Passwort, wenn ich morgens aufstehe und du noch schläfst. Ich kann dich nicht lange beobachten, bevor ich mich vor mir selbst grusle."

Sie lachte wieder hell und melodisch. „Ich liebe Ian Bragg, ohne Leerzeichen. Die Is sind Einsen und die Gs sind Nullen."

Ich zog das Kissen unter meinen Kopf. „Ich denke, das kann ich mir merken, Miss Jenny." Ich schloss meine Augen, ohne zu merken, wie müde ich war, und schlief schnell ein. Ich weiß nicht, wie lange Jenny noch mein Haar streichelte und mich beobachtete, bevor auch sie einschlief, eng an mich gedrückt.

***

Ich machte mir nicht die Mühe, mich anzuziehen. Ich saß nackt mit meinem Computer am Esszimmertisch und nutzte Jennys WLAN. Mein VPN verbarg jede Spur meiner Recherchen. Erster Punkt auf der Tagesordnung: in den E-Mails des Biests wühlen und versuchen, Beweise für eine Affäre zu finden, die sie tagsüber unterhielt.

Ich griff zuerst auf ihren anonymen E-Mail-Account zu. Eine dreizehnte E-Mail war aufgetaucht und sie hatte sie bereits gelesen.

Seife. Baum. Auto. Wasser.

Ich klickte auf den Papierkorb, um ihre Antwort zu lesen. *Montag Mittag.*

Gesendet um achtzehn Uhr am Abend zuvor. Da waren sie entweder noch mit dem lieben alten Papi auf dem Boot gewesen oder gerade auf dem Heimweg. Und sie hatte mit Sicherheit kein Codebuch dabeigehabt. Sie hatte es nicht erwarten können, ihre Antwort zu senden. Es war ihr wichtig gewesen trotz des Risikos, sie unverschlüsselt, nicht einmal kryptisch formuliert, zu senden.

Wenn ich den Tracker bis dahin an ihrem Fahrzeug anbringen könnte, könnte ich sie aus der Ferne beschatten. Wenn nicht, müsste ich es auf die altmodische Art machen.

Ihre normalen E-Mails waren eine Katastrophe, aber ich wollte gründlich sein.

Ich deaktivierte die Funktion, E-Mails als gelesen zu markieren, wenn sie im Vorschaubereich angezeigt wurden. Ich durchsuchte die bereits gelesenen E-Mails und suchte nach jemandem, der dort nicht hätte sein sollen. Sie löschte nicht viele E-Mails.

Ich beschränkte meine Suche auf die letzten zwei Monate, bevor ich zu den ungelesenen überging. Mühsam und zeitaufwendig. Ich machte mir Notizen zu möglichen E-Mail-Adressen. Zwei Stunden und vier Tassen Kaffee später beendete ich die Durchsicht des uninteressanten öffentlichen Lebens von Tricia Tripplethorn.

Sie beschränkte ihr geheimes Leben auf die kryptische anonyme E-Mail-Adresse.

Wer war der mysteriöse Absender, der sich hinter DN74XTW1 verbarg?

Ich stellte mein VPN so ein, dass es so aussah, als ob ich von China aus suchen würde. Ich tippte die Buchstaben-Zahlen-Kombination ein. Das Ergebnis lieferte Informationen zu Teilen der Kombination, aber keinen einzigen exakten Treffer.

Eine Sackgasse.

Ich hatte zu lange gesessen. Ich stand auf und streckte mich, bevor ich durch Jennys Haus wanderte. Familienfotos an den Wänden, Kunstwerke, die Jenny aufbewahrt hatte, und neue Gegenstände, die sie aufgestellt hatte.

Kunst von Teenagern. Von Nachwuchskünstlern. Vielleicht.

Sie unterstützte ihre Schüler. Sie mochten sie, wie Dara bewiesen hatte.

Jenny war eine unschuldige Frau, die ein behütetes Leben führte. Die Gesellschaft, wie sie unter der Oberfläche brodelte, war ein hartes Pflaster. Ich hatte ihr keinen Gefallen getan, indem ich sie in meine Welt hineingezogen hatte. Sie hatte gesagt, sie wäre bereit mitzukommen, aber sie hatte keine Vorstellung von der Gefahr. Eine Unschuldige.

Sie gab mir etwas, von dem ich nicht wusste, dass es mir gefehlt hatte – eine Partnerin.

Im Geschäft. Im Leben.

Jimmy Tripplethorn liebte seine Kinder. Seinen Hund auch. Aber liebte er seine Partnerin?

Ich kehrte in die Küche zurück, um mir eine weitere Tasse Kaffee zu holen. Ich wartete darauf, dass die Kaffeemaschine mir eine Tasse „Seattle spezial" zubereitete.

Leise Schritt ließen mich wissen, dass Jenny wach war. Sie umarmte mich von hinten, was mir ein Kribbeln bis in die Zehenspitzen bescherte. Sie hatte sich auch nicht die Mühe gemacht, sich anzuziehen.

„Hast du etwas herausgefunden?", fragte sie.

Ich drehte mich zu ihr um und zog sie an mich. „Du lebst ein behütetes Leben", sagte ich.

Sie runzelte die Stirn. „Ich meinte im Internet."

„Tut mir leid. Ich habe mich nur in deinem Haus umgesehen, aber ich habe keine Schubladen geöffnet oder so was. Ich wollte mehr über dich erfahren. Alles."

„Behütet?" Jenny lehnte sich nahe heran und ihre Nase berührte meine. Wir verbrachten viel Zeit damit, auf diese Weise zu reden. Es war seltsam beruhigend, aber auch unheimlich intim.

„Die Bilder, die Kunst, das alles ist von hier. Heimisch in dieser Welt."

„So bin ich aufgewachsen. Es ist …" Sie suche nach dem richtigen Wort. „Gemütlich."

„Und dann tauche ich auf und stelle alles auf den Kopf."

„Ich sage das nur noch ein einziges Mal, weil ich die Meisterin der Selbstbeklemmung bin. Es gibt keinen Grund zur Sorge, Ian Bragg. Wohin du auch gehst, ich folge dir freiwillig, egal, was das für mein Leben bedeutet. Ich will die ganze Welt sehen, während ich deine Welt kennenlerne. Ich mag es gemütlich, aber das finde ich bei dir und nicht an einem Ort. Wie kommt jemand wie ich an ein 007-Leben? Es ist verrückt, aber es bedeutet, die Bande mit meiner Vergangenheit zu kappen. Das ist alles neu für mich, aber ich begebe mich mit offenen Augen in dieses Abenteuer."

„Waffen", sagte ich aus heiterem Himmel. „Du musst in der Lage sein, dich selbst zu schützen, was bedeutet, dass du mit einer Handfeuerwaffe vertraut sein musst."

„Ich zeige dir die Sammlung meines Vaters." Sie wich einen halben Schritt zurück und lächelte über meine Reaktion darauf, dass sich ihr Körper gegen meinen gedrückt hatte.

Ich schnappte mir meine Tasse aus der Kaffeemaschine und folgte ihr. Im Hauptschlafzimmer, das noch immer ihren Eltern gehörte, öffnete sie den Schrank und legte ein handgefertigtes Regal frei, das für Mr. Lawless' Sammlung gebaut worden war. Ich sah zwei Pistolen. Die erste war eine Browning M1911A1, die bevorzugte Nahkampfwaffe des Marine Korps. Ich streichelte das .45-Kaliber. Es war ein Original und ein Sammlerstück. Dem richtigen Käufer eintausend Dollar oder mehr wert.

Die zweite Pistole war eine Phoenix Arms HP25A, ein halb automatisches Kaliber .25. Eine verdeckt zu tragende Waffe zur Selbstverteidigung. Für mich unbrauchbar.

Eine Schrotflinte und zwei Gewehre lehnten aufrecht und über die Enden der Läufe waren Socken gestülpt worden, damit kein Staub eindringen konnte. Ein Mossberg Zwölf-Kaliber-Schnellfeuergewehr. Die hatte er wahrscheinlich in einem Kaufhaus im Ausverkauf mitgenommen. Ich hatte eine Mossberg Zwanzig-Kaliber, als ich jung war. Das waren robuste, zuverlässige Waffen.

Eine Marlin .22. Preiswert und weit verbreitet. Halbautomatik. Damit konnte man locker fünfhundert Schuss an einem Tag abgeben. Es machte Spaß, damit durch die Wälder zu streifen. Nicht viel mehr als ein Spielzeug, aber sie half, die Grundlagen des Schießens zu erlernen, und kostete nichts.

Das letzte Gewehr war ein Schmuckstück wie die Browning. Eine Springfield 03A3, eine ehemalige Militärwaffe, die zum Jagdgewehr umfunktioniert worden war. Feuerte .30-06-Patronen ab. Tödlich treffsicher und robust. Eine Kriegswaffe ohne die halb automatische Neigung, sich auf die Menge der abgefeuerten Munition zu versteifen, anstatt auf die Qualität eines einzelnen, gut gezielten Schusses zu vertrauen.

„Du siehst aus wie ein Kind in einem Süßwarenladen." Jenny lehnte sich mit verschränkten Armen gegen die Kommode.

„Die .45-Kaliber und die .30-06 sind beides Sammlerstücke, weil sie schöne Geräte sind." Ich lächelte.

Ich arretierte den Schlitten nach hinten und fing eine Patrone mit der Hand auf. Dann ließ ich das Magazin fallen. „Wusstest du, dass die geladen ist?"

Jenny zuckte mit den Schultern und schüttelte den Kopf. Ich entlud sie alle. Kisten voller Munition standen unter dem Regal, das an der Seitenwand des Schranks angeschraubt worden war. Die alte Kleidung darin roch muffig. Ich stellte die Waffen zurück und warf ihnen einen letzten anerkennenden Blick zu. Ich hätte Jennys Vater gemocht.

„Du hast die Sachen deiner Eltern nicht ausgeräumt."

Jenny ließ ihren Kopf hängen und begann zu schluchzen. Ich nahm sie in meine Arme und gab ihr so viel Zeit, wie sie brauchte. Ich zog ein Taschentuch aus der Box auf der Kommode und gab es ihr.

„Es tut mir leid …" Sie begann wieder zu weinen.

„Was tut dir leid? Dass du trauerst und deine Trauer mit niemandem teilen konntest?"

Sie wischte sich die Nase und sah zu mir auf, die Augen rot und geschwollen.

„Wir sind nackt", murmelte sie.

Ich musste schmunzeln. „Das ist der amerikanische Traum. Ich bin nackt und befinde mich im selben Raum mit einer schönen Frau, einer Tasse Kaffee und einem Haufen Waffen. Mein Leben ist jetzt erfüllt."

Sie ohrfeigte mich spielerisch, bevor sie kicherte und mich mir während einer leidenschaftlichen Umarmung ihre Nägel in den Rücken grub. Sie biss mir in die Brust und drückte mich gegen die Kommode. Ich legte meine Hände um ihre Pobacken und hob sie hoch, um sie die kurze Strecke zum Bett ihrer Eltern zu tragen.

Jenny wehrte sich nicht, verstrickt in die Emotionen, eine lebenslange Geschichte hinter sich zu lassen. Sie zog mich so fest an sich, dass ich spürte, wie die Haut auf meinem Rücken nachgab. Der Schmerz war scharf, aber weit weg. Die Intensität dieses Moments besiegelte unsere Verbindung.

Ich zuckte zusammen und keuchte auf, als sie ihre Nägel aus den Wunden zog. Sie schaute entsetzt auf ihre Hände, die mit Blut bedeckt waren, und versuchte, mich von sich zu schieben, aber ich hielt sie fest. „Ich bin noch nicht bereit, aufzustehen."

Sie entspannte sich. „Versuchst du, für mich tapfer zu sein?"

„Ich werde immer tapfer für dich sein. Mach dich nicht lächerlich. Mir geht es gut. Besser als gut. Aber ganz was anderes: Hast du Baneocin und Pflaster da?"

„Ganz was anderes?" Unsere Nasenspitzen berührten sich wieder.

„Wir machen das besser sauber. Ich will ein paar große Waffen abfeuern. Und du willst das auch."

„Natürlich."

„Ich möchte, dass du die kleine Pistole die nächste Woche bei dir trägst, nur für den Fall." Schließlich rollte ich mich auf die Seite. Die Haut auf meinem Rücken blieb ein wenig an der Tagesdecke kleben. Ich krümmte meine Schultern, um mich von dem Stoff zu lösen, und schwang meine Beine auf den Boden. Jenny glitt an mir vorbei und zog mich auf die Füße.

„Komm schon. Ab in die Dusche mit dir." Sie nahm mich an der Hand und zerrte mich in das einzige Badezimmer im Haus, das vom Flur abging. Altmodisch, eine Dusche über der Badewanne.

Das Wasser fühlte sich gut an. Danach tupfte Jenny meinen Rücken mit einem Papiertuch trocken. Ich konnte endlich einen Blick auf den Schaden werfen. Vier Kratzspuren auf jeder Seite meines Rückens. Selbst der prüdeste Beobachter würde wissen, woher sie stammten.

„Das sind ein paar ernsthafte Ehrenabzeichen."

„Ach, sei still", sagte Jenny. Im Spiegel sah ich, wie sie lächelte, aber sie tupfte auch meine Narben von den Granatsplittern ab. Liebe und Krieg in all ihrer Pracht.

Sie hinterließen ähnliche Narben. „Ich ziehe die Narben, die du mir verpasst, vor."

„Du wurdest verletzt." Sie fuhr mit einem warmen Finger über mein vernarbtes Fleisch.

„Die Explosion kam von der Seite. Splitter gelangten unter meine Schutzweste, weil ich sie nicht ganz geschlossen hatte. Es war heiß in der Wüste. Ein paar andere Jungs waren schlimmer verletzt."

„Ist es deshalb so vernarbt? Hast du dich um die anderen gekümmert, bevor jemand dich versorgen konnte?" Sie klebte das letzte Pflaster über meine frischen Wunden.

„So was in der Art. Warum sind wir noch immer nackt?"

„Das ist deine Schuld." Sie gab mir einen kräftigen Klaps auf den Hintern. Ich stellte mich ihr gegenüber. Sie warf die Schultern zurück und hob das Kinn. Stolz. Selbstvertrauen.

„Ich denke, du bist hart genug, um Teil meiner Welt zu sein. Ich denk auch, dass du ein besserer Schütze bist, als du dir selbst zugestehst." Ich küsste ihre Stirn. „Ich werde uns ein Frühstück besorgen. Komm in die Küche, wenn du fertig bist." Ich ging in den Flur, um meine Kleider zu suchen. Ich dachte, ich hätte sie im Wohnzimmer gelassen.

***

Die Schießanlage war in zwei Bereiche unterteilt, einen geschlossenen Bereich für Pistolen und einen viel längeren, überdachten Bereich für Gewehre. Sie hatten

Sicherheitskameras an den wichtigsten Stellen angebracht, also zog ich mir meine Kappe tief ins Gesicht. Jenny trug ein Visier, das einen Teil ihres Gesichts verdeckte. Das musste genügen.

Wir mussten uns für ein Zeitfenster im Gewehrbereich anmelden, da die meisten Bahnen bereits belegt waren. Ich entschied mich daher, das Beste aus unserer Zeit im Pistolenbereich zu machen, wo wir auf bewegliche Papierziele schießen konnten. Wir mussten nicht warten, bis der Schießstand frei war, um eine Zielscheibe aufzustellen oder zu sehen, wo die Kugeln das Ziel getroffen hatten.

Wir mussten auch keine Waffen mieten und hatten unsere eigene Munition dabei, aber wir mussten zwei Kabinen nehmen, weil sie nur eine Person pro Kabine zuließen. Zuerst nahmen wir an einer fünfzehnminütigen Sicherheitsbelehrung teil, bevor sie uns Zielscheiben und Schutzbrillen und Ohrenschützer aushändigten. Sobald alles erledigt war, betraten wir die Kabinen, die uns zugewiesen worden waren.

Miss Jenny wusste, wie man beide Pistolen lud und entlud. Wir gingen die Haltung durch, die sie einnehmen würde, und den korrekten Griff, wobei sie die Pistole nach unten gerichtet hielt. Einen Unfall konnte niemand gebrauchen. „Richte sie nie auf etwas, auf das du nicht schießen willst."

Sie zielte und gab fünf Schüsse ab. Ich klopfte ihr auf die Schulter. Sie entlud die Kammer und legte die Pistole vor sich auf die Bank. Wir spulten die Zielscheibe zu uns zurück. Die Treffer waren über das gesamte Papier verteilt.

„Wohin schaust du, wenn du zielst?"

„Den Lauf entlang mit Fokus auf das Ziel."

„Konzentrier dich auf die Kimme. Lass das Ziel ruhig unscharf sein. Dann setzt du das Korn genau in die Mitte des Ziels. Atme aus und halte den Atem an, während du den Abzug drückst. Lass dich von dem Schuss überraschen. Das ist das Geheimnis eines guten Schützen."

„Bist du ein guter Schütze?" Jenny zeigte auf die .45er auf der Bank in meiner Kabine.

„Wirfst du mir den Fehdehandschuh hin, Miss Jenny? Nun gut." Ich nahm die Pistole in die Hand, lud sie, positionierte mich und gab einen Schuss ab, während ich die Waffe fest umschlossen hielt.

Als die Patrone aus dem Lauf ausbrach, fing ich an zu lachen.

„Oh, ja! Gibs mir, Baby!" Ich konzentrierte mich auf das Ziel, um zu sehen, wo die Kugel eingeschlagen hatte. Tief auf sechs Uhr. Ich zielte etwas höher und schickte vier weitere Kugeln in die Mitte der Zielscheibe, bevor ich sie einholte.

„Ich treffe immer das, worauf ich ziele." Das war keine Prahlerei. In meiner Welt war es die kalte Realität.

„Das hatte ich erwartet." Jenny nickte zugeknöpft und fest entschlossen. „Ich muss besser werden."

„Das ist eine schöne Pistole. Dein alter Herr hat sie gut ausgesucht und du musst beide abfeuern, mit beiden vertraut werden."

Wir feuerten noch zwei Schachteln Munition ab. Zuletzt versuchte sich Jenny an der .45-Kaliber. Sie zielte damit besser als mit der .25er, aber sie lag ihr schwer in der Hand. Nachdem sie ein ganzes Magazin geleert hatte, schüttelte ihre Handgelenke. Das Langgewehr kam nie zum Einsatz und wir stornierten unsere Kabinen, als wir mit den Pistolen fertig waren. Wir hatten fast zwei Stunden gebraucht.

Ich war zufrieden.

Wir packten die Pistolen ein und machten uns auf den Weg, wobei wir uns bei den netten Betreibern bedankten, dass wir bei ihnen schießen durften. Es hatte nur hundert Dollar gekostet, aber ich fühlte mich jetzt viel wohler. Seelenfrieden. Jenny würde in der Lage sein, sich zu verteidigen.

Storniere den Vertrag. Ich wünschte es mir. *Storniere ihn!*

Als wir im Auto saßen, sagte ich: „Ich muss noch ein bisschen mehr recherchieren. Können wir nach Hause fahren?"

„Nach Hause", wiederholte sie. „Können wir nach Hause fahren? Ja. Ich würde liebend gern mit dir nach Hause fahren."

„Ich muss noch ein paar Dinge prüfen. Beim Schießen hatte ich ein paar Ideen."

„Wonach suchst du denn, wenn ich fragen darf?"

Ich sah sie an, während sie sich auf das Fahren konzentrierte. „Mir war nie klar, wie wichtig es für mich ist, nicht allein zu sein. Ich bin härter geworden, als mir lieb ist. Ich war dabei, mich selbst zu verlieren." Ich sah mir die Gegend an, während Jenny sich an das Tempolimit hielt. Das fand ich gut. „Tricia Tripplethorn. Ich möchte dir eine private E-Mail-Adresse zeigen, die sie nutzt. Vor allem die kryptischen Nachrichten darin und ihre Antworten, die sie gelöscht, aber nie aus dem Papierkorb entfernt hat."

„Machen die Leute das?"

„Leute, die etwas zu verbergen haben, schon. Die Geheimnisse der Menschen sind mir egal. Mich interessiert nur, wie sie sich auf mich und diesen Vertrag auswirken."

„Ich weiß natürlich genau, wie man anderer Leute Geheimnisse lüftet", sagte Jenny und drückte meine Hand. „Ich mache nur Spaß. Verrate mir eines. Hättest du Jimmy Tripplethorn umgebracht, wenn du mich nicht kennengelernt hättest?"

„Nein. Ich hätte wahrscheinlich seine Frau umgebracht, damit sie sich nicht darüber beschweren kann, dass ihr Mann nicht kalt gemacht wurde."

„Was, wenn sie es nicht ist?"

„Genau deshalb muss ich weitersuchen. Sie fährt am Montag irgendwo hin. Ich will wissen, wohin und mit wem sie sich trifft." Ich streichelte über Jennys Handrücken. „Ich werde ihr wahrscheinlich einfach folgen müssen."

„Was glaubst du, wie gerissen sie ist?"

„Eine tiefgehende Frage, meine Liebe. Ich glaube, sie hat mich erkannt, als ich mich als Obdachloser ausgegeben habe."

„War das der Geruch?"

„Ich musste beim Chinesen vorab bezahlen, um bestellen zu können. Das war ein bisschen peinlich."

„Mein Gott. Ich bekomme einen Bericht aus erster Hand von einem Auftragskiller und es ist nicht annähernd so, wie wir es aus den Filmen kennen. Diese Typen arbeiten mit den neuesten Technologien und sind ihren Zielen immer einen Schritt voraus. Sie haben Klasse wie James Bond."

„Ich habe Klasse."

„Du bist nach Hause gekommen und hast nach Fisch gestunken."

„Ist das unser erster Streit, meine Liebste?"

Sie lachte und schüttelte den Kopf. „Nicht wirklich. Was du beschreibst, klingt nachvollziehbar für mich – isolierte Einzelgänger, die keine Spuren hinterlassen. Das schafft man nicht, wenn man ständig online ist, per Funk mit einem Team verbunden, jeder Spur nachgeht und über alles Bescheid weiß. Das ist zu weit hergeholt, um noch glaubhaft zu wirken."

„Ich muss gerade genug wissen, um den Schuss zu

setzen und abzuhauen. Mehr nicht. Ich muss nicht jeden Aspekt ihres Lebens kennen. Je einfacher, desto besser. Nichts an Jimmys Leben ist einfach. Nichts am Leben des wundersamen Biests ist einfach. Was hat sie am Montag vor? Was steht für den Rest der Woche an? Die Uhr tickt. Um deine Frage zu beantworten: Unterschätze niemals den Feind. Sie ist die Tochter mit der Milliardenerbschaft. Diese Frau lässt sich von niemandem an der Nase herumführen. Und davon werde ich auch nicht ausgehen."

KAPITEL ZWÖLF

„Etwas in Erwägung zu ziehen heißt, Schatten zu betrachten."
Victor Hugo

Der Montagmorgen begann zeitig. Jenny hatte Lust, aber es fiel ihr schwer, munter zu werden. Wir hatten es nicht weit bis zum Hotel, aber wir würden mitten im Berufsverkehr stecken. Ich trug die Regenjacke ihres Vaters, die sie mir hatte schenken wollen.

Jenny zog es vor, mich fahren zu lassen. Ich schob den Fahrersitz zurück und schloss meine Musik an ihr Radio an. Schließlich hörte ich das immer, wenn ich fuhr.

„Rush? Ich muss unsere Beziehung vielleicht noch einmal überdenken, Mr. Bragg."

„Ich habe mein ganzes Leben lang Trost in den Worten von Neil Peart gefunden. Ich brauche Rush mehr als Kaffee, glaube ich."

„Verdammt!" Jenny wirkte entrüstet, drehte aber die Lautstärke hoch. „Die Stimme des Leadsängers hat was."

„Mich spricht sie auch an. Habe ich dir heute schon gesagt, wie schön du bist?" Schnell eine Ablenkung.

Ich konnte aus dem Augenwinkel sehen, wie sie grinste und mich anstarrte. „Ich glaube nicht, dass er uns auf dieselbe Weise anspricht. Dieser eine Punkt geht an dich, aber du schuldest mir trotzdem etwas."

„Ich lade dich zum Frühstück ein."

„Hältst du mich für so billig?"

„Dich nicht, aber mich." Noch ein Punkt für mich. Sie lehnte sich zurück, schloss die Augen und döste während der frühmorgendlichen Fahrt.

Wir schauten im Hotelrestaurant vorbei und danach ging ich trainieren, während Miss Jenny nach Hause fuhr. Ich wollte ein paar Stunden früher in der Wohngegend der Tripplethorns sein, um sicherzugehen, dass ich das Biest erwischte, wenn sie losfuhr. Wir hatten die E-Mails wieder und wieder durchgesehen. Ich war zu keinem anderen Schluss gekommen. Ich bezweifelte, dass jemand für ein Treffen in ihr Haus kommen würde. Zu viele neugierige Nachbarn.

Die *Nachbarschaftswache.*

Ich trug eine Tasche mit meiner frisch gewaschenen und gefalteten Wäsche in mein Zimmer. Jenny warf ihre Handtasche in das Zimmer. Den Computer und den USB-Stick sperrte ich für die Zeit, in der wir nicht im Zimmer sein würden, im Safe ein.

Die nette Dame, die mir am ersten Morgen ein Frühstück besorgt hatte, war im Restaurant und bestückte noch das Buffet, obwohl das Restaurant bereits geöffnet war. Sie lächelte Jenny und mich an. Wir waren die einzigen Gäste.

„Keine Konferenzen diese Woche. Im Moment haben wir nur wenige Gäste", erklärte sie.

„Wir werden unser Bestes tun, damit nichts verkommt." Sie hatte nicht viel herausgebracht und unter der Wärmelampe lag gar nichts. Ich starrte auf die leere Fläche.

„Würstchen im Schlafrock kommen sofort." Sie wischte sich die Hände an ihrer Schürze ab und ging zurück in die Küche.

„Isst du heute kein Müsli?", fragte Jenny mich, während sie einen prüfenden Blick auf das spärliche Angebot an kalten Speisen warf und sich für einen verpackten Muffin entschied.

Ich goss Sahne in einen Kaffee für mich, aber Jenny wollte nur Wasser.

„Nicht, wenn ich ein Würstchen im Schlafrock frisch aus der Mikrowelle kriegen kann." Ich wackelte mit meinen Augenbrauen.

„Wenn es dir nichts ausmacht, nutze ich dein Bett für ein Nickerchen, bevor ich zurück nach Hause fahre."

Ihre Schlüssel waren in meiner Tasche. Ich reichte sie ihr, bevor ich es noch vergaß. Sie nahm sie mit einem Nicken entgegen.

„Macht es mir etwas aus, wenn du in meinem Bett liegst? Lass mich nachdenken." Ich rieb mir das Kinn.

Jenny leckte sich langsam über die Lippen, bevor sie einen kleinen Bissen von ihrem Muffin nahm.

Die Kellnerin kehrte zurück. „Es ist schön, dass Ihre Frau heute mit Ihnen zusammen frühstücken kann. Es tut mir leid, Liebes, aber Sie sehen nicht wie ein Morgenmensch aus, während Ihr Mann unfassbar munter ist."

„Ja, *unfassbar*." Jenny grinste und ihre Augen funkelten vor Freude über die Titel, die die Frau uns verliehen hatte.

„Es tut mir nicht leid, Schatz", sagte ich und erwiderte Jennys Blick. Die Würstchen und Bratkartoffeln dampften. Ich konnte es kaum erwarten, sie endlich zu essen, aber die Kellnerin blieb neben unserem Tisch stehen.

„Ian und Jenny", sagte ich ihr.

„Ich bin Rose. Schön, Sie im Hotel zu haben. Sind Sie länger hier?"

„Noch ein wenig länger, ja. Eine Woche oder so, dann gehts weiter zum nächsten Abenteuer." Ich schaute auf meine Würstchen im Schlafrock. Ich konnte sie riechen, aber sie hatten aufgehört zu dampfen. Sie wurden vor meinen Augen kalt. „Danke für das Essen, es riecht toll. Wirklich lecker."

„Lassen Sie es sich schmecken. Sind Sie beide frisch verheiratet?"

Jenny lächelte. Ich antwortete: „Ach, nein. Wir sind schon fast unser ganzes Leben zusammen. Wir verhalten uns nur wie Frischvermählte. Für weniger Gefühl ist das Leben zu kurz, meinen Sie nicht?"

Länger konnte ich nicht warten. Ich schob die Hälfte des Würstchens aus der Teighülle und nahm einen großen Bissen.

Sie warf uns den befürwortenden Blick einer Mutter zu, bevor sie sich wieder daran machte, das Buffet zu bestücken.

„Du stehst trotzdem zu früh auf."

„Ich weiß", murmelte ich. Ein paar Krümel fielen mir aus dem Mund. „Ich rede auch mit vollem Mund."

Jenny schüttelte den Kopf, während sie genüsslich an ihrem Muffin kaute. Ich verschlang mein Frühstück regelrecht, da ich es essen wollte, solange es wenigstens noch lauwarm war. Danach schob ich einen Zwanziger unter meinen Teller und wir gingen, während ich noch kaute.

Bis ich meine Shorts und mein T-Shirt für das Training angezogen hatte, lagen Jennys Klamotten auf dem Boden und sie war unter der Decke zusammengerollt. Ich hängte das „Bitte nicht stören"-Schild an die Tür.

Danach machte mich auf den Weg zu einer schnellen

Stunde im Fitnessraum, um meinen Körper vorzubereiten. Der harte Teil des Auftrags stand bevor. Ich konnte es fühlen.

Als ich zurückkam, duschte ich mich, holte meinen Computer aus dem Safe im Schrank und stellte ihn auf den Schreibtisch, bevor ich Jennys Kleidung zusammenfaltete und auf den dick gepolsterten Stuhl legte, der in die Ecke neben dem Fenster gepfercht stand. Ich warf einen Blick durch die Vorhänge. Es war bewölkt. Keine Aussicht auf die Berge. Für ein paar Augenblicke betrachtete ich die graue Welt, bevor ich meinen Computer einschaltete.

VPN. Surfen. Suchen. Tricia Tripplethorn. DN74XTW1. E-Mails. Ich rief die Satellitenansicht der Nachbarschaft der Tripplethorns auf. Es gab zwei Ausfahrten aus dem Wohngebiet, aber nur eine führte zu einer Hauptstraße. Von dort aus konnte sie überall hin. Ich würde auf dieser Strecke auf sie warten müssen. Wann würde sie zu einer Mittags-Verabredung aufbrechen?

Es hing alles davon ab, wie weit sie fahren würde. Ich hatte keine Antworten.

Jimmy hatte für heute Abend eine dreistündige Besprechung im Wahlkampfbüro des Bezirks angesetzt. Ich fragte mich, ob es jeden Montag und Donnerstag stattfand. Denkbar wäre es, aber ich durfte keine Vermutungen anstellen. Ich brauchte seinen Terminplan für die nächste Woche.

Also rief ich die Tagesordnung des Stadtrats für die nächste Woche auf. Jimmy war, wie üblich, die ganze Woche über bei den Sitzungen anwesend. Auf Jimmys Wahlkampfseite hatte er alles offengelegt.

Kein Wunder, dass die Zeitpläne wahllos herumgelegen hatten. Man brauchte nur JimmyTripplethorn4Mayor.com aufzurufen und schon sah man seinen Terminkalender. Heute und nächsten Montag fand die Besprechung im

Wahlkampfbüro des Bezirks statt, aber am Donnerstag im Büro in der Innenstadt. Verschiedene Wahlkampf-Stopps und nächsten Dienstag war eine Reise nach Washington, DC, geplant.

Das verkürzte meine Pläne um zwei Tage. Ich hatte acht Tage, um eine Entscheidung zu treffen und den Vertrag zu erfüllen. Über das wundersame Biest waren sich die Geschworenen noch nicht einig geworden.

Ich musste weitersuchen. Also loggte ich mich mit meinem gefälschten Profil bei Facebook ein und suchte nach Seattles zukünftiger First Lady. Ihr Profil und ihre Beiträge waren genauso unecht wie meine. Sie verrieten mir nichts, aber ich fand ein Foto der Kinder, wie sie mit dem Rücken zur Kamera standen und über die Reling auf die Schönheit von Seattle blickten, und zwar von der Mündung des Puget Sound aus.

Nichts, was auf die *Euripedes' Ion* hindeutete. Kein Foto von Clive Barrows oder ihrer Stiefmutter. Eine schnelle Suche führte mich zu Clives zweiter Ehefrau. Trinity Johnson war gleich alt wie seine Tochter. Ihr Vater war Senator Abel Johnson.

Wer sagt, dass die Praxis der Könige, ihre Töchter zu verschachern, um ihren Einfluss zu vergrößern, tot war?

Politische Königshäuser. Clives Geld, Trinitys Einfluss und Jimmys aufstrebende Karriere. Die Familie Barrows war für einen großen Machtwechsel aufgestellt.

Das warf die Frage auf, wer Jimmys Tod wollte. Das wundersame Biest hatte immer noch das wahrscheinlichste Motiv, aber sie würde auch von den Bestrebungen ihres Mannes und dem Einfluss ihres Vaters profitieren. Ein politischer Rivale? Ein gekränkter ehemaliger Anwärter?

Die geschädigte Partei musste Geld haben. Viel Geld.

Tricia Tripplethorn, wen werden Sie treffen?

Ich schaute mir weitere Videos von Wahlkampfveranstaltungen an und hielt Ausschau nach dem Biest und jedem, der freundlich wirkte. Ihre Haltung war immer perfekt choreografiert gewesen. Niemals fehl am Platz.

Sie lächelte in den perfekten Momenten. Wirkte angemessen unterstützend.

Bevor ich meinen Laptop zuklappte, richtete ich meine beiden GPS-Sender ein. Ich benutzte eine falsche Adresse für die Registrierung. Es würde das einzige Mal sein, dass ich die Adresse in New York City oder diese E-Mail-Adresse benutzte. Ich wählte ein Passwort, die New Yorker Adresse und baute mir eine Eselsbrücke, um es mir zusammen mit der E-Mail-Adresse zu merken.

Dann legte ich den Laptop zurück in den Safe und versteckte den USB-Stick hinter dem Lichtschalter. Ich entschied mich wieder für einen lässigen Business-Look, zu dem ich die alte Regenjacke von Mr. Lawless trug. Jenny hatte sie mir mit Freude geschenkt.

Sie schlief tief und fest. Ich wollte sie nicht wecken. Also lehnte ich mich gegen die Wand und sah ihr beim Schlafen zu. Schließlich löste ich mich von ihrem Anblick und küsste sie zum Abschied, sanft, um sie nicht zu wecken.

Rose ließ mich ein zweites Mal in das Restaurant, da ich nur Kaffee wollte. Ich war ihr bester Kunde – kein Wunder bei dieser Konkurrenz. Ich vermutete, dass Jenny und ich die Einzigen waren, die sie an diesem Morgen zu Gesicht bekommen hatte.

In meinem Auto schloss ich meine Musik an und legte *Power Windows* auf, ein weiteres grandioses Album. *Grand Designs* schien passend für mein Vorhaben.

Ich fuhr direkt in die Nachbarschaft und parkte abseits, aber so, dass ich einen guten Überblick hatte. Dann stellte ich den Motor ab. Der Tank war halb voll.

Ich konnte hier in der Nähe nirgendwo tanken. Es musste also reichen, bis ich damit fertig war, das Biest zu verfolgen.

Ich genoss meinen Kaffee zum Mitnehmen und schlürfte ihn langsam. Es war neun Uhr dreißig. Zweieinhalb Stunden vor dem vereinbarten Treffen. Es bestand eine geringe Chance, dass sie schon unterwegs war, aber das Treffen konnte auch weniger als fünf Minuten entfernt stattfinden und sie würde vielleicht erst kurz davor aufbrechen. Ich machte es mir gemütlich und entspannte mich. Anstatt mich um mein Telefon zu kümmern, beobachtete ich die vorbeifahrenden Autos. Die Nachwehen der Stoßzeit.

Menschen mit stoischer Miene, die das Fahren als Last empfanden. Nur wenige sahen aus, als würden sie es genießen, hinter dem Steuer zu sitzen.

Der Verkehr lichtete sich, als die erste Stunde des Wartens um war. Ich wählte *Permanent Waves* und drehte die Lautstärke auf. Der letzte Song des Albums, *Natural Science*, begann zu spielen, als die Barchetta auftauchte. Das wundersame Biest wirkte wütend, als sie in ihrem Porsche Panamera die Straße hinunterraste.

Ich fuhr los und folgte ihr, wobei ich ein Auto zwischen uns ließ. Sie bog scharf rechts ab und fuhr die Hauptstraße hinunter, eine vierspurige Straße. Ich folgte ihr so gut es ging auf der rechten Spur, aber sie kümmerte sich nicht um Geschwindigkeitsbegrenzungen. Ich durfte mich nicht abhängen lassen.

Eine Ampel rettete mich. Ich manövrierte mich auf die Überholspur und stellte mich hinter einen ungeduldigen Mann in einem Schwerlast-RAM mit überdimensionierten Reifen. Als die Ampel auf Grün schaltete, bretterte der Porsche los und sauste an einem Auto vorbei, das vor ihr gerade abbiegen wollte. Ich konnte den Motor aufheulen hören, als sie mit Vollgas noch vor meinem Vordermann davonschoss.

Er sah es als persönliche Herausforderung. Der RAM brummte tief und schnellte vorwärts. Als ich den langsamen Verkehr hinter mir gelassen hatte, wechselte ich auf eine der rechten Spuren, um etwas sehen zu können. Sie drängte sich zwischen zwei Autos zu ihrer Rechten und trat unvorhergesehen auf die Bremse, um bei einer Tankstelle abzufahren.

Ich trat auf die Bremse, blinkte und nahm die zweite Einfahrt zu der Tankstelle. Ich parkte meinen Wagen und hielt mir das Telefon ans Ohr – verantwortungsbewusst wie ich war, telefonierte ich nicht beim Fahren.

Das wundersame Biest hatte fertig getankt und stolzierte in Richtung des Supermarktes.

Ich stieg aus und stellte mich hinter mein Auto. „Aber Schatz, ich liebe dein Chili!"

Tricia Tripplethorn zögerte und sah mich an. Ich hatte den Kopf gesenkt und bedeckte mein Gesicht mit der Hand und dem Handy, um die Kameras zu vermeiden.

„Ich suche mir einen ruhigeren Ort!", sagte ich ins Telefon und stürmte in die andere Richtung davon. Sie schnaubte und ging hinein. Ich redete weiter und ging direkt zu ihrem Auto. Dort angekommen, lief ich hin und her, während ich ein emotionales Gespräch mit mir selbst führte. Ich stolperte und duckte mich, um den GPS-Tracker im vorderen Radkasten anzubringen, stand wieder auf und klopfte mir den Schmutz ab. Ich redete weiter, während ich lässig zur Seite schlenderte.

Das Biest ignorierte mich auf ihrem Weg zurück zur Barchetta. „Ich liebe dich auch, Schatz", beendete ich mein Gespräch, als sie in Hörweite war. Dann eilte ich zurück zu meinem Auto. Sobald ich mich hineingesetzt hatte, rief ich die App auf und aktivierte das Gerät.

Die Barchetta fuhr los und schoss kurz darauf wie eine Rakete die Autobahnauffahrt hoch.

Ich platzierte mein Telefon so, dass ich es sehen konnte, und folgte ihr in einem gemächlicheren Tempo. Auch ihn nahm die Auffahrt und reihte mich problemlos in den Verkehr ein. Es war weniger los als zur Stoßzeit, aber es ging immer noch zügig voran. Ich musste auf die unzähligen Fahrmanöver achten, von denen zu viele Fahrer in Seattle meinten, sie müssten sie in ihre täglichen Fahrten einbauen.

Ein Blick auf den Tracker zeigte mir, dass die Barchetta knappe hundertfünfzig Kilometer pro Stunde fuhr, als sie den Abstand zwischen uns vergrößerte. Ich wechselte auf die mittlere Spur und beschleunigte, soweit es der Verkehr zuließ.

Nach fünf Minuten bewegte sich die Barchetta nicht mehr. Der Punkt blinkte auf der Autobahn. Ich fuhr weiter und suchte nach ihr, als ich mich der angezeigten Stelle näherte, weil ich vermutete, dass sie in einen Unfall verwickelt worden war. Blinkende Lichter konnten meine Befürchtungen nicht zerstreuen, bis sich die Wahrheit vor mir auftat.

Die Autobahnpolizei hatte sich ihren roten Porsche geschnappt. Ich fuhr vorbei, wechselte auf die rechte Spur und ging vom Gas. Nach knapp zwei Kilometern fuhr ich auf den Pannenstreifen und schaltete den Blinker ein. Ich rechnete damit, dass nur ein einziges Polizeifahrzeug diese Strecke patrouillierte. Sobald die Barchetta sich wieder in Bewegung setzte, würde ich es auch tun.

Und vielleicht würde sie ihre Lektion lernen und es mir leichter machen. Sie sollte mehr Rücksicht auf denjenigen nehmen, der sie zu töten gedachte. Ich gluckste über meinen morbiden Humor.

Acht Minuten später scherte die Barchetta wieder in

den Verkehr aus. Ich entdeckte eine Lücke im Fließverkehr und fuhr schnell vom Pannenstreifen zurück auf die Autobahn. Im Rückspiegel sah ich, wie die Barchetta die Ausfahrt hinter mir nahm.

„Verdammt." Ich nahm die nächste Abfahrt zwei Kilometer weiter und fuhr zurück. Zehn Minuten später suchte ich das Gebiet ab, in dem der Tracker zuletzt gesendet hatte.

Kein Signal.

In der App konnte man den letzten übermittelten Standort abrufen, aber der Sender übermittelte nur alle dreißig Sekunden ein Signal. Bei der Geschwindigkeit, mit der das Biest unterwegs war, ergab das einen Suchradius von einem halben bis einem Kilometer. Ich fuhr durch die Straßen und suchte in einem größer werdenden Raster nach der Barchetta.

Wir befanden uns in einem gehobenen Vorstadtviertel mit mittelhohen Firmengebäuden, hochwertigen Einkaufsmöglichkeiten und makellos gepflegten Grünanlagen und Blumen auf der Verkehrsinsel zwischen den getrennten Fahrbahnen. Ich parkte so, dass ich die Straße sehen konnte, die die Barchetta nehmen müsste, um das Gebiet zu verlassen, wenn das wundersame Biest zurück auf die Autobahn fahren wollte.

Ich wartete. Drehte den Motor ab. Benzin hatte ich noch genug. So weit waren wir noch nicht gekommen. Bis Mittag waren es noch zehn Minuten. Obwohl die Polizeikontrolle sie aufgehalten hatte, war sie zu früh dran.

Wer oder was lenkte ihre Aufmerksamkeit auf diese Weise auf sich?

War der Tracker vom Auto gefallen?

Ich hatte keinen anderen Plan.

Also wartete ich. Dreizehn Uhr. Dann vierzehn Uhr. Bald wurde es fünfzehn Uhr, als ein Leuchtimpuls auf dem

Bildschirm aufblinkte. „Danke", sagte ich zu meinem Handy.

Sie war in meine Richtung unterwegs. Sie tauchte unweit der Stelle auf, an der sie verschwunden war, aber ich wartete, bis die Barchetta vorbeigefahren war, bevor ich losfuhr, um mir die Gegend anzusehen. Ein Parkhaus zwischen drei Firmengebäuden. Jedes der großen Gebäude hatte auch seine eigene Tiefgarage. Wo war sie gewesen? Ich machte Fotos von den vier Gebäuden, bevor ich meine Tracker-App aufrief.

Hundertfünfzig Kilometer pro Stunde. Dem wundersamen Biest war alles egal. Ich ging davon aus, dass sie vorhin keinen Strafzettel bekommen und dem Beamten gegenüber die „Jimmy Tripplethorns Ehefrau"-Karte ausgespielt hatte.

Ich hielt sie für eine Bedrohung, was ihr Verhalten im Straßenverkehr anging. Allein dafür könnte ich sie ausschalten, fand ich. Vielleicht doch nicht.

Aber sie machte es mir nicht leicht. Wie konnte jemand so überaus unsympathisch sein?

Aber war sie ein schlechter Mensch?

Ich tötete böse Menschen für Geld. Daran musste ich mich erinnern. Sie hatte zwei Kinder und einen Ehemann, der sie auf eine seltsame Art mochte.

Ein Vater, der seine Enkelkinder, die Nachkommen seiner Tochter, abgöttisch liebte.

Ich prüfte die App. Das Biest war auf dem Weg nach Hause. Sie würde dort ankommen, bevor die Kinder aus der Schule zurückkehrten.

„Was hast du drei Stunden lang gemacht?", fragte ich niemanden im Speziellen. Ich fragte mich, ob jemand ihr nach dem Treffen eine E-Mail schicken würde, um etwaige Details zu finalisieren, die bei dem geheimen Treffen besprochen worden waren. Ich schaute auf die Karte auf meinem Handy und beschloss, über Nebenstraßen zur Wahlkampfzentrale zu fahren. Auf dem Weg könnte ich tanken und mir etwas zu essen organisieren.

Und Jenny anrufen, um nach dem Rechten zu sehen.

Sie hatte sich einen Fortbildungstag genommen, musste morgen aber zurück zur Arbeit.

Ich wusste nicht, was der morgige Tag für mich bringen würde, aber ich wusste, was ich in dieser Nacht zu tun hatte.

KAPITEL DREIZEHN

„Im Moment der Wahrheit gibt es entweder Gründe oder Ergebnisse." <u>Chuck Yeager</u>

Das Mittagessen bestand aus einem Energieriegel und einer Tasse Kaffee von der Tankstelle, an der ich tankte. Danach fuhr ich zur Wahlkampfzentrale und parkte zwei Blocks entfernt.

Ich zwang mich dazu, unauffällig zu schlendern. Wie irgendein Typ zu wirken, der von einem Ort zum anderen geht. In dem Einkaufszentrum, in dem die Zentrale ihre Büros hatte, waren die Geschäfte geöffnet und die Angestellten mit Kunden beschäftigt. Eine kleine Gruppe von Freiwilligen und Mitarbeitern bereitete alles für die heutige Besprechung vor.

Die Stühle waren aufgestellt und die Tische abgeräumt für die unvermeidliche Pizzalieferung.

Jimmy. Er kümmert sich um seine Leute.

Ich wartete an einem Kaffeetisch am Ende der Ladenzeile, wo ich mir eine bessere Mahlzeit besorgt hatte – einen Wrap mit Salat und Hühnchen. Ich ließ mein

Handy auf dem Tisch liegen und warf gelegentlich einen Blick darauf, während ich aß. Ich rief die App auf, um zu bestätigen, dass die Barchetta zu Hause parkte.

Ich hielt meine Augen nach Antoinette Bicknesses Auto offen. So war Jimmy beim letzten Mal hergekommen. Alles war möglich. Es wäre das Beste, wenn ich ihn abfing, bevor er die Zentrale betrat. Ich aß meinen Wrap auf, räumte meinen Müll weg, wischte auch den Tisch ab, um alle Fingerabdrücke zu entfernen. Dann machte ich mich auf in Richtung der Büros und hielt in der Nähe einer Putzerei an, um mich an die Wand zu lehnen und mit meinem Handy zu spielen.

Ich schaute jedes Mal auf, wenn ein Auto anhielt. Es dauerte zu lange. Alle Freiwilligen und Mitarbeiter waren bereit, aber von Jimmy Tripplethorn fehlte jede Spur.

Um viertel nach sechs trafen die Wahlkampfmanager ein. Ich steckte mein Handy weg. Antoinette setzte Jimmy und Ken ab, genau wie beim letzten Mal. Ich sprach ihn an.

„Jimmy, ich weiß, Sie sind spät dran, aber ich habe Informationen, die Sie interessieren werden." Das war das Beste, was mir einfiel, ohne wie ein Spinner oder Verschwörungstheoretiker zu klingen.

„Mr. Tripplethorn hat ein Wahlkampftreffen. Bitte kontaktieren Sie das Wahlkampfbüro, um einen Termin zu vereinbaren."

„Das kann nicht warten, Ken", antwortete ich und benutzte seinen Namen, um zu signalisieren, dass ich kein willkürlicher Passant war.

Jimmy, zuvorkommend wie immer, winkte den Mitarbeitern im Wahlkampfbüro zu. „Randy, richtig?", sagte er und demonstrierte damit den Sinn eines Politikers dafür, sich Namen zu merken, damit sich jeder Mensch besonders fühlte. „Randy Bagger."

„Ja, Mr. Tripplethorn. Ich brauche nur ein paar Minuten Ihrer Zeit, bitte.“

Er legte die Hand auf den Arm seines Wahlkampfleiters und nickte. „Ich bin gleich da, Ken. Fang du schon mal mit den Themen an, über die wir gesprochen haben.“

Jimmy sah mich an und lehnte sich mit den Händen in den Taschen leicht nach vorne. Die Körpersprache von jemandem, der bereit war zuzuhören.

„Ich arbeite für eine Organisation, die Probleme aus der Gesellschaft entfernt. Aus irgendeinem Grund wurden Sie auserkoren. Ich wurde angeheuert, um Jimmy Tripplethorn, den Kandidaten für die nächste Bürgermeisterwahl, zu töten.“

Jimmy atmete tief ein und über sein plötzlich verzerrtes Gesicht huschten unzählige Emotionen gleichzeitig.

„Wer würde so etwas tun?“

„Als mir klar wurde, dass der Auftrag den Falschen treffen würde, fing ich an zu recherchieren. Können Sie mir sagen, wo Ihre Frau heute von zwölf bis fünfzehn Uhr war?“

„Zu Hause“, sagte er langsam und ließ es mehr wie eine Frage klingen als wie eine Antwort. Er zuckte zusammen bei der Erkenntnis, dass er es nicht wusste. Ich schüttelte den Kopf. Jimmy änderte seine Meinung. „Nicht zu Hause, aber ich weiß nicht, wo. Sie ist auch berufstätig.“

„Das ist sie, denn sie sitzt in ein paar Aufsichtsräten und hat ein Nebenengagement bei Barrows Holdings. Heute fuhr sie nach Kirkland und verschwand für drei Stunden in einem Parkhaus. Dort habe ich sie verloren, aber der Wagen war da. Ich habe keine Ahnung, was sie getan hat. Ich werde Sie nicht töten, Jimmy, aber wenn ich diesen Auftrag nicht erfülle, *werden* sie jemand anderen schicken. Ich versuche, den Vertrag stornieren zu lassen, aber das bedeutet, dass ich wissen muss, wer mich angeheuert hat. Hat Ihre Frau in letzter Zeit eine größere Geldsumme überwiesen?"

Jimmy zuckte mit den Schultern und zog ein Gesicht. Er bedeutete Antoinette, ins Büro zu gehen, anstatt sich zu ihm auf den Bürgersteig zu gesellen. Die Mitarbeiter und Freiwilligen warfen uns verstohlene Blicke zu. Ich drehte ihnen den Rücken zu.

„Wie viel?"

„Mindestens eine Million Dollar."

„Sie hat das ganze Geld beiseite gelegt, aber wir brauchen es nicht. Wir haben alles, was wir wollen." Jimmy sah zu Boden und war einen Moment lang in Gedanken versunken. Ich wartete darauf, dass er die Überraschung verdaute, mit der ich ihn konfrontiert hatte.

„Kennen Sie noch jemanden, der so viel Geld auf der hohen Kante hat und Sie aus dem Weg räumen will?"

Jimmy zuckte erneut mit den Schultern. „Ich bin Politiker. Ich kann es nicht jedem recht machen, aber ich glaube nicht, dass ich jemanden derart verärgert habe. Der aktuelle Bürgermeister will den Job gar nicht. Er tut nur so. Und einen anderen Herausforderer gibt es nicht. Es würde niemandem einen Vorteil verschaffen, mich umzubringen."

„Geld ist nicht das Problem. Da steckt etwas anderes dahinter. Ich weiß nicht, was, weil ich nicht eingeweiht wurde. Ich muss nicht wissen, wie die Uhr funktioniert, sondern nur, wie man die Zeit abliest."

Jimmy verlagerte sein Gewicht von einem Fuß auf den anderen und schwieg. Er machte aber auch keine Anstalten, hineinzugehen.

„Die Herausforderung ist, dass Sie niemandem von mir erzählen dürfen. Das wird Ihnen nicht helfen. Das Einzige, was helfen wird, ist herauszufinden, wer für den Auftrag bezahlt hat. Ich kümmere mich um den Rest."

„Was werden Sie tun?"

„Sie unter Druck setzen, den Vertrag zu lösen. Ich kann den Auftraggeber nicht einfach umbringen, weil ich bezweifle, dass es die Organisation, für die ich arbeite, interessiert, wenn derjenige tot sind. Die Organisation wurde bereits bezahlt hat eine hundertprozentige Erfolgsquote, soweit ich weiß. Mich umbringen zu lassen oder ins Gefängnis zu werfen, wird Sie nicht retten."

Jimmy richtete seinen Rücken gerade und hob seinen Kopf. „Sie wollen mir sagen, dass die einzige Person, die mir helfen kann, diejenige ist, die beauftragt wurde, mich zu töten?" Trotzig stemmte er sich die Fäuste in die Hüften.

„Klingt abgedroschen, aber ja. Und nein, ich will Sie nicht erpressen. Ich brauche weder Geld noch irgendwelche Gefälligkeiten. Ich will nur selbst aus der Sache rauskommen und dazu brauche ich Ihre Hilfe. Sagt Ihnen der Name DN74XTW1 etwas? Hat Ihre Frau ein Notizbuch oder ein Blatt Papier, das sie Sie nicht ansehen lässt? Vermutlich steht darauf eine Liste von Wörtern mit einer zweiten Liste von anderen Wörtern. Eine Art Codebuch. Sie kommuniziert mit jemandem in einem Code."

„Wir leben im einundzwanzigste Jahrhundert. Ich kann nicht glauben, dass es Codebücher und Auftragskiller gibt. Es tut mir leid, aber das klingt wie aus einem Film. Kameras beobachten uns immer und überall. Man kann nirgendwo hingehen, geschweige denn jemanden umbringen, ohne dabei gesehen zu werden."

„Strafverfolgung mittels Gesichtserkennungssoftware wurde gesetzlich untersagt. Niemand beobachtet irgendetwas, weil die Archive der Videoüberwachung überquellen. Niemand könnte diese Unmengen an Material jemals sichten. Ich bin nicht derjenige mit dem Codebuch. Das ist Ihre Frau."

„Eine Waffe zu tragen, ist auch illegal", konterte Jimmy schwach.

Ich öffnete meine Jacke. „Keine Waffe."

„Wie wollten Sie mich dann töten?"

„Was halten Sie davon, wenn wir diesen Teil auslassen? Wenn Sie erfahren, wie ich meinen Job mache, werden Sie sich für den Rest Ihres Lebens in Ihrem Keller verstecken wollen. Jimmy, helfen Sie mir, die Person zu finden, die für Ihren Tod eine schöne Stange Geld hingelegt hat. Wir müssen die Sache klären, damit wir beide wieder unser Leben leben können."

„Ich weiß nicht, wie ich das anstellen soll."

„Gehen Sie zu Ihrem Meeting. Denken Sie nach. Geben Sie mir Ihre persönliche Nummer und ich rufe Sie in zwei Tagen an."

Jimmy sagte Nummer auf. Ich tippte sie in mein Telefon und wählte. Jimmys Tasche begann zu vibrieren. Ich legte auf.

„Ich melde mich. Ich glaube, Sie sind vielleicht der letzte ehrliche Politiker, und das gibt mir Hoffnung."

Ich machte auf dem Absatz kehrt und ging davon, und zwar in die entgegengesetzte Richtung von dort, wo ich geparkt hatte. Ich hatte unser Schachspiel damit begonnen, dass ich meinen Springer in die Mitte des Feldes gestellt hatte, und hoffte, dass Jimmy das Spiel ernst nahm, ohne zu schwächeln. Wenn irgendjemand mit dieser Sache umgehen konnte, ohne seinen nächsten Zug preiszugeben, dann war es ein professioneller Politiker.

Auf dem Rückweg zum Hotel rief ich Jenny nicht an und ich besorgte uns auch kein Abendessen. Stattdessen spielte ich in Gedanken wieder und immer wieder mein Gespräch mit Jimmy durch. Er hatte zugehört und das war alles, was ich verlangen konnte. Er verschaffte mir die Zeit, die ich brauchte.

Aber hatte ich ihn überzeugt?

Ich öffnete die Tür zu meinem Hotelzimmer und ging hinein. Der Fernseher lief und Jenny saß auf ein paar Kissen gestützt davor. Die Speisekarte war von der Oberseite des Bildschirms verschwunden und lag auf der Kommode. Ich hob sie auf und legte sie wieder über die Kamera.

„So sehe ich nichts", sagte Jenny.

„Die Kamera auch nicht", antwortete ich. „Es tut mir leid, ich habe kein Essen mitgebracht. Mir war nicht klar, dass du hier warten würdest. Ich habe nicht angerufen."

„Du wirkst verärgert. Ich kann gehen." Jenny stand vom Bett auf. Ich nahm sie in meine Arme und hielt sie fest.

„Ich muss mit dir reden, aber nicht hier. Wir machen eine kurze Ausfahrt."

„Was immer du brauchst, Ian." Jenny nahm mein Gesicht in ihre Hände, während sie ihre Stirn gegen meine lehnte. „Alles, was du willst."

Es war schwer, nicht zu lächeln. Ich zog sie an mich. „Ich habe alles, was ich mir jemals wünschen könnte, genau jetzt, in diesem Augenblick. Ich will mehr, weil ich will, dass dieser Augenblick anhält. Aber diesmal muss ich mich dafür auf jemand anderen verlassen. *Er* muss es auf die Reihe kriegen, damit *wir* gewinnen."

„Ich freue mich darauf zu erfahren, was das bedeutet." Ich ließ ihre Hüften los. Sie ließ ihre Hände von meinem Gesicht fallen, doch unseren Eskimokuss beendeten wir noch nicht. Keiner von uns wollte der Erste sein, der sich bewegte.

„Vielleicht können wir einfach zu dir nach Hause fahren? Ich werde morgen alles vermeiden, was mit Arbeit zu tun hat."

„Unsere Flitterwochen gehen also weiter", flüsterte sie, bevor sie mich küsste und nach ihrer Handtasche griff. Ich musste den Computer und den USB-Stick holen.

Jenny sah mir zu, wie ich die Schalterplatte im Badezimmer entfernte. Ich hielt mir einen Finger an die Lippen und zeigte ihr den USB-Stick, bevor ich die Platte vorsichtig wieder einsetzte.

Sie hob fragend eine Augenbraue.

Naiv.

Wie jeder sein sollte, der nichts mit dieser Art von Arbeit zu tun hatte. Aber jetzt war sie ein Teil davon. Sie musste sich mit den Regeln vertraut machen und auf dem Laufenden sein. Ihr Leben hing davon ab.

Ich packte meine Sachen in eine Tasche und bedeutete Jenny, voranzugehen. Sie ging auf den Aufzug zu. Ich hielt inne.

Sie blieb stehen, als sie merkte, dass ich ihr nicht folgte. Ich zeigte auf die Treppe. Jenny drehte sich ohne zu zögern um. Ich hielt ihr die Tür auf. Sie küsste mich, bevor sie nach unten ging. „Ich könnte mich daran gewöhnen, dass ein Gentleman mir die Tür aufhält."

Wir gingen direkt zum Parkplatz und entschieden uns für ihr Auto. Sie kletterte auf den Fahrersitz. Ich warf meine Sachen auf den Rücksitz, bevor ich auf der anderen Seite einstieg.

„Schlechter Tag?", fragte sie, während sie den Motor startete.

„Das nicht, aber einfach war er auch nicht." Ich erzählte

ihr davon, wie ich das wundersame Biest verfolgt hatte, und von meinem Gespräch mit Jimmy.

Sie hörte schweigend zu. „Das ist eine Menge zu verarbeiten."

„Wenn ich du wäre, würde ich mir nicht glauben. *True Lies* und Bill Paxton haben die Sache für uns ehrliche Jungs ruiniert."

„Ich liebe diesen Film." Die Mundwinkel von Jenny hoben sich. „Es bringt dir nichts, mich anzulügen. Du hast den Auftrag bekommen, bevor wir uns kennengelernt haben."

„Ich mag deine Logik." Die Nacht kam und tauchte die Straßen in ihre Dunkelheit. „Das Letzte, was ich Jimmy sagte, war, dass ich wollte, dass wir beide wieder unser Leben leben können. Zehn Minuten zuvor hatte er nicht einmal gewusst, dass sein Leben in Gefahr war. Er hat es erstaunlich gut aufgenommen."

„Was denkst du, was er tun wird?"

„Ich glaube, er wird seine Frau fragen, wo sie heute war. Daraufhin wird sie ihm einen heftigen Dämpfer verpassen. Dann wird Jimmy mich zurückrufen, wütend darüber, dass ich ihm so eine Idee in den Kopf gesetzt habe. Und danach werde ich das wundersame Biest selbst konfrontieren müssen."

„Hoffen wir, dass es nicht so weit kommt."

„Sie ist ein unfassbares Luder." Ich wollte so etwas nicht einmal denken, aber ich konnte nicht anders. „Tricia Tripplethorn hat ein Händchen dafür, das Schlimmste in den Menschen hervorzubringen. Das Schlimmste in jedem – außer in Jimmy, der trotz ihr erfolgreich ist."

„Warum ist das wohl so?"

„Aus der Sicht einer Frau, warum denkst *du*, dass das so ist?"

„Elegant gewendet. Ich könnte mir vorstellen, dass er möglicherweise ein Narzisst ist, der sie in jeder privaten Minute quält. Er schaltet es ab, wenn er das Haus verlässt. Sie kann es nicht und lässt ihren Schmerz an allen anderen aus."

„Ich habe ihn zu Hause mit seiner Frau beobachtet. Sie war diejenige, die ihn mit hoch erhobenem Finger maßregelte und anschrie. Er hingegen wirkte wie ein geschlagener Welpe." Ich schaute auf das Radio. „Was dagegen, wenn ich etwas Musik anmache?"

„Der Fahrer wählt. Ich bin für Klassik." Sie tippte eine Nummer auf dem Bedienfeld ein und der Klang eines Streichquartetts ertönte. „Vielleicht ist sie die Narzisstin und er ist befreit, wenn er nicht zu Hause ist."

„Was uns zurück zu ihr führt. Nichts von alldem ist Jimmy Tripplethorns Schuld."

„Da stimme ich dir zu. Was wirst du tun, Ian?" Wir hielten uns an den Händen. Ich streichelte ihre Finger, während ich versuchte, nachzudenken.

„Mit dir darüber zu reden stand ganz oben auf meiner Liste, also ist meine oberste Priorität abgehakt. Als Nächstes werde ich zwei Tage warten, bevor ich Jimmy anrufe. In der Zwischenzeit überwache ich die E-Mails des Biests. Ich denke, sie wird zu einem weiteren zwielichtigen Treffen fahren, aber da ich Jimmy gesagt habe, wo sie beim letzten Mal war, wird sie dort nicht mehr auftauchen. Ich werde wieder Verfolgungsjagd mit der roten Barchetta spielen müssen."

„Du und dein Rush."

„Ich verspreche, es wird mich nicht in einen Teufelsanbeter verwandeln."

„Das wäre ein Dämpfer für die Sache. Hast du Hunger?"

„Langsam schon. Woran hast du gedacht?" Ich war kurz davor, alles zu essen, was man mir vorsetzte, sogar

Schuhleder. Ich hatte nur die Hälfte meines Hähnchen-Salat-Wraps geschafft, bevor ich ihn entsorgt hatte.

„Lebensmittelladen. Ich will sehen, wie du Lebensmittel einkaufst."

„Ist das dein Teufelsanbeter-Test? Ich stelle den Wagen immer zurück in die Reihe. Immer. Und ich nehme meine Lebensmitteleinkäufe ernst, denn ich liebe es zu essen, aber normalerweise habe ich keine Küche."

„Jetzt hast du eine. Und du hast in meine Schränke geschaut. Du weißt, was im Haus ist, oder, noch wichtiger, was nicht."

Ich atmete tief ein. Reflexion. Dieser Frage war ich während der ganzen Angelegenheit hinterhergejagt. Alles, was man für einen guten Anschlag brauchte, fehlte.

Jenny fuhr in ihren örtlichen Supermarkt, eine Ladenkette. „Macht es dir etwas aus, wenn ich schiebe?", fragte ich, nachdem ich einen Einkaufswagen organisiert hatte. Viel würde ich nicht kaufen. „Steaks, Süßkartoffeln, grüne Bohnen zum Dünsten, Steinsalz und italienisches Dressing. Eine Blattsalatmischung. Muffins, Frikadellen und Eier. Etwas Fleisch für das Mittagessen oder Würstchen. Wie wäre es mit Kroketten? Und dann könnten wir noch einen frischen Kuchen von der Bäckerei holen. Und Eiscreme."

„Du hattest acht Sekunden Zeit, darüber nachzudenken, und hast schon eine ganze Liste? Ich schiebe. Du packst die Sachen in den Wagen."

Wir hielten uns an das von mir vorgeschlagene Menü und füllten schnell den Einkaufswagen. Jenny warf einen Blick auf die Kühltruhen, als wir vorbeigingen, ohne Eiscreme mitzunehmen. Sie verzog das Gesicht und runzelte die Stirn.

Ich zeigte auf den Einkaufswagen. „Das ist ein großer Kuchen und wir sind nur zu zweit."

„Wir müssen nicht alles essen, aber wir sind verpflichtet, es richtig zu essen." Ich schluckte schwer, bevor ich mich umdrehte und zurückging, um mich für eine Marke zu entscheiden. Es wurde ein großer Becher Tillamook, das in der Nähe in Oregon hergestellt wurde. „Man darf einem Mädchen nicht seine Eiscreme verweigern."

Ich wusste, dass sie in der Nähe sein würde. Ich hatte sie am Ende des Ganges entdeckt. Ich ging los, um sie zu holen: eine Dose Schlagsahne.

„Wofür ist die?"

„Für das gute Dessert, das nach dem Dessert kommt", antwortete ich beiläufig. Das Glitzern in ihren Augen war nicht zu übersehen. „Ich werde die Steaks marinieren und wir grillen sie morgen. Heute Abend gibt es Salat, Eier und Würstchen. Und Käse sollten wir auch mitnehmen."

Jenny war unschlüssig. Sie schob den Wagen nicht weiter. „Du willst auf die Steaks bis morgen warten?"

„Nicht warten, ich will sie vorbereiten, damit sie uns den optimalen Geschmack und Genuss liefern. Öffne deine Augen und sieh dir deine neue Welt an."

„Ich mag die Art, wie du wartest."

„Warten heißt nicht, dass wir nichts tun können."

KAPITEL VIERZEHN

„Wir können einem Kind leicht verzeihen, das sich vor der Dunkelheit fürchtet; die wahre Tragödie des Lebens ist es, wenn Männer sich vor dem Licht fürchten." <u>Platon</u>

Ich saß am Esszimmertisch und las die E-Mails des Wunderwesens durch. Ihr anonymes Konto hatte ich schon überprüft. Von dort hatte sie keine Nachricht verschickt. Ich fragte mich, ob Jimmy ihren Ausflug zur Sprache gebracht hatte. Vielleicht hatte sie es nicht nötig, wild um sich zu schlagen und eine Nachricht zu verschicken. Als Narzisstin würde sie es zu ihrer einzigen Aufgabe machen, Jimmy wieder unter ihre Kontrolle zu bringen und ihn nichts von dem, was sie tat, infrage stellen zu lassen.

Ich wünschte mir, dass Jimmy seinen Mann stehen würde.

Wir hatten die Pistolen noch nicht gereinigt. Das Waffenöl und das Reinigungsset lagen zusammen mit der Munition ganz unten im Schrank. Sogar der dazugehörige Lappen war sauber und ordentlich gefaltet. Ich brachte alles ins Wohnzimmer und legte es auf eine Zeitschrift auf dem Tisch.

Ich konnte die M1911A1 mit geschlossenen Augen auseinandernehmen, aber eine Waffe wie die HP25A hatte ich noch nie gesehen. Eine schnelle Suche auf YouTube zeigte mir, was ich wissen musste. Ich musste das Magazin drin lassen und den Hahn zurückziehen, um die Waffe zu zerlegen – nichts, was ich als intuitiv angesehen hätte. Ich vergewisserte mich, dass sie beide entladen waren, bevor ich sie auseinandernahm, abwischte und die Abriebe aus den Vertiefungen und von den beweglichen Teilen abschrubbte. Nachdem sie sauber waren, trug ich auf beide eine dünne Schicht Öl auf, feuerte sie ungeladen ab und legte sie zurück auf den Tisch.

Die Munition war begrenzt, aber ich erwartete nicht, in ein langwieriges Feuergefecht zu geraten. Musste man sich in seinen eigenen vier Wänden mit einer Waffe verteidigen, brauchte man meist nur ein einziges Magazin. Es war nicht wie in den Filmen.

Ich lud zwei Magazine für die .25-Kaliber und zwei für die .45er. Ich mochte es, wie mir die M1911A1 in der Hand lag. Diese Waffe war wie gemacht für den Einsatz in einem Krieg und sie hielt, was sie versprach.

Jenny tauchte hinter mir auf.

„Was machst du da?“

„Die Pistolen reinigen. Und Kaffee trinken.“

„Es sah aus, als wärst du in einem Traum gefangen. Woran hast du gerade gedacht, Ian?“

Ich legte die Pistole weg und zog Jenny auf meinen Schoß. „Ich habe über den Krieg und die Macht dieser Pistole nachgedacht. Beim Korps habe ich nie eine Pistole getragen. Meine Waffe war eine M4, aber als sie mich zum Scharfschützendienst abkommandierten, durfte ich eine

M14 tragen. Die eine ist gut, um Gebäude zu räumen. Die andere ist gut, um jemanden aus der Distanz zu erreichen."

„Wie viel von deinem Leben nimmt der Krieg in Anspruch?"

Ich fuhr mir mit einer Hand durchs Haar und atmete aus. „Das ist eine knifflige Frage. Ich schätze, meine Antwort ist: mehr als er sollte, aber er hat mich am Leben gehalten. Und dann hat er mich zu einem reichen Mann gemacht, bis er mich wieder zu Fall gebracht hat, als ich ihn ablehnte. Ich respektiere die Waffe und den Frieden, den sie bringen kann, wenn man sie bestimmungsgemäß einsetzt."

Jenny lachte. „Du hörst dich langsam wie ein Politiker an."

Ihr Lächeln und die Melodie ihrer Stimme sorgten dafür, dass mein Tag gut anfing, egal, wie er sich entwickeln würde.

Auf das Frühstück folgte Zeit zu zweit, aber dann musste Jenny los. Sie musste die Dinge in der Schule zu Ende bringen, denn bald endete das Semester. Sie hatte sich damit abgefunden, dass es ihre letzten Tage an dieser Schule sein würden.

Sie löste sich nur ungern aus meinen Armen, doch die Zeit verging wie im Flug. Wir berührten einander an Nase und Stirn.

„Ich weiß nicht, was ich dir sagen soll", sagte ich, „außer, dass du dich heute um die Angelegenheiten von heute kümmern sollst. Um das Morgen kümmern wir uns, wenn es so weit ist. Und in der Zwischenzeit werden wir das Leben in vollen Zügen genießen."

Jenny schloss ihre Augen und nickte verhalten, bevor sie mich ein letztes Mal küsste, verzweifelt und leidenschaftlich. Sie tat so, als verstünde sie das Spiel. Jeder Moment könnte ihr letzter sein.

„Warte", sagte ich, als sie die Tür erreichte. Ich holte die gereinigte .25er vom Tisch, legte eine Patrone ein und hielt sie ihr hin.

„Die sind in der Schule nicht erlaubt. Und wenn die Polizei hinter mir her wäre, würde ich sie nicht erschießen."

Dem musste ich zustimmen. „Du hast recht, aber es wäre nicht die Polizei. Bleib ruhig und komm zu mir nach Hause, sobald du kannst."

Ich hielt die kleine Pistole in meiner Hand. Sie war kaum mehr als ein Spielzeug, aber aus der Nähe auf die verwundbarsten Stellen abgefeuert, konnte sie tödlich sein. Ich sah zu, wie Jenny in ihr Auto stieg und losfuhr. Beim Einsteigen warf sie mir einen Blick zu. Ich winkte wie ein pflichtbewusster Mann, der zu Hause blieb. Sie lachte und formte mit ihrem Mund die Worte „Ich liebe dich", bevor sie rückwärts aus der Einfahrt fuhr und sich auf den Weg machte.

Ich kehrte an meinen Computer zurück. *Gemeinsam war alles besser,* dachte ich. Auf meine Gefühle für Jenny traf das zu. Ich war erfüllter. Aber in meinem Job half es mir nicht. Alleine zu arbeiten war am besten, außer wenn Pläne und Gedanken keinen Sinn ergaben. Wie zum Beispiel, dass das Friedensarchiv eine Regierungsorganisation sein könnte.

Tötete ich im Auftrag der Regierung? Bekäme ich Probleme, wenn ich mich von dieser Regierung trennte, solange ich in den Vereinigten Staaten blieb? Solange *wir* blieben.

Gemeinsam war alles besser.

Ich hatte zu viele Fragen zu meiner Zielperson. Jimmy schien ein guter Mann zu sein. Was hielt ihn bei dem wundersamen Biest? Selbst ihr alter Herr hatte jemanden, der zu ihm passte. Je mehr ich darüber nachdachte, desto mehr hatte ich das Gefühl, dass sie einen Freund haben musste. Das Biest musste in die Sache verwickelt sein.

Das Szenario mit dem politischen Rivalen war eher unwahrscheinlich, es sei denn, ein großer Fisch, wie etwa ein Unternehmen, hatte versucht, ihn zu kaufen, und er hatte es nicht zugelassen. Es war in der amerikanischen Geschichte oft genug vorgekommen, dass Kandidaten auf diese andere Art und Weise ausgehebelt wurden. Die meisten Unternehmen gingen davon aus, dass politische Führer kamen und gingen, aufstiegen und untergingen, aber ihr Geschäft lief weiter.

Die meisten von ihnen hatten nur begrenzte Erfahrung mit den Trugschlüssen politischer Zweckmäßigkeit.

Ein wohlhabender Rivale? Die Leute gingen nicht in die Politik, wenn sie nicht schon eine Menge Geld hatten. Sogar Jimmy. Es war nicht seins, aber es war da. Aber er hatte keine Rivalen.

Ich starrte auf meinen Computer, aber nichts sprang mir ins Auge.

Das Ziel im Auge behalten.

Ich hatte ein Ziel, ein ganz anderes Ziel als noch vor einer Woche.

Eine Weltreise.

Ich sah mir ein paar Webseiten an und fand ein Kreuzfahrtschiff, das Ende des Monats von Italien aus ablegen würde. Die Tickets für eine Luxussuite kosteten jeweils fünfzig Riesen. Einhundert Riesen für eine sechsmonatige Weltreise? Zum Teufel, ja.

Ich schloss die Seite und vertiefte mich wieder in die E-Mails des wundersamen Biests. Über Google konnte ich auf ihren persönlichen Kalender und ihr Laufwerk zugreifen, fand dort aber keinerlei Einträge. Wo auch immer sie ihren Terminplan verwaltete, an den üblichen Orten tat sie es nicht. Ich stieg wieder ins Dark Web ein, um nach allem zu suchen, was mit Tricia Tripplethorn in Verbindung gebracht wurde.

Zwei Stunden später hatte ich das Gefühl, meine Zeit verschwendet zu haben, aber ich hatte eine Menge darüber gelernt, wo sie *nicht* aktiv war. Ich war zuversichtlich, dass ich mein Bestes getan hatte. Ich würde darüber schlafen und vielleicht würde mir noch eine neue Herangehensweise einfallen.

Ich ging nach draußen, um etwas frische Luft zu schnappen. Ich war noch nicht im Garten gewesen, um mir anzusehen, was die Familie Lawless mit ihrer Landschaftsgestaltung gemacht hatte. Das Gras musste gemäht werden, das Unkraut gejätet und die Büsche gestutzt.

Der alte Schuppen war mit einem Schloss abgesperrt, aber die Schlüssel hingen an einem Haken an der Hintertür. Ich öffnete die Tür und fand Moos und Schimmel und einen rostigen Rasenmäher darin vor. In die Jahre gekommene Gartenwerkzeuge. Schleifpapier und Öl hatte Mr. Lawless in Rauen Mengen besessen. Ich würde seine Vorräte gut gebrauchen können.

Der Mäher erwachte schnell zum Leben, nachdem ich das Öl und Benzin nachgefüllt hatte. Ich machte mich schnell an den Rasen, reinigte den Rost von der Gartenschere und nahm die straßenseitig gelegene Hecke in Angriff. Eine kleine Bogensäge brauchte etwas Öl und einen leichten Schliff, um sicherzustellen, dass das Blatt nicht stumpf war. Ich entfernte einige der unteren Äste, die fehl am Platz wirkten, und schleppte sie hinter das Haus, wo ich sie in kleinere Stücke zerteilte, bevor ich sie auf einen alten Reisighaufen warf, ein Überbleibsel aus einer längst vergangenen Zeit.

Nach einem Nachmittagssnack und viel Wasser setzte ich meine Bemühungen im Garten fort. Ein handbetriebener Kantenschneider half mir, den Gehweg und die Einfahrt zu säubern. Dann machte ich mich an die undankbare Arbeit, das Unkraut aus den Dehnungsfugen des Betons zu rupfen. Ich benutzte eine Schwimmweste aus dem Schuppen, um mich darauf hinzuknien.

Es gab kein Boot. Die Weste war ein weiteres Relikt aus alten Zeiten. Das Material zerbröselte zwar unter meinen Knien, aber es bewahrte mich vor schmerzenden Gelenken. Mir mit dem Unkraut zu helfen, würde der letzte Akt ihrer langen und geschichtsträchtigen Existenz werden.

Ich wurde erst am späten Nachmittag fertig. Es war ein guter Tag gewesen und eine gute Ablenkung davon, mir die erforderlichen Gedanken zu machen. Trotz der körperlichen Arbeit fühlte ich mich erfrischt. Ich nahm die Steaks aus dem Kühlschrank und legte sie auf die Theke.

Der Holzkohlegrill hatte schon längst das Zeitliche gesegnet. Ich würde sie auf dem Herd zubereiten müssen, aber Jennys Mutter besaß eine gusseiserne Pfanne, die zwar alt war, aber immer noch gut in Schuss. Eine gute Notlösung. Ich sah auf mein Handy, aber ich hatte keine Anrufe verpasst.

Gerade als ich es ansah, begann es zu klingeln, aber es war nicht Jennys Nummer.

Jimmy Tripplethorn.

„Jimmy", sagte ich.

„Ich muss Sie an einem Ort treffen, an dem wir unbeobachtet sind. Da ist ein Reitsportzentrum neben der Wasserscheide in Redmond, wo wir ungestört sind. Morgen, zur Mittagszeit. Ich texte Ihnen die Adresse."

„Das klingt wie etwas, das Ihr Schwiegervater arrangieren würde. Haben Sie ihn eingeweiht?" Meine Worte klangen provokanter als beabsichtigt. Ich drängte mich selbst in eine Ecke. Also versuchte ich, mich zu entspannen.

Ein Auto fuhr in die Einfahrt. Jenny.

„Das ist etwas, mit dem ich nicht alleine umgehen kann. Ich musste mich jemandem anvertrauen."

„Ich hoffe, Sie haben recht. Wenn das eine Falle ist, werden Sie verlieren. Kommen Sie allein. Nur Sie beide. Die Sache gefällt mir jetzt schon nicht, aber ich werde mich damit abfinden. Ich hoffe, Sie können mit dem Ergebnis leben."

Ich beendete das Gespräch, als Jenny hereinkam.

„Der Garten sieht …" Das Lächeln gefror auf ihrem Gesicht, als sie mich sah. „Was ist los?"

„Jimmy. Ich muss mich morgen mit ihm treffen, auf irgendeiner Pferderanch neben der Wasserscheide. Er bringt den alten Barrows mit."

„Er bringt seinen Schwiegervater mit, um über seine Frau zu sprechen, dessen Tochter?" Sie schüttelte den Kopf. „Geh nicht hin, Ian. Ich habe Angst."

„Hättest du weniger Angst, wenn du mit mir kommen würdest?"

„Nun, ich, … ich weiß nicht."

Ich wartete.

„Ich schätze, es persönlich zu sehen, würde mich davon überzeugen, dass du nicht Bill Paxton bist."

Ich lachte. Dann ließ ich sie los und lachte noch heftiger. „Ich dachte schon, du hättest Angst, dass ich umgebracht würde, aber eigentlich machst du dir mehr Sorgen darüber, dass ich lügen könnte." Es dauerte ein wenig, bis ich mich beruhigte.

Sie schlug mir auf den Arm. „Lass das."

„Es ist gefährlich, weil Barrows die Art von Geld hat, mit der er Leute so verschwinden lassen könnte, dass niemand erfahren würde, dass sie jemals existiert haben.

Aber Jimmy wird da sein. Der blitzsaubere Politiker. Wird sich Jimmy die Hände schmutzig machen? Das kann ich mir nicht vorstellen. Ich muss dort hin. Du nicht."

„Ich glaube, ich muss mitkommen. Ich will nicht ohne dich sein. Wenn es bedeutet, dass wir beide morgen sterben, dann soll es so sein. Zumindest tun wir es gemeinsam."

„So formuliert klingt es ziemlich dramatisch. Ich dachte, wenn sie mich erschießen wollten, würden sie es nicht tun, wenn noch jemand anderer dabei wäre."

Ihr Mund klappte auf. „Du willst mich als menschlichen Schutzschild benutzen?"

„Ich bin mir ziemlich sicher, dass das nicht das ist, was ich gesagt habe. Wie magst du dein Ribeye, englisch?"

„Du wirst nicht das Thema wechseln, als ob Leben und Tod nur eine Nebensache wären." Sie stemmte sich die Hände in die Hüften. An ihrem Arm baumelte noch ihre Handtasche. Sie nahm sie und schleuderte sie auf den Tisch.

Ich sagte nichts. Ich war mir nicht sicher, wo ich falsch abgebogen war.

„Wir müssen darüber reden, ob wir morgen überleben werden oder ob Mittwoch unser letzter Tag auf diesem Planeten ist."

„Ich habe dir alles gesagt, was es zu wissen gibt. Ich habe nichts anderes. Angst und Sorge sind Konstrukte unseres Verstands. Bei den Marines habe ich gelernt, mich nicht um Morgen zu sorgen. Dafür bereit zu sein, ja. Sich fit zu halten, um Probleme zu überstehen. Aber sich Sorgen zu machen, ruiniert den heutigen Tag *und* vermindert deine Chance, morgen einen guten Tag zu haben. Bitte, Miss Jenny, heute gibt es nichts, was wir für morgen tun können. Morgen fahren wir früh los und kundschaften die Gegend aus und dann gehen wir auf

Beobachtungsposten. Wenn sie einen Hinterhalt vorbereiten, werden wir es bemerken, und dann werde ich einfach den ursprünglichen Auftrag ausführen. Wenn es eine Falle ist, ist alles erlaubt und Jimmy kann mich am Arsch lecken."

Jenny begann zu schwanken, griff nach dem Tisch und ließ sich in einen Stuhl fallen, um nicht auf den Boden zu stürzen.

Es war oft nicht schön, die Schattenseiten des Spiels zu entdecken. Jenny würde noch öfter geschockt sein, bis sie so weit war.

Niemand wollte die dunkle Seite eines anderen sehen, aber ich hatte die Türen geöffnet und in nur wenigen Sätzen Licht auf die schlimmsten Abgründe der Menschheit scheinen lassen. Ich kniete mich neben sie und nahm ihre Hand, um sie zu küssen. Ihr Arm hing schlaff herunter.

„Komm zurück zu mir, Miss Jenny. Morgen wissen wir, wo wir stehen. Ich werde auf Nummer sicher gehen, aber ich halte Jimmy nicht für jemanden, der ein doppeltes Spiel spielt. Und Clive Barrows? Man wird nicht zum Milliardär, ohne sich Feinde zu machen, mit denen man zurechtkommen muss."

„Das ist eine Menge zu verarbeiten. Ich zweifle nicht an dem, was du sagst, Ian, aber ich bin Lehrerin. Ich lebe in einer ruhigen Gemeinde und führe ein langweiliges Leben. Dieses internationale Agenten-Zeug ist mir neu."

„Als ich dir in dein Zimmer gefolgt bin, in dieser ersten Nacht vom Rest meines Lebens, dachte ich, du wärst in meinem Zimmer. Das zeigt dir, wie schlau ich bin. Als du deinen Bademantel geöffnet hast, war ich dir verfallen. Von diesem Moment an habe ich dir gehört. Und du hast den internationalen Agenten seither richtig hart rangenommen. Mein Rücken tut übrigens immer noch weh."

„Du bist so böse." Sie stieß mich weg, aber ein Lächeln umspielte ihre Lippen. „Du machst dir keine Sorgen wegen morgen?"

„Sich Sorgen zu machen ist reine Zeitverschwendung. Ich schenke den Dingen die angemessene Aufmerksamkeit und dann lasse ich sie hinter mir. Wir machen uns morgen zeitig auf den Weg und kundschaften die Zufahrten zum Treffpunkt aus. Wir finden das Nadelöhr und dort werden wir jeden sehen, der kommt oder geht. Für den Fall, dass wir in einen Hinterhalt gelockt werden, suchen wir uns einen Fluchtweg, und wir werden bewaffnet sein. Wenn uns jemand verfolgt, schalte ich ihn aus."

„Ich glaube, du versuchst, mich zu beruhigen. Ich bin mir nicht sicher, ob es funktioniert."

„Ich habe alles unter Kontrolle. Es klingt schlimmer, als es ist. Was mich daran erinnert, dass wir eine ferngesteuerte Kamera kaufen müssen, die wir über WLAN anschließen können. Ich habe einen Elektronikladen in dem Einkaufszentrum gesehen, in dem wir die Lebensmittel gekauft haben. Die werden so etwas haben. Aber zuerst machen wir einen Spaziergang durch den Garten. Ich liebe den Geruch von frisch gemähtem Gras."

Jenny musterte mich. Ich lehnte mich zurück und entspannte mich, während ihre Augen über meinen Körper wanderten. „Ich erwarte, dass du mir helfen wirst, durch die haifischverseuchten Gewässer deiner Welt zu navigieren, Mister Bragg."

„So gut ich kann. Ich mag es, dich um mich zu haben."

„Und du willst mir deinen frisch gemähten Garten zeigen?" Eine Frage.

„Natürlich, damit du meinen Beitrag zu unserer Partnerschaft genauso schätzen kannst wie ich deinen."

Sie lehnte sich zurück und ein fragender Ausdruck huschte über ihr Gesicht. Doch sie blinzelte nur langsam und schenkte mir ein liebevolles Lächeln. „So habe ich es noch gar nicht gesehen. Ich habe es eher defensiv aufgefasst. So in der Art ‚Sieh mich an. Ich habe das Gras gemäht. Ich habe gekocht. Ich habe den Abwasch gemacht.' Aber das ist es ganz und gar nicht, oder?"

„Das werden wir gemeinsam herausfinden." Ich zeigte auf die Eingangstür und machte eine Kopfbewegung. „Komm jetzt. Frisch gemähter Rasen. Dann Steaks."

„Hast du den Grill angeworfen?"

„Der Grill ist Vergangenheit. Das Gusseisen deiner Mutter wird heute unser Koch sein."

„Die hat meiner Großmutter gehört", korrigierte Jenny mich. Sie stand auf und hielt mir ihre Hand hin. Ich nahm sie und wir gingen nach draußen. Ein kurzer Rundgang durch den Garten, dann ein Abstecher zum Laden, um ein Viererpack kabelloser Sicherheitskameras zu holen.

Danach sorgten wir dafür, dass sich der Rest des Abends nur um den heutigen Tag drehte. Alles andere kam morgen.

KAPITEL FÜNFZEHN

„Aber er wurde nicht zu stolz und er hütete den Garten, wie ein Mungo ihn hüten sollte, mit Zähnen und Sprüngen und Sätzen und Bissen, bis keine Kobra es wagte, ihren Kopf innerhalb der Mauern zu zeigen." Rudyard Kipling

Ich testete die Kameras und stellte sicher, dass sie sich mit Jennys Handy verbanden. Ich würde mein eigenes Handy in der Nähe der Kameras liegen lassen müssen, um als Hotspot für sie zu fungieren. Ich hatte es in zwei Plastiktüten gesteckt, um es vor dem Regen zu schützen.

Mit Google Maps suchte ich das Gebiet gründlich ab, im Kartenmodus, in der Satellitenansicht und mit der Street View, die mir die beste Auflösung lieferte. Mehrere Routen durch die nahegelegenen Wohngebiete boten eine Vielzahl von Fluchtwegen, aber der unwahrscheinlichste wäre der Weg durch das Wasser. Wir würden zu Fuß aus der umliegenden Wildnis kommen.

Ich musste meine Kameras in Position bringen, bevor der Spähtrupp eintraf, falls es einen gab. Das bedeutete, dass ich früh aufstehen musste.

Ich glaube, Jenny gewöhnte sich daran, dass ich ein Frühaufsteher war. Solange ich für den Kaffee sorgte, war sie bereit, der Morgenstunde eine Chance zu geben. Sie lief auch zu dieser Tageszeit nackt umher. Daran hatte ich mich noch nicht gewöhnt und vielleicht würde ich es auch nie, aber es gefiel mir sehr.

Wir machten uns früh auf den Weg, um dem schlimmsten Verkehr zu entgehen. Ich musste Rush spielen. Jenny tolerierte es. Auf der Fahrt zum Hotel spielte ich *Signals*.

Unseren ersten Halt machten wir beim Hotel, um mein Auto abzuholen. Ich wollte nicht, dass Jennys Wagen mit diesem Treffen in Verbindung gebracht werden konnte, auch wenn wir es verstecken wollten.

Wir stiegen aus, um das Frühstücksbuffet zu nutzen. Rose war da, zusammen mit einer Handvoll Gäste. „Ich habe euch gestern vermisst."

„Wir haben gestern die Zeit bei einem Ausflug übersehen und es uns dort für eine Nacht gemütlich gemacht. Wir sind gerade erst zurückgekommen, müssen aber gleich wieder los. Schlaf wird überbewertet."

Die Wärmelampen waren eingeschaltet und die Tabletts voll.

„Eine Konferenz?"

„Sie sind gestern Abend angekommen." Rose winkte mich von den Wärmelampengerichten weg. „Holt euch einen Kaffee und sucht euch einen Platz aus."

Ich wackelte mit meinen Augenbrauen in Jennys Richtung. Sie lächelte zurück. Die Verschwörung, die anderen Gäste zu übertrumpfen, war in vollem Gange. Wir folgten ihrer Anweisung und entschieden uns für einen Tisch in der Nähe der Schwingtür, die zur Küche führte. Ich behielt meine Regenjacke an, da ich die M1911A1 hinten in meinem Hosenbund verstaut hatte. Jenny behielt ihre Handtasche auf der Schulter, weil die .25er darin war, trotz ihrer Proteste. Rose tauchte wieder auf und stellte zwei Teller mit Essen vor uns ab, das nicht nach Mikrowelle aussah.

„Eine kleine Aufmerksamkeit für unser besonderes Paar."

„So viel besser, als wir es verdient haben!" Ich sprang auf und umarmte die ältere Frau mit einem Arm. „Ich weiß jetzt schon, wie köstlich die schmecken werden."

„Na los, ihr zwei. Esst und haltet euch bei Kräften. Ich weiß noch, wie es ist, frisch verheiratet zu sein."

„Wir verhalten uns nur wie Frischvermählte", korrigierte ich. Jenny kicherte und hatte schon angefangen zu essen. Ich schloss mich ihr an und versuchte, langsam zu essen, um das frische Würstchen und den knusprigen Blätterteig zu genießen. Eine Minute später hatte ich alle verputzt.

Ich nippte an meinem Kaffee und wartete, bis Jenny fertig war.

Rose kam vorbei, um unsere Teller abzuservieren. „Großartig, Rose. Ich kann Ihnen nicht genug danken. Wir hassen es, uns beim Essen so zu beeilen, aber wir müssen los und große Dinge tun. Vielleicht sind es kleine Dinge, aber wir werden sie auf eine großartige Weise tun."

„Behalten Sie diese Einstellung." Rose drehte sich um, um sich wieder ihren Aufgaben zu widmen. Ich steckte ihr einen Zwanziger in die Schürze, bevor sie widersprechen konnte.

Jenny und ich schlenderten hinaus. „Das war ein unerwartetes Vergnügen."

„Jeder liebt etwas an Ian Bragg." Sympathisch. Loyal.

„Was gibt es da nicht zu lieben?" Sie legte ihren Arm um meine Taille und ich legte meinen um ihre. So verließen wir das Hotel, Hüfte an Hüfte.

Die stinkenden Klamotten in meinem Kofferraum sorgten nicht gerade für das angenehmste Ambiente in meinem Auto. Ich öffnete Jenny die Tür und sie fing an zu würgen, als sie noch nicht einmal eingestiegen war. Ich eilte zur Fahrerseite, um den Wagen zu starten, die Fenster zu öffnen und die Klimaanlage einzuschalten.

„Das ist der schlimmste Männergeruch, der je meinen Körper verunreinigt hat." Sie hielt sich die Hand über den Mund und die Nase zu.

„Ich glaube nicht, dass ich sie noch mal brauche. Die landen wohl in der nächsten Mülltonne."

„Dann stinkt die Mülltonne erst richtig."

Ich legte Rush auf und wählte *Roll the Bones. Dreamline* begann zu spielen. „Das könnte unser Lied sein. Hör dir den Text an, Miss Jenny."

Nachdem es zu Ende war, tippte sie auf den Bildschirm, um es erneut abzuspielen. Nach dem zweiten Durchlauf drehte sie die Lautstärke herunter. „Der Antrag für *unser* Lied wurde zur Prüfung weitergeleitet. Ich unterstütze den Antrag. Alle, die dafür sind, sagen Ja."

„Ja", waren wir uns einig.

„Was für eine seltsame Art, ein gemeinsames Lied auszuwählen", begann Jenny. „Aber mein Leben hat in dem Moment aufgehört, normal zu sein, als du darin aufgetaucht bist. Ich werde sonst nicht in Bars aufgerissen."

„Gut, denn ich reiße sonst keine Frauen in Bars auf."

„Und doch hast du es getan."

„Schuldig im Sinne der Anklage und ich überlasse mich der Gnade des Gerichts. Heute konzentrieren wir uns auf den heutigen Tag. Lass mich den Plan durchgehen …"

Als wir die Einfahrt zu dem Reitsportzentrum erreichten, stieg Jenny aus und ich drehte um. Sie brachte eine Kamera in einem Baum an, sodass wir einen guten Blick auf die Zufahrtsstraße erhielten. Die zweite Kamera richtete sie auf das Reitzentrum und versteckte das Handy dahinter. Jennys gesamte Zeit außerhalb des Autos – fünfzehn Sekunden.

Wir fuhren vom Eingang weg und hielten ein zweites Mal an, um eine weitere Kamera in einem zweiten Baum zu verstecken. Dann fuhren wir drei Häuserblocks weiter, bevor wir auf einen Einstiegspunkt zum beliebten Powerline-Trail-Wanderweg abbogen. Wir parkten dort, wo jeder parkte, der eine Wanderung in die Wasserscheide unternehmen wollte.

Am Parkplatz angekommen zückte Jenny ihr Handy und rief die Kameras auf. Drei Bildschirme zeigten eine Vollfarbansicht der Straße, die zum Reitsportzentrum führte. Die Smart-Kamera zeichnete ein Bild pro Sekunde auf, es sei denn, der Bewegungsmelder reagierte, dann nahm sie mit voller Geschwindigkeit auf. Sie zeichnete jede Aktivierung auf, sodass wir diese separat durchsuchen konnten.

Danach verließen wir den Parkplatz und fuhren drei verschiedene Strecken ab, die aus dem Gebiet hinausführten. Hatte man es erst einmal verlassen, konnte ein Auto leicht in den Wohngebieten mit ihren vielen kurvigen Straßen verschwinden, von denen die meisten Nebenstraßen in die angrenzenden Nachbarschaften waren. Ein wahres Spinnennetz von Straßen. Wir wählten die Route, die am nächsten am Powerline Trail lag und die nicht mehr als eine kurvenreiche Gasse war.

Nachdem wir uns vergewissert hatten, dass wir die Route verinnerlicht hatten, kehrten wir zu dem Parkplatz zurück und stiegen aus. Zeit, die Wanderung zum Reitsportzentrum anzutreten.

Jenny trug einen langen schwarzen Mantel, der schöner war als eine übliche Wanderjacke. Es war kalt und sie brauchte eine Jacke. Alles andere in ihrem Kleiderschrank war bunt gewesen. Ich wollte etwas, das ein bisschen weniger auffiel, vor allem, wenn wir durch den Wald und das Gestrüpp um unser Leben rennen mussten.

Mein Mantel war dunkelgrau und noch schlammig von meinem Streifzug zum Wahlkampfbüro.

Wir schlenderten vom Auto weg, hielten Händchen und gingen ohne Eile. Ein nettes Paar, das eine lockere Wanderung machte.

Und auch noch schwer bewaffnet und kampfbereit war. Zumindest ich war bereit. Ich bezweifelte, dass Jenny schießen würde, es sei denn, sie sah ihren Tod unmittelbar bevorstehen oder sie glaubte, mich beschützen zu müssen. Ich behielt meine Bedenken für mich. Es war nichts, worüber man sich Sorgen machen musste. Man wusste es nie, bis der Kampf begann. An diesem Punkt wurden alle Seelen vor der Welt entblößt.

„Du bist eine gute Seele", platzte ich heraus und baute auf meinen Gedanken auf.

„Danke, aber wieso sagst du mir das gerade jetzt?"

Ich erzählte ihr von meiner Philosophie.

„Hoffen wir, dass wir es nicht herausfinden müssen", sagte Jenny sachlich. Wir unterhielten uns weiter leise über den Weg und die Landschaft. Ein Adler flog über uns hinweg.

„Der bringt Glück", behauptete ich. „Ich glaube daran und auch an alle anderen guten Omen, die positive Schwingungen zu uns schicken. Drück uns die Daumen."

„Und die Zehen, nicht wahr?"

„Wenn du kannst, dann tu es." Wir bogen scharf links

auf den ersten Wanderweg ab, der in die Wasserscheide führte. Wir mussten im Gänsemarsch gehen, also ging ich voran, während Jenny die Kameras überprüfte. Wir hatten keine anderen Fahrzeuge mit Menschen darin gesehen. Nichts, was ein Überwachungswagen hätte sein können. Nichts von dem, was in den Filmen gezeigt wurde.

Als wir beim Reitsportzentrum angelangten, stießen wir allerdings auf ein Problem. Es gab keinen Weg, der in diese Richtung führte. Ich tauchte zuerst ins Gebüsch und versuchte, Senken zu vermeiden, um nicht über sumpfige Stellen gehen zu müssen. Dann sah ich den Zaun vor mir. Ich begann, Äste abzubrechen, damit wir den Weg zurück zum Pfad finden würden. Es war ein Bretterzaun, der die Pferde auf dem Areal hielt. Man konnte sich leicht darunter ducken und hindurchklettern.

Ich kehrte um. Zeit, im Auto zu warten, bis unser Termin näher rückte. Jenny versperrte mir den Weg mit einem schiefen Grinsen im Gesicht. „Und ich dachte, wir würden einen Milliardär und den zukünftigen Bürgermeister von Seattle treffen." Sie zeigte auf ihre Schuhe, die mit Schlamm und Dreck bedeckt waren.

„Ich bringe einen Lappen mit, wenn wir zurückkommen. Irgendwas von den Kameras?"

Sie überprüfte den Live-Feed, bevor sie sich die Bilder ansah. Ein paar Arbeiter im Reitsportzentrum und sonst nichts. Ich schaute zurück zum Zentrum. Das erklärte die beiden Autos auf dem Angestelltenparkplatz.

„Keine bösen Jungs", sagte sie.

Ich arbeitete mich zurück zum Pfad vor und schnitt weitere Äste ab, um den Weg zu Ende zu markieren.

„Wenn wir die ganze Vorbereitungsarbeit umsonst gemacht hätten, was würde dir das sagen?"

„Vorsicht ist besser als Nachsicht?" Sie tätschelte ihre Handtasche.

„Bingo", sagte ich. „Das ist völlig richtig. Und später besprechen wir, wie wir es beim nächsten Mal besser machen können."

„Wie hast du das alles allein geschafft? Ich bin überrascht, dass es dich nicht in den Wahnsinn getrieben hat."

„Wer sagt denn, dass ich nicht sprungbereit am Abgrund gestanden habe? Mit einem Partner ist es viel besser."

„Ich will das alles eigentlich gar nicht machen", erklärte Jenny.

„Ich auch nicht. Nicht mehr, aber solange ich noch im Spiel bin, werde ich es so gut spielen, wie ich nur kann. Ein Sieg ist der einzige Ausweg."

Dann sprachen wir nicht mehr. Wir gingen im Gänsemarsch zurück zum Powerline Trail und hielten uns dann auf dem Rückweg zum Auto an den Händen. Ich fand Trost in dieser einfachen Geste. Die Welt würde sich schon bald genug schneller drehen.

Als es halb zwölf wurde und niemand die Straßen entlangkam, um uns abzupassen, hatte ich den Verdacht, dass ich mit meinem Eindruck von Jimmy richtig lag, auch wenn Clive Barrows eine unberechenbare Variable blieb.

Um viertel vor zwölf verließen wir das Auto und begannen, den Weg zurück in die Wasserscheide zu wandern. Wir bogen dort ein, wo ich die Äste abgebrochen hatte, und gingen auf die Rückseite des Reitzentrums zu. Als wir den Zaun erreichten, benutzten wir mein Obdachlosen-T-Shirt, um damit unsere Schuhe abzuwischen. Jenny rümpfte die Nase über den Geruch und warf mir einen strengen Blick von der Seite zu. Ich stopfte es in einen Busch und wischte mir die Hände an dessen Blättern ab, bevor ich durch den Zaun kletterte. Wir warteten am hinteren Ende der Anlage, bis Jimmy mit seinem Auto vorfuhr, sein Schwiegervater auf dem Beifahrersitz. Sie parkten neben dem Pferdestall und stiegen aus. Dann standen sie unbehaglich herum, bis Jimmy mich entdeckte.

Er wartete. Wir gingen auf ihn zu und beobachteten den Eingang. Jenny war wie hypnotisiert.

„Prüf dein Handy. Halte Ausschau nach allen, die auf das Areal kommen", flüsterte ich barsch. Sie fummelte an ihrem Handy herum und hätte es beinahe fallen lassen. Sie rief die Videoübertragungen auf.

„Die Straße ist frei", sagte sie leise.

Ich beschleunigte das Tempo. Jenny blieb an meiner Seite und überprüfte alle paar Sekunden ihr Handy. Die beiden Männer bewegten sich von ihrem Auto weg.

„Jimmy, Mr. Barrows."

„Randy", antwortete Jimmy. „Das ist doch nicht Ihr richtiger Name, oder?"

„Nein, ist er nicht. Mein Name ist Ian Bragg und das ist meine Frau Jenny."

Clive blickte finster drein. Jimmys Markenzeichen, das Lächeln, fehlte. Wir standen ein paar Augenblicke unbehaglich da. „Können wir drinnen reden?"

„Mehr Privatsphäre als das hier brauchen wir nicht", antwortete Clive.

Jimmy zog ein Notizbuch aus einer Jackeninnentasche und reichte es mir. Ich blätterte durch die ordentlich geschriebenen Seiten.

„Die letzte Nachricht, die er geschickt hat, war *ein Stuhl, das Deck, eine Wolke und Margarita*." Ich zeigte Jimmy die Einträge. Es war eine Adresse in Kirkland.

Clive sah es sich an, bevor er seinen stählernen Blick auf mich richtete. „Wissen Sie, wer Daniel Nader ist? Manager des Hedgefonds Xterra Worldwide?"

„Daniel Nader. XTW. Wurde er 1974 geboren?" Ich stellte die Frage, kannte aber bereits die Antwort.

„Gut möglich. Woher wussten Sie das?", wunderte sich Clive.

„Woher wussten Sie, dass er es war?", drängte ich.

„Ein Vater weiß solche Dinge."

Jimmy schaute weg. Das Gespräch fand zwischen Clive Barrows und mir statt. Jimmy war nur mehr Trittbrettfahrer dieser außer Kontrolle geratenen Achterbahnfahrt. Ich ging davon aus, dass es in den meisten politischen Leben Deals hinter verschlossenen Türen gab, mit denen eine Person wie Jimmy unzufrieden war, die er aber dulden musste. „Ich muss mit diesem Mann darüber sprechen, den Auftrag zurückzuziehen."

„Schon erledigt. Daniel Nader hat Jimmys Ermordung beauftragt, damit er meine Tochter für sich allein haben kann", erklärte Clive und ließ keinen Zweifel an der Endgültigkeit der Aussage. „Aber es muss noch eine andere Sache geschehen. Ungeachtet dessen, was meine geschäftlichen Kritiker sagen mögen, habe ich keine Ahnung, wie man einen Auftragskiller anheuert, aber Mr. Nader hat sich schon zu oft in das Leben meiner Tochter eingemischt. Ich zahle Ihnen eine Million Dollar, wenn Sie Daniel Nader von Xterra Worldwide von dieser Welt entfernen."

Jenny hustete. Ich starrte Jimmy an. „Ist es das, was Sie wollen?"

„Ich will meine Frau zurück", flehte Jimmy, den Blick auf den Boden gerichtet, die Hände in den Taschen vergraben.

„Und ich möchte, dass meine Tochter in ihre Schranken gewiesen wird. Das ist eine Botschaft, die schon lange überfällig ist. Sie muss übermittelt werden. Und sie wird sie hören, laut und deutlich."

„Unfall oder missglückter Raubüberfall?"

Clive Barrows zögerte keine Sekunde. „Ein hässlicher Unfall. Er kann nicht genug leiden für das, was er getan hat."

„Verdient Nader den Tod auch noch für etwas anderes, außer Sie zu verärgern?"

Clive Barrows musterte mich und sein Mundwinkel zuckte nach oben, als ich seinem Blick begegnete.

„Sein Hedgefonds ist auf einem Schneeballsystem aufgebaut. Er betrügt seine Investoren. Meine Tochter ist nicht seine einzige Eroberung. Eine von vielen. Ich habe keine Ahnung, was sie von ihren Begegnungen mit ihm hat."

Jimmy wandte uns den Rücken zu. Er konnte nicht zusehen und versuchte, auch nicht zuzuhören, aber sein Schwiegervater stellte sicher, dass er jedes Wort mitbekam.

„Ich werde Naders Geschäfte überprüfen. Ich muss verifizieren, dass der Vertrag gelöst wurde, und dann wird Mrs. Tripplethorn ein Treffen mit ihm arrangieren. Ich kümmere mich darum, solange das Geld bis Samstag auf meinem Konto ist. Haben Sie was zu schreiben?"

Clive holte ein Notizbuch aus seiner Sportjacke und überreichte es mir zusammen mit einem goldenen Waterman-Kugelschreiber.

Ich schrieb ihm die Kontonummer meines Überweisungskontos und die Bankleitzahl meiner Bank auf den Caymans auf. Ich würde jedes Geld vom Überweisungskonto auf mein endgültiges und geheimes Konto überweisen, sobald es ankam.

„Es wird heute noch erledigt."

Ich gab das Notizbuch und den Stift zurück. Tricias Codebuch schob ich in meine Tasche.

„Es tut mir leid, Jimmy. Es tut mir leid, dass Sie das alles rausfinden mussten und dass Sie die Dinge sehen mussten, die Menschen tun, wenn sie nicht im Rampenlicht der Berühmtheit stehen."

Jimmy nickte und trat gegen einen Steinbrocken. Das war etwas, an dem er nicht beteiligt sein wollte, aber Clive erteilte auch *ihm* eine harte Lektion.

„Ich hoffe, dass Tricia zu Ihnen zurückkehrt, nicht weil sie keine *andere* Wahl hat, sondern weil Sie die *beste* Wahl sind."

Jimmy drehte sich zu mir um und die Falten in seinem Gesicht ließen ihn viel älter aussehen als noch zwei Tage zuvor. „Sie sind ein seltsamer Mann, Mr. Bragg. Sie scheinen eine Menge davon zu verstehen, wie die Welt funktioniert. In einer anderen Situation hätte ich Sie gemocht."

„In einer anderen Welt, ja. Aber so? Werden wir uns nicht wiedersehen. Ich werde meine Sorgfaltspflicht erfüllen, um sicherzustellen, dass Nader ein gerechtfertigtes Ziel ist. Sobald das bestätigt ist, werde ich die Vertragsbedingungen erfüllen. Dann bin ich weg."

Clive Barrows streckte seine Hand aus. Wir beide schüttelten sie. Ein Millionen-Dollar-Deal. Jenny war immer noch geschockt von den Enthüllungen des heutigen Tages. Sie war blass geworden.

Clive bedeutete Jimmy, in ihr Auto zu steigen. Ich führte Jenny von dem Treffen weg. „Atme einfach, Süße." Ich streichelte ihren Rücken, während wir gingen. „Wir sind der Freiheit ein ganzes Stück näher, als wir es heute Morgen waren."

Jenny drehte sich zu mir und zwang sich, sich zu entspannen. „Mir geht es gut, Schatz." Sie aktivierte ihr Handy und sah auf die Uhr. „Das hat vier Minuten gedauert."

„Wenn man sich hundertprozentig auf das Problem konzentriert, wird es in der Regel schnell behoben."

Jimmy parkte rückwärts aus und fuhr davon. Weder er noch Clive sahen uns an.

„Wir können genauso gut durch die Vordertür rausgehen." Jenny sah mich an und wirkte verwirrt. Ich erklärte. „Lass uns die Straße nehmen. Uns auf dem Weg nach draußen mein Handy und die Kameras schnappen. Ich habe kein Problem damit, nicht noch einmal durch den Schlamm zu waten."

Sie atmete tief ein. „Praktisch." Sie schloss die Augen und neigte den Kopf zurück, um den Geruch des Reitstalls in der kühlen, feuchten Luft zu genießen. Ich blieb nahe bei ihr und legte meinen Arm um ihre Schultern. Als sie die Augen öffnete, lächelte sie. „Klar im Kopf. Konzentriert. Kein Urteil, nur Aktion. Dies ist ein raues Spiel und Männer wie Clive Barrows haben keine Angst, es zu spielen."

„Um seiner Tochter eine Lektion in Sachen Konsequenzen zu erteilen. Jimmy fiel das alles viel schwerer. Ich glaube, er hatte nicht erwartet, was Clive geplant hatte." Wir gingen die Straße entlang, die aus dem Zentrum hinausführte. „Warte mal. Lass mich mein T-Shirt holen."

Ich joggte zum Zaun und kroch hindurch, um das verdreckte Stück Stoff zu holen, bevor ich zu Jenny zurückkehrte.

Sie betrachtete das stinkende T-Shirt in meiner Hand.

„Was?", fragte ich sie. „Ich werde nicht die Umwelt verschmutzen."

„Der zukünftige Bürgermeister von Seattle hat recht. Du bist ein seltsamer Mann. So liebenswert und wundervoll seltsam." Fröhlich hielt ich ihre Hand, als wir weitergingen. Ich fühlte mich gut. Jenny ging es auch zusehend besser. „Du hast mich deine Frau genannt. Was soll ich damit anfangen?"

„Ich habe das Gefühl, dass es keine zufriedenstellende Antwort auf diese Frage gibt. Was hast du damit angefangen?"

„Ich bin noch dabei, das herauszufinden."

Wir hielten bei dem Baum an, um die Kameras und mein Handy zu holen, und gingen dann zu dem zweiten Baum, der näher an der Hauptstraße lag. Von dort aus schlenderten wir die angrenzende Straße entlang. Ich hielt meinen Kopf in Bewegung, während wir gingen, und beobachtete alles gleichzeitig.

„Ich dachte, du hast gesagt, wir wären frei?"

„Es könnte ein abgekartetes Spiel gewesen sein, aber Jimmy war da und hat einen Anschlag auf den Liebhaber seiner Frau arrangiert. Selbst, wenn es eine Falle gewesen wäre, wäre es zu viel verlangt, dass die Bürger ihm das als erfundene Geschichte abkaufen. Es klingt wahr, aber man weiß ja nie. Vielleicht hätten wir durch die Wasserscheide gehen sollen."

„Ist Paranoia eine Haupteigenschaft der Spieler, die dieses Spiel spielen, Mr. Bragg?"

„Unter denjenigen, die überleben, schon, Mrs. Bragg."

Jenny drückte meine Hand, während wir gingen. Ich wurde schneller, da ich nicht mehr hier draußen sein wollte. Ich zog es vor, weit weg zu sein und nicht mehr im Rampenlicht zu stehen. Auf dem letzten Stück zum Auto begann Jenny zu schnaufen. Wir sprangen hinein und ich fuhr los, ohne auch nur meine Musik aufzudrehen. Durch die Nachbarschaft auf der kurvigen, schmalen Straße. Noch zwei Seitenstraßen, bevor wir uns auf den langen Weg zu dem Highway machten, der uns zu Jennys Haus brachte.

Jenny machte die Musik für mich an und klickte sich durch, um noch einmal *Dreamline* zu spielen. Unser Lied.

Ich fuhr von der Autobahn ab und drehte erst eine

Schleife, um sicherzugehen, dass uns niemand folgte, dann noch eine. Beim zweiten Mal tankte ich, damit ich den Verkehr beobachten konnte.

Nichts erschien mir ungewöhnlich. Als wir schließlich das Wohngebiet erreichten, fuhren wir einen Umweg, um zu Jennys Haus zu gelangen.

Drinnen angekommen, fuhr ich meinen Computer hoch und rief mein Überweisungskonto auf. Das Geld war schon da. Ich zeigte es Jenny und entspannte mich endlich.

Ich verschob es auf mein geheimes Konto und atmete erleichtert auf.

„Ich dachte, du wärst eher der Typ mit Nerven aus Stahl", witzelte Jenny und schob sich näher heran, um sich auf meinen Schoß zu setzen und ihre Stirn an meine zu drücken.

„Alles hat sich geändert, Miss Jenny. Ich habe erkannt, dass du bisher in Gefahr warst und es bleiben wirst, bis wir aus der Sache raus sind. Ich werde Nader überprüfen, aber ich vermute, er ist ein Drecksack. Wenn ich richtig liege, kümmere ich mich ums Geschäft und dann verschwinden wir. Jimmy und Clive können ihre Manipulationen fortsetzen und Politik, Familie und Geschäft vermischen."

„Ich verstehe." Jennys Arme fühlten sich warm um meinen Hals an. Ich streichelte ihre Seiten. „Streichelst du einen Hund?"

„Was?" Ich merkte, was ich tat, und hielt inne. „Ich denke nach. Das Geld ist ein netter Bonus, um die Vorstellung, unterzutauchen, etwas angenehmer zu machen."

„Wenn ich so dreist sein darf, wie viel hast du?"

„*Wir* haben jetzt viereinhalb Millionen in bar."

„Mehr als die meisten Menschen im Laufe ihres Lebens verdienen."

„Das ist wahr. Und es wird uns für den Rest unseres

Lebens reichen, wenn wir uns nicht damit verzetteln, Sachen zu kaufen."

„Wirke ich auf dich, als wäre ich ein großer Freund von materiellem Wohlstand?"

Ich gluckste. „Mir ist aufgefallen, dass du mindestens drei Handtaschen und ungefähr zehn Paar Schuhe hast."

„Deine Erfahrung mit Frauen scheint extrem begrenzt zu sein. Mein internationaler Agent hatte noch nie eine ernsthafte Freundin. Offensichtlich."

„Diese Bemerkung passt zu mir." Ich drückte sie fest an mich und atmete ihren Duft tief ein. „Ich muss anfangen, über Daniel Nader zu recherchieren. Ich muss mich eine Weile konzentrieren und das finden, was ich finden muss. Ich muss ein Profil erstellen und mir dann einen Ort überlegen, an dem ich ihn zur Strecke bringen kann. Ein letzter Auftrag vor dem Ruhestand. Warum rufst du nicht deine Schwester und deinen Bruder an? Du hast gesagt, du redest oft mit ihnen."

„Das tue ich, aber ich bin mir nicht sicher, wie viel ich mit ihnen gemeinsam habe. Ich kann das Gespräch schon hören. ,Ich habe einen Mann kennengelernt, aber ich kann dir nichts über ihn erzählen. Ich werde alles für ihn zurücklassen und er für mich.' Das klingt, als wären wir Hippies."

„Wenn du es so sagst, tut es das. Es ist besser als ,Mein Freund und ich laufen vor der Mafia davon, aber wir lieben das Leben.'"

Jenny küsste mich liebevoll und ausgiebig, bevor sie aufstand und mich mir selbst überließ. Ich sah zu, wie sie sich in ihr Schlafzimmer zurückzog. Ich zog die .45er hinten aus meinem Hosenbund und legte sie auf den Tisch neben Jennys Handtasche. Dann öffnete ich meinen Computer und stürzte mich ins Dark Web, um alles zu finden, was es über mein neues Ziel zu finden gab.

KAPITEL SECHZEHN

„Schach hält seinen Meister in seinen eigenen Fesseln, es fesselt den Geist und das Gehirn, sodass die innere Freiheit des Stärksten leiden muss." <u>Albert Einstein</u>

Der Rest des Mittwochs kam und ging. Ich hätte gedacht, dass ich einen Anruf erhalten würde, um mich von meinem Auftrag abzuziehen, aber nichts geschah.

Der Donnerstagmorgen verging wie im Flug. Beim Durchforsten der finanziellen Machenschaften von Xterra Worldwide fing mein Gehirn beinahe an zu rauchen, aber ich blieb dran und verglich dies Vorgänge dann mit vergleichbaren Hedgefonds.

Was als Wettbewerbsvorteil in Struktur und Abwicklung hätte gelten können, wirkte vielmehr fragwürdig. Ein Mann wie Clive Barrows musste wissen, ob es legitim war. Er hatte gesagt, dass es das nicht war. Clive hatte Gründe zu lügen, aber ich glaubte nicht, dass er es getan hatte.

Je mehr ich über Dan Nader las, desto zwielichtiger erschien er mir. Er und Tricia Tripplethorn hätten ein tolles Powerpaar abgegeben. Eingeladen zu all den besten Partys, obwohl niemand wollte, dass sie auftauchten.

Unsympathisch zu sein war kein Todesurteil. Nicht einmal für mich. Aber die Bücher zu fälschen und die Zukunft von wie vielen Investoren zu zerstören? Ich fand keine konkreten Zahlen, aber die Rauchsäule der Xterra Worldwide wuchs immer höher in den Himmel, sodass mir klar war, dass es sich um einen Flächenbrand handeln musste.

Nader hatte ein gutes Anwaltsteam. Sie hatten einer Reihe von Klägern vor Gericht einen Knebel verpasst, der sie für das nächste Jahrzehnt zum Schweigen bringen würde. Nader dachte, er sei kugelsicher. Er würde herausfinden, wie falsch er damit lag. Und zwar bald.

Ich durfte Tricia nicht unnötig Zeit geben, um ihn zu warnen. Am Donnerstag fuhr ich Jenny zum Hotel, um ihr Auto abzuholen. Sie musste zur Arbeit und ich musste die Orte im Codebuch des wundersamen Biests auskundschaften, die ich für ein Treffen nutzen konnte.

Ich überprüfte eine Tiefgarage, ein Einkaufszentrum, ein Sportstadion und einen Fährhafen. Im Einkaufszentrum gab es die wenigsten Kameras, aber ich hatte keine Ahnung, wo er parken würde. Es war so eine riesige Fläche mit einer Vielzahl von Möglichkeiten. Ich vermutete, dass der Plan war, herumzufahren, bis er die Barchetta sah. Ich entschied mich stattdessen für die Tiefgarage und fuhr um exakt dreizehn Uhr sieben hinein und die Rampe hinunter. Nachdem ich die unterste Ebene erreicht hatte, wählte ich einen Parkplatz auf dem Weg zu der Rampe, die nach oben führte. Nur wenige Fahrzeuge parkten hier unten. Es roch nach Abfluss.

An der einzigen Kamera, die die unterste Ebene überwachen sollte, war die Linse kaputt. Ich ging die Rampe zur nächsten Ebene hinauf und die nächste danach.

Das Erdgeschoss lag drei Stockwerke über mir. Ich entdeckte vier weitere Kameras, aber sie alle hatten ihre besten Tage hinter sich. Ich trug meinen Schlapphut und meinen Mantel. Trotz der Jahreszeit war die Luft kalt vom Nebel und der wenigen Sonne. Niemand würde einen Mantel und einen Hut seltsam finden.

Die einzige Kamera, die einigermaßen funktionstüchtig zu sein schien, war die am Eingang, durch den die Fahrer die Garage befuhren und verließen. An der Rückseite befand sich ein provisorischer Eingang für Bauarbeiter. Den Fußabdrücken nach zu urteilen, benutzte ihn auch die Hälfte der Garagenbenutzer. Er war nicht videoüberwacht.

Es wirkte zu einfach.

Das ließ mich zweifeln. Ich ging durch den Hintereingang hinaus. Es schien niemanden zu interessieren und überwacht wurde der Bereich hinter der Tür auch nicht. Um die Ecke, durch die Schatten in ein Gebäude, den Seiteneingang hinaus und auf einen kleinen Parkplatz. Auch Parkplätze entlang der Straße. Ein paar Bistros und Restaurants. Und vor allem belebt genug, um nicht gesehen zu werden. Die Leute trugen legere Geschäftskleidung in diesem Teil der Stadt. Keine Anzüge, aber auch keine T-Shirts.

Ich hatte meinen Plan. Heute Abend. Ich musste eine E-Mail verschicken. Zwischendurch spielte *Working Man* in meinem Kopf. Um genau dreizehn Uhr dreiundfünfzig fuhr ich aus der Garage.

Ich kehrte ins Hotel zurück, packte meine Sachen und checkte aus, wobei ich zustimmte, für eine letzte Nacht zu bezahlen. Sie wollten eine Nachsendeadresse haben, um mir die hinterlegte Kaution zu schicken, da ich bar bezahlt hatte. Ich sagte ihnen, sie könnten das Zimmer jetzt überprüfen, während ich wartete, da ich noch einen Monat unterwegs sein und keinen Zugang zu meiner Post haben würde. Ich saß in der Lobby und surfte auf meinem Handy.

Ein Fernseher über einem unechten Kaminfeuer zeigte die Nachrichten. Jimmy Tripplethorn war überlebensgroß in der Mitte des großen Bildschirms zu sehen. Ich neigte meinen Kopf, um zu hören, was er sagte. Der Stadtrat hatte eine Meinungsverschiedenheit bezüglich der Strategien für Obdachlose gehabt. Drei der Mitglieder hatten aus Protest die Sitzung verlassen. Das war der Moment, in dem Jimmy seinen Moment der Erleuchtung gehabt hatte. Er hatte sich bereit erklärt, eine Woche lang mit ihnen auf der Straße zu leben. Sie hatten es für einen schlechten Witz gehalten und wollten nichts damit zu tun haben.

Jimmy sagte dem Reporter, dass die Kameras sich von dem Projekt fernhalten müssten, um den Prozess nicht zu verunreinigen. Er würde nichts mitbringen, das gestohlen werden könnte, kein eigenes Hab und Gut. Er würde das alles auf der Straße lösen, so wie sie gezwungen waren, es zu tun.

Schreie und Rufe hallten durch die Menge. Die Leute hielten ihn für verrückt. Er würde umgebracht werden. Entführt. Er würde auf eine Weise verletzt werden, von der er sich nie mehr erholen würde.

„Wenn ich diesen Menschen ein besseres Leben verschaffen will, muss ich wissen, wo sie jetzt stehen. Was ihre Probleme sind, warum sie auf der Straße leben. Ich muss meine Familie zurücklassen, um zu erleben, was die Obdachlosen jeden Tag durchmachen. Wenn wir ihre Situation verbessern wollen, muss ich genau das tun. Ich habe andere Ratsmitglieder eingeladen, sich mir anzuschließen, doch sie haben abgelehnt. Sie werden sich auf mein Urteil verlassen. Sie können darauf vertrauen, dass ich mein Bestes geben werde, und ich fange noch heute damit an. Gleich jetzt."

Ich stand mittlerweile direkt vor dem Fernseher und starrte gebannt auf den Bildschirm. Ich hatte Jimmy kennengelernt und wusste, dass er nicht bluffte. Er bestrafte sich selbst für das, was schon bald passieren würde. Er war bereit zu sterben wegen der Dinge, die seine Frau getan hatte, und wegen dem, was sein Schwiegervater tat.

„Das ist eine neue Stufe der Verrücktheit", sagte die Dame an der Rezeption. „In Seattle findet man die größten Irren. Ihr Zimmer ist fertig, Sir. Hier ist Ihre Kaution."

Ich biss die Zähne zusammen, während ich beobachtete, wie Jimmy seine Anzugjacke einem Helfer übergab, zusammen mit allem, was er in seinen Taschen hatte. Mit einem letzten Winken entfernte er sich von der Menge.

Ich unterschrieb, dass ich meine Kaution zurückerhalten hatte, und bedankte mich bei dem Hotel für einen tollen Aufenthalt.

„Hat Ihr Aufenthalt Ihre Erwartungen erfüllt?"

„Er hat sie sogar übertroffen. Ich werde wieder hier absteigen, wenn ich das nächste Mal in der Gegend bin."

Dann eilte ich zu meinem Auto und verließ in Windeseile den Parkplatz. Ich musste meine Waffe holen und in die Stadt fahren. Also reihte ich mich in den Verkehr ein, um zu Jennys Haus zu gelangen. Streckenweise ging es schneller, zwischendurch langsamer.

Als ich ankam, zog ich meine frisch gewaschene Obdachlosen-Kleidung an, überprüfte die M1911A1 und steckte ein zweites Magazin ein. Ich hatte keine Ahnung, womit ich es zu tun haben würde. Also bereitete ich mich so vor, als würde ich in ein Kriegsgebiet ziehen. Dabei kam mir der Film *Die Klapperschlange* in den Sinn. *Nenn mich Snake.*

„Warum musst du das machen? Es muss doch jemanden geben, der ihn beschützt."

„Er hat keinen Sicherheitsdienst. Das habe ich herausgefunden, als ich ihn beschattet habe. Er ist auf sich allein gestellt. Und selbst wenn nicht, hätte er sie vermutlich weggeschickt. Er versucht, sich umzubringen." Ich ballte die Fäuste. „Verdammt, Jimmy!"

„Du wirst ihn also beschützen?" Jenny sah traurig aus, auch wenn sie lächelte und ihre Augen funkelten. „Ich könnte nicht stolzer auf dich sein. Tu, was du tun musst, und dann komm nach Hause zu mir, Ian."

„Zwei Fliegen mit einer Klappe", sagte ich und klappte meinen Laptop auf. Ich schlug die Wörter im Codebuch nach und loggte mich in die E-Mail des Biests ein.

Stuhl. Untergeschoss. Wind. Schokolade.

Ich klickte auf senden und löschte sie dann aus dem Gesendet-Ordner. Dann packte ich meine legere Geschäftsklamotten in eine Papiertüte und warf sie ins Auto. Jenny hielt mir die Tür auf, als ich einstieg.

„Komm nach Hause zu mir", wiederholte sie.

„Das werde ich. Ich weiß nicht wann, aber ich werde kommen. Sei bereit, das Haus schnell zu verlassen, wenn es so weit ist. Wir werden nicht viel Zeit haben."

Sie nickte und schloss die Tür hinter mir.

Obwohl der Verkehr in die entgegengesetzte Richtung viel schwächer war, schien die Fahrt in die Innenstadt ewig zu dauern. Ich parkte auf einem Dauerparkplatz und bezahlte für einen ganzen Tag. Dann zog ich los, um herauszufinden, wohin Jimmy gegangen war.

Die Straßen der Stadt auf der Suche nach Obdachlosen zu durchstreifen, war nicht einfach. Sie versteckten sich in den Schatten von schönen Gebäuden gleichermaßen wie hinter Spelunken. Es wurde langsam dunkel und dann würde es richtig schwierig werden. Ich begab mich an den Ort in der Nähe des Rathauses, von dem aus er losgegangen war, und spielte die Szene durch. Ich schlurfte los und humpelte ein wenig. Mein Mantel verdeckte die .45er und meine andere Ausrüstung.

Wie weit war Jimmy wohl gekommen?

Ein paar Schnapsbrüder teilten sich eine Flasche.

„Der zukünftige Bürgermeister hier durchgekommen?", fragte ich und versuchte, nicht zu nüchtern zu klingen. „Ich habe noch ein Hühnchen mit ihm zu rupfen."

„Nee. Hast du was zu trinken?"

„Nee. Wurde letzte Nacht ausgeraubt. Nichts übrig", murmelte ich und schlurfte davon. Ich hielt meinen Kopf gesenkt, ließ aber meine Augen wachsam nach links und rechts wandern auf der Suche nach denen, die nicht gesehen werden wollten. Den unsichtbaren Menschen der Unterstadt.

Eine Stunde verging, dann noch eine. Es wurde dunkel. Leichter Regen setzte ein. Eine weitere Stunde. Hunderte von verschmutzten Gesichtern lugten aus spontan erschaffenen Schlupfwinkeln hervor. Keiner von ihnen war Jimmy. Alle von ihnen waren unglücklich.

Ich sah in Verschläge und wanderte durch schmale Gassen, um zu sehen, wer sich dort versteckte.

Vor mir tat sich eine weitere Gasse am Rande der Innenstadt auf. Ein weißes Hemd. Eine schnelle Bewegung. Ich lief darauf zu. Der Stadtrat lag am Boden. Drei Obdachlose traten auf ihn ein.

Ich rollte wie ein Panzer über sie hinweg.

Ein rechter Haken brachte den ersten zu Fall. Ein Tritt ins Knie setzte den zweiten außer Gefecht. Der Dritte stellte sich mir gegenüber und ich setzte zu einem Aufwärtshaken an, der ihn umwarf. Der Mann mit dem verletzten Knie versuchte wegzukriechen, aber ich schnappte ihn mir und hämmerte ihm eine Faust in die Schläfe. Er ging zu Boden.

Blut tropfte aus Jimmys Nase und aus seiner aufgeplatzten Lippe. Seine Hände zitterten von dem Schmerz, der seinen Körper quälte. Er rollte sich zu einem kleinen Häufchen Elend zusammen und suchte Trost in der Fötusstellung.

„Komm schon, Jimmy, steh auf. Wir müssen hier raus." Da fiel mir ein anderes Druckmittel ein. „Was ist mit deinen Kindern?"

„Ich habe meine Kinder im Stich gelassen. Ich habe in meiner Ehe versagt. Nichts anderes ist wichtig. Lass mich in Ruhe", murmelte er und bedeckte sein Gesicht mit seinen Händen, wobei ein Finger in einem seltsamen Winkel abstand. Ich nahm seine Hand und renkte den Finger wieder ein. Er keuchte vor Schmerzen und zog seine Hand kraftlos weg.

„Nur ausgekugelt."

Jimmy wimmerte.

Ich stellte mich mit dem Rücken an einen Müllcontainer, um die drei Landstreicher vor mir und eventuelle Neuankömmlinge davon abzuhalten, sich von hinten an mich anzuschleichen. „Du bist besser als der Rest von uns, Jimmy. Sosehr du es auch hassen magst, Leute wie ich existieren tatsächlich. Leute wie ich werden dich beschützen, damit du dich um die anderen kümmern kannst. Wir machen unsere Arbeit im Hintergrund, aber du musst im Licht der Öffentlichkeit bleiben und den Rest der Welt zu einem Ort machen, an dem die Menschen ein besseres Leben führen können. Ich werde mit dir hier draußen bleiben, bis du herausgefunden hast, welche Art von Hilfe diese Menschen wirklich brauchen. Und jetzt komm, wir müssen gehen."

„Wird die Polizei nicht kommen?", fragte er.

„Nein, Jimmy. Da hast du deine erste Lektion gelernt. Die Polizei sieht keine Verbrechen zwischen Obdachlosen. Niemand sieht sie. Anständige Menschen meiden diese erbärmlichen Seelen. Die meisten von ihnen haben psychische Probleme; sie sind gebrochen und von der Gesellschaft vergessen worden. Sie leben auf die einzige Art und Weise, die ihnen geblieben ist."

Ich zog Jimmy auf seine Füße. „Bist du verletzt?"

Er sah mich mit traurigen Augen an. „Meine Würde. Mein Stolz. Mein Gefühl für Recht und Unrecht. Und meine Nase."

„Die wird sich jemand ansehen müssen, es sei denn, du stehst auf den geprügelten Boxer-Look." Jimmy legte seinen Arm über meine Schulter.

Wir schafften es bis zur Ecke und dann weiter die Straße hinunter, bis wir einen Kellereingang fanden, der dunkel und frei war. Jimmy setzte sich auf die Treppe und verkroch sich in der hintersten Ecke der Tür.

„Solltest du mich nicht töten? Lass mich allein, dann erfüllt sich dein Vertrag."

„Ich sagte, ich würde es nicht tun, und das bedeutet, dass ich auch nicht zulasse, dass du dich umbringst. Du hast eine Menge, wofür es sich zu leben lohnt, Jimmy. Verschwende es nicht mit einer voreiligen Entscheidung. Deine Kinder brauchen dich. Auch, wenn dir das deine Frau nicht zurückbringen wird. Was sie braucht, ist jemand, der ihr den Hintern versohlt."

„Ich missbrauche meine Frau nicht."

„Ich rede nicht von Missbrauch, Jimmy. Davon, eine Frau zu schlagen. Das sind keine echten Männer. Ich rede von der richtigen Menge, um ein elektrisierendes Kribbeln durch ihren Körper zu schicken. Diese Leidenschaft zu entfachen. Sie braucht das volle Programm."

„Bist du jetzt ein Experte dafür, was meine Frau im Bett mag?"

„Ich bin jetzt ein Experte dafür, was Daniel Nader gerne mit den Frauen in seinem Bett macht." Jimmy stürzte sich auf mich. Ich fing seine armselige Ausrede eines Kinnhakens ab und schob ihn zurück in den Eingang. „Setz dich. Es geht mir nicht darum, dich niederzumachen. Es geht darum, dass du wieder die Kontrolle über dein Leben übernimmst. Du hättest das hier gar nicht gemacht, wenn du nicht schon aufgegeben hättest. Hör auf mit dem Scheiß, geh zurück und werde Bürgermeister. Erziehe deine Kinder zu anständigen Bürgern, wie du selbst einer bist."

„Du glaubst nicht, dass ich das mit dieser Aktion erreiche?" Er deutete auf das Blut auf seinem Hemd, das in dem schwachen Licht, das in die Tiefe unserer Nische drang, kaum sichtbar war.

„Herzen und Köpfe zu gewinnen"? Vielleicht, wenn du es richtig anstellen würdest, aber das tust du nicht. Windelweich geprügelt hier rausgetragen zu werden, bringt dir keine Sympathiepunkte ein. Damit zeigst du den Leuten nur, dass du nicht so schlau bist, wie du ihnen Glauben machen willst. Und wenn sie dein Gehirn über den gesamten Bürgersteig verteilen? Wie soll das diesen Leuten helfen? Was soll das bringen?"

Jimmy antwortete nicht. Ich sah auf meine Uhr. Es war schon spät, fast elf. „Warum schläfst du nicht ein wenig? Ich werde Wache halten."

Der zukünftige Bürgermeister schlang die Arme um seinen Körper und versuchte, es sich bequem zu machen, aber ihm war kalt und seine Sachen waren nass.

Ich setzte mich auf den Boden und lehnte mich zurück an Jimmys Brust. Er zitterte zwanzig Minuten lang hinter mir, bevor er einschlief. So hatte ich meinen Abend nicht verbringen wollen. Ich hatte erwartet, mich mit Miss Jenny unter der Decke zu wälzen, aber das würde warten müssen. Ich saß auf dem Boden im Nebel in einem Kellertreppenhaus in der Arschritze des Nobelviertels.

Sie brauchen mich an dieser Mauer! Prophetische Worte. Keiner will wissen, wie Wurst gemacht wird, nur, dass sie gut schmeckt. Keiner will wissen, wie weit starke Seelen gehen, um den Rest zu schützen.

Ich töte schlechte Männer für Geld. Ich musste ändern, was ich mir einredete. *Ich beschütze gute Männer.* Damit konnte ich leben.

KAPITEL SIEBZEHN

„Taktik entsteht aus einer überlegenen Position." <u>Bobby Fischer</u>

Jimmy wachte gegen vier Uhr morgens auf, steif und mit einer Erkältung. Ich rutschte zur Seite, stand auf und streckte mich. Jimmy sah sich um.

„Musst du mal?", fragte ich. „Weißt du, es gibt keine Toiletten für Obdachlose."

Er ließ beschämt den Kopf hängen. Ich zeigte auf eine kleine Lücke zwischen den Gebäuden. Er schonte das verletzte Bein, als er hinüber humpelte, um sein Geschäft zu verrichten, während er den Kopf in alle Richtungen drehte und nach Leuten Ausschau hielt, die ihn sehen könnten.

„Kannst du für eine Weile Wache halten? Ich muss ein wenig schlafen."

Jimmy schaute auf sein Handgelenk, aber er hatte seine Uhr abgenommen. Er versuchte, die Zeit durch einen Blick in den Himmel zu erraten.

„Es ist vier Uhr morgens."

„Du bist die ganze Zeit wach geblieben?"

„Die Nacht ist am gefährlichsten. Deshalb sieht man viele von ihnen tagsüber schlafen oder abends den letzten Schluck aus der Flasche trinken, um die Schrecken der Dunkelheit etwas weniger beängstigend zu machen."

Jimmy legte wieder seine Arme um seinen Oberkörper und zitterte, bevor er sachte seine Lippe berührte. Er zuckte vor Schmerzen zusammen. Dann schnäuzte er sich auf den Boden und blutiger Rotz spritzte aus. Er nahm einen tiefen Atemzug durch die Nase.

„Wache halten. Du bist Ex-Militär. Welche Streitkraft? Army-Spezialeinheit?"

„Marines. Die Agenten der Army waren gut. Ich habe gerne mit ihnen gearbeitet. Die D-Jungs waren ein schräger Haufen, aber sie erfüllten ihre Mission."

„D-Jungs?"

„Delta Force. Elite, aber geheim. Wie das Seal Team 6. Trotzdem bin ich froh, im Korps gewesen zu sein."

Ich nahm den Platz in der Kellernische ein und zog meinen Kragen fest um meine Ohren, während Jimmy mit dem Rücken zu mir saß. Ich knöpfte meinen Mantel auf, damit er ein kleines Stück davon über seine Arme ziehen konnte.

„Warum bist du hier, Ian? Selbst meine eigenen Leute sind nicht gekommen."

Ich schloss meine Augen. „Deine Leute respektieren dich und deine Wünsche. Ich garantiere dir, dass sie sich Sorgen um dich machen. Ich denke, du wirst sie heute Morgen sehen, wie sie Frühstück für dich und alle anderen Obdachlosen in der Gegend bringen."

„Du hast mich beschützt, also war es nicht die echte Erfahrung. Wenn sie Essen und Wasser bringen, werde ich nicht erleben, was die anderen durchmachen." Jimmys Haare klebten noch immer an seinem Kopf, als er den Regen und den Nebel davon abschüttelte.

„Du hast gerade in einer Türnische geschlafen, nachdem man dir die Scheiße aus dem Leib geprügelt hat. Ich brauche nicht in den Abgrund zu springen, um herauszufinden, wie tief es hinuntergeht. Hast du gespürt, wie fürchterlich es sich anfühlt?"

Jimmy nickte, sagte aber nichts.

„Um die besten Lektionen zu lernen, muss man sich unwohl fühlen und offen sein. Du warst beides. Du hast genau gesehen, was hier draußen vor sich geht. Eine Woche davon könnte dein Untergang sein und dann könntest du ihnen nicht mehr helfen. Was ist dein Ziel, Jimmy? Ich kenne die Antwort. Du dachtest, du wolltest sterben, und hast deinen Todeswunsch unter dem Vorwand der Sorge für die Obdachlosen versteckt. Du hast dir auf politische Weise einen Ausweg verschafft. Als die wütenden Penner dich verprügelt haben, hast du dich zusammengerollt. Das sagt mir, dass du versucht hast, dich zu schützen. Wenn du sterben wolltest, hättest du ihre Brutalität einfach hingenommen, ohne Wenn und Aber. Tretet mir in den Jimmy, ihr Wichser!"

Ich kicherte über meinen Scherz. Jimmys Kinn sackte auf seine Brust.

„Du hast harte Lektionen gelernt. Es stört dich, weil du ein guter Mensch bist. Wie oft willst du mich das noch sagen hören? Es tut mir weh, vor allem, es einem Politiker zu sagen. Ich habe keinen Respekt vor deinem gewählten Beruf, auch wenn ich das nicht respektlos meine."

Jimmy wurde hellhörig. „Ist schon gut. Mein Beruf hat diese Einstellung erschaffen." Er breitete die Arme aus und berührte den Kellerabgang zu beiden Seiten.

„Das ist doch Blödsinn. Politiker haben vielleicht Bedingungen geschaffen, auf die die Menschen nicht gut reagieren, aber das hier ist doch nicht dein Werk. In jeder Gesellschaft auf der Welt leben Obdachlose. Wie bringt man eine Gesellschaft voran, ohne eine ganze Schicht zurückzulassen? Sozialprogramme, ohne Sozialist zu sein. Sie sind ein notwendiges Übel, aber irgendwie auch nicht. Es geht nicht um Robin Hood, der von denen nimmt, die es sich leisten können, und denen gibt, die arm sind. Es geht darum, die Bedürfnisse zu stillen. Hier unten gibt es Obdachlose, die nicht einmal obdachlos sind. Sie tauchen bei Tageslicht auf, suchen sich einen Platz und versuchen, verzweifelt auszusehen, nur um dann zu betteln. Einige verdienen auf diese Weise ihren Lebensunterhalt, vermutlich mehr, als wenn sie in einem Fast-Food-Restaurant arbeiten würden. Aber sie ruinieren es für die echten Obdachlosen."

„Du sagst mir, ich soll nach Hause gehen?"

„Ich frage dich, ob du gelernt hast, was du wissen musst, um diesen Menschen zu helfen."

„Ich bin mir nicht sicher."

„Denk darüber nach, während ich etwas Schlaf bekomme. Du störst meinen Obdachlosen-Groove, Jimmy. Jetzt lass mich in dieser Nische schlafen, während ich deine Pisse rieche. Nächstes Mal gehst du weiter weg."

„Du bist ein harter Mann, Ian Bragg. Sosehr ich auch weiß, dass ich es nicht sollte, ich mag dich und habe dir nie richtig gedankt."

„Ich weiß nicht, warum du immer noch redest, während ich versuche, etwas Schlaf zu bekommen", brummte ich. Jimmy schnaubte.

„Wie du willst."

„Macht mich das zum König, zum König der Diebe?" Jimmy lachte laut auf und stieß dabei ein Schnauben aus, wie man es nur tat, wenn man ganz man selbst sein konnte.

Ich entspannte mich in der Ecke. Es war gar nicht so

ungemütlich. Vierundzwanzig Stunden munter zu sein war der beste Weg, in einen rhythmischen Schlaf zu fallen.

„Los, raus da!", rief eine schroffe Stimme. „Verschwindet hier, sofort."

Jimmy war wieder eingeschlafen, aber niemand hatte uns Probleme bereitet. Die Zeit vor der Morgendämmerung war jene, in der man aufstand und sich einen neuen Platz suchte. Jimmy stand auf, drückte seinen Rücken durch, bis es knackte, und hielt mir seine Hand hin, um mir aufzuhelfen. Ich schaute auf die Uhr. Zweieinhalb Stunden. Es war fast sieben Uhr morgens.

Das bisschen Schlaf würde reichen müssen.

„Ist es an der Zeit, dein neu gewonnenes Wissen in die Ratskammern zu tragen?", fragte ich in der Hoffnung, dass Jimmy zur Vernunft gekommen war.

Er musterte mich, während ich gähnte. Ich machte mir nicht die Mühe, mir eine Hand vor den Mund zu halten. Stattdessen schloss ich meine Jacke.

„Du hast eine Frau." Jimmy sprach so, als würde er laut nachdenken.

„Ich sollte jetzt verdammt noch mal neben ihr liegen, Jimmy."

Er hielt seine Hände hoch. „Ja, Ian. Ich habe gelernt, was ich wissen muss. Lass uns zu meinem Wahlkampfbüro gehen. Sie sperren um sieben auf. Wir können uns dort sauber machen. Ich muss anfangen, einen Vorschlag auszuarbeiten."

„Gute Entscheidung. Ich will hier weg. Ich habe eine Verabredung mit meiner Frau für etwas Zeit zu zweit, und die möchte ich nicht verpassen."

„Ich gebe dir einen Rat. Lass sie nicht zu oft die zweite Geige spielen. Das Ergebnis wird dir nicht gefallen.“

Jimmy humpelte die kurze Treppe hinauf und bis er oben ankam, hüpfte er nur noch auf einem Bein.

„Warte.“ Ich stellte mich neben ihn, sodass unsere Hüften aneinanderstießen, und packte ihn, um etwas von seinem Gewicht zu übernehmen. „Es wird besser werden, wenn du es ein wenig eingehst.“

„Ich sollte das Bein wahrscheinlich nicht belasten“, konterte Jimmy.

„Willkommen bei den Regeln des Marine Korps. Wenn du gehen musst, gehst du. Es gibt keine andere Möglichkeit. Ich werde kein Taxi rufen.“

„Hast du dein Handy dabei?“

Ich sah ihn an. „Ich bin nicht hier, um jemandem etwas zu beweisen. Ich habe auch Geld und eine Waffe.“

„Du kannst hier draußen doch keine Waffe haben.“ Jimmy sah schockiert aus.

Ich fand seine Überraschung amüsant. „Ich kann es mit drei Männern aufnehmen, wenn sie mich nicht kommen sehen, aber beim nächsten Mal könnten es fünf sein oder es könnten bewaffnete Junkies sein. Die Straße ist ein gefährlicher Ort und ich werde meine Sicherheit nicht riskieren, ohne mir selbst eine Chance auf einen Kampf zu ermöglichen. Die Obdachlosen müssen jeden Tag damit leben, also musst du dein politisches Ding durchziehen und versuchen, es weniger schrecklich für sie zu machen.“

„Gut. Kann ich dein Telefon benutzen, um meine Frau anzurufen?“

„Nein. Du wirst mein Telefon nicht benutzen, um deine Frau anzurufen. Ich bin schon nicht glücklich darüber, dass *diese* Nummer auf *deinem* Telefon ist.“ Wir gingen den Hügel hinauf, langsam, während Jimmy gegen die Schmerzen in seinem Knie ankämpfte. Er würde es untersuchen lassen müssen, aber später. Seine Lektion als Obdachloser war noch nicht abgeschlossen. Der Schmerz würde ihm die Probleme besser vor Augen führen und ihn dazu bringen, sie zu schätzen, besonders nachdem er die Ziellinie überquert hatte.

„Tut mir leid. Das habe ich nicht richtig durchdacht."

„Ruf sie von deinem Büro aus an. Wir sind gleich da." Ich wollte mir etwas zu essen holen. Meine letzte Mahlzeit war schon zu lange her.

Und Kaffee.

Wir bogen um die Ecke und ich hielt an. Ich zog Jimmy zurück. „Die Presse wartet auf dich, also ist hier Endstation für mich. Schaffst du den restlichen Weg allein?"

Er machte einen Schritt und fiel fast hin. „Ich glaube nicht."

„Du weißt, ich darf nicht mit dir gesehen werden. Ich werde jemanden finden, der dir hilft. Geh um die Ecke und lehne dich an die Wand." Ich ließ Jimmy allein und machte mich auf den Weg nach unten. Schnell lief ich die Parallelstraße zurück hinauf und nahm die Seitenstraße, an deren Ende ich etwas oberhalb des Wahlkampfbüros wieder herauskam. Taumelnd und stolpernd bahnte ich mir meinen Weg in Richtung der Menschenmenge. Als ich nahe dran war, blieb ich stehen und schirmte meine Augen ab. Die Reporter wichen unauffällig vor mir zurück. „Da ist Jimmy Tripplethorn!", deutete ich die Straße hinunter.

Die Presseleute schauten mich nur an, um zu sehen, wohin ich zeigte, und ich hielt meinen Arm vor mein Gesicht, um jedes Foto unbrauchbar zu machen. Kameraleute und Reporter liefen die Straße hinunter. Ich stolperte in die nächste Seitenstraße. Sobald ich außer Sichtweite war, ging ich schneller.

Ich musste dem Ansturm auf das Café zuvorkommen.

Ich knöpfte meine Jacke zu, um präsentabler auszusehen, und ging zielgerichtet. Die Leute würden es bemerken, ohne zu wissen, warum. Ich nahm einen Zwanziger aus meiner Brieftasche und winkte dem Barista zu. In diesem Moment war ich bereit, jeden Preis für eine Tasse Kaffee zu bezahlen.

Mein Königreich für ein Pferd, oder so ähnlich. Ich hatte heute viel zu erledigen und keine Zeit, nach Hause zu fahren. Ein einziger Versuch war alles, was ich bekommen würde, um den Vertrag mit Daniel Nader abzuschließen.

Seine Verabredung mit dem Schicksal rückte immer näher.

In der Schlange vor dem Verkaufsstand warteten zwei Leute vor mir. Der Schlamm und Schmutz auf meiner Jacke überzeugte denjenigen hinter mir, Abstand zu halten. Als ich den Tresen erreichte, legte ich den Zwanziger hin und schob ihn hinüber, bevor ich bestellte. Zwei Becher Kaffee, einen mit viel Platz für Sahne, und einen Blaubeer-Muffin. Ich wurde zügig bedient und der nächste Kunde nach mir herangewunken.

Ich trank meinen Kaffee mit so viel Kaffeesahne, wie hineinpasste, bevor ich mich an einen Tisch zurückzog, wo ich es genoss, mich auf einen Sitz zu setzen, der keine Betonstufe war. Ich schlürfte den Kaffee mit Sahne, als wäre es Milch. Dann aß ich den Muffin langsam und genoss ihn. Als ich fertig war, wischte ich den Tisch ab und entsorgte meinen Müll. Mit meinem zweiten Kaffee, der noch dampfte, ging ich.

Niemand hatte sich an meinem Auto zu schaffen gemacht, obwohl es über Nacht auf einem Tagesparkplatz gestanden hatte. Es sprang sofort an und ich legte meine Musik auf, denn die brauchte ich genauso dringend wie den Kaffee. Ich wählte *Middletown Dreams* aus und parkte mich so hin, dass ich in Richtung Ausfahrt sehen konnte.

Dann fand ich in meiner Karten-App einen CVJM-Standort. Ich fuhr direkt dorthin.

Ich zahlte gerne für eine Dusche und die Benutzung der Toilette, mich zu waschen und mir eine Stoffhose, Schuhe und ein Hemd anzuziehen. Ich war so erfrischt, wie ich sein musste, um zu tun, was ich tun musste. Meine alten Klamotten wanderten in den Müllcontainer auf dem Weg aus dem Gebäude. Vom Parkplatz aus rief ich Jenny an.

„Ich habe dich vermisst", sagte sie, als sie abhob.

„Ich habe Jimmy wissen lassen, dass er mir in mein Liebesleben pfuscht. Meine erste Nacht ohne dich und ich bin völlig zerstört."

„Bist du auf dem Weg nach Hause?" Bei ihrer sinnlichen Aufforderung wünschte ich mir, es wäre so.

„Nur noch eine Sache und dann komme ich für immer nach Hause."

„Ich werde für dich bereit sein." Wir hörten einander ein paar Augenblicke lang beim Atmen zu, bevor Jenny fortfuhr: „Ich habe Jimmys Rückkehr in den Nachrichten gesehen. Er gab eine tiefgründige Erklärung ab, bevor einer seiner Mitarbeiter ihn ins Krankenhaus brachte. Die Moderatoren der Sendung schienen besorgt über seine körperliche Gesundheit zu sein, aber als er sprach, war er klar und überzeugend. Verdankt er dir eine gute Nachtruhe? "

„Nun, eine gute Nachtruhe ist wohl Definitionssache. Aber, ja. Ich hielt Wache, damit er schlafen konnte, nachdem er von ein paar aufgebrachten Pennern verprügelt worden war. Ich überzeugte sie von ihren Fehlern, *bevor* Jimmy ins Koma geprügelt wurde."

„Natürlich hast du das. Du bist ein Lehrer, genau wie ich."

„Ich mag, wie du denkst. Ich muss jetzt los, aber ich

werde heute Nachmittag zu Hause sein. Ich liebe dich, Jenny.“

„Bitte pass auf dich auf, Ian. Ich liebe dich auch.“ Sie beendete das Gespräch. Ich schaute auf den leeren Bildschirm, bevor ich das Handy ausschaltete und es in meine Brusttasche steckte.

Dann machte ich mich auf den Weg nach Kirkland, drehte die Musik auf und nippte an meinem Kaffee, während ich die verschiedenen Szenarien und jeden möglichen Ausgang durchspielte. Ich war wie ein Pilot, der Katastrophenübungen verinnerlichte, um bereit zu sein, falls der Ernstfall eintrat und keine Zeit zum Nachdenken blieb, der aber gleichzeitig die ganze Zeit hoffte, dass er sie nie brauchen würde.

KAPITEL ACHTZEHN

„Sei bereit, den Preis für deine Träume zu zahlen. Kostenlosen Käse gibt es nur in einer Mausefalle." <u>Paulo Coelho</u>

Der Parkplatz, den ich ausgesucht hatte, war voll, ebenso der daneben. Das störte mich, aber nicht genug, um mich darüber aufzuregen. Ich fuhr zwei Blocks weiter und parkte auf einem gebührenpflichtigen Parkplatz an der Straße. Dann blieb ich im Auto sitzen, wartete mit heruntergekurbeltem Fenster und lehnte mich zurück, um das schöne Wetter zu genießen. Die Parkwächter taten mir den Gefallen, nicht vorbeizukommen.

Als etwas Zeit vergangen war, verließ ich meinen Parkplatz und fuhr um den Block und zurück zu dem Parkplatz. Zwei Plätze waren frei geworden. Ich fuhr hinein und parkte das Auto. Ich tat so, als würde ich telefonieren, während ich beiläufig das Wageninnere, das Lenkrad, das Gurtschloss, den Schalthebel, das Radio und auch den Rest abwischte.

In den meisten meiner DN74-Szenarien würde ich das Auto dort stehen lassen, wo es jetzt parkte.

Nachdem ich ausgestiegen war, schloss ich mit dem Schlüssel statt mit der Fernsteuerung, um unauffällig den Türgriff abzuwischen. Auf dem Weg um den Kofferraum herum und auf die andere Seite säuberte ich die Hintertür. Auf der Beifahrerseite hatte ich bereits Jennys Fingerabdrücke abgewischt. Sie hatte offenbar alles angefasst, also wischte ich alles ab, zweimal.

Vorsichtig, damit die Pistole nicht herausfiel, hängte ich mir meine Sportjacke an einem Finger über die Schulter, während ich in ein nahegelegenes Gebäude ging, die Lobby durchquerte und das Gebäude durch eine Seitentür verließ, nachdem ich in die Jacke geschlüpft war. Dann ging ich um ein weiteres Gebäude herum und in eine Menschenmenge, bevor ich außerhalb des Blickfelds einer Ladenkamera wieder allein war. Ich betrat die Parkgarage durch den Hintereingang und ging die hintere Treppe hinunter in das erste Untergeschoss.

Dort wartete ich am unteren Ende der Treppe, bereit, hochzulaufen, falls jemand herunterkam, oder die Garage zu betreten, falls jemand mit dem Auto ankam und sich der Treppe näherte.

Bilder im Internet zeigten Daniel Nader mit seinem 2007er Porsche 911 Turbo Coupé. Für mich sah er aus wie ein abgeflachter VW-Käfer, aber er verhielt sich nicht wie einer. Vielmehr war er ein Rennwagen mit Straßenzulassung. Er verkörperte die Persönlichkeit des Vorsitzenden von Xterra Worldwide.

Die Zeit war fast abgelaufen. Ein Auto bahnte sich seinen Weg in das Untergeschoss, aber es klang nicht wie ein Sportwagen. Ich trat auf die Fahrbahn, als die Reifen in den Kurven zur untersten Etage quietschten. Ich ging in der Mitte entlang, die Hand in der Jacke, die M1911A1 umklammert. Ein Prius tauchte auf. Ich winkte mit der freien Hand und trat zur Seite, damit das Auto passieren konnte, aber der Fahrer manövrierte es in eine leere Stelle.

Ich ging weiter. Die Fahrerin ließ sich mit dem Aussteigen Zeit. Dann hörte ich das kehlige Knurren des Porsche. Zwei Stockwerke über mir.

Sie war ausgestiegen und ging zu Fuß. Das Auto piepte, als sie es im Gehen abschloss. Das Knurren des Motors war langsam und bedächtig. Suchend. Nicht in Eile. Er hatte die vollständige Kontrolle. Er ließ sie warten. Ließ sie ihn anflehen. Schritttempo. Um eine Kurve und die nächste Etage hinunter. Ich eilte auf die Treppe zu, um mir die gesamte Länge des Parkplatzes zum Arbeitsplatz zu machen.

Ich prüfte die Pistole. Eine Patrone in der Kammer. Den Daumen auf der Sicherung und die Pistole in meiner Hand. Ein misslungener Raubüberfall. Ich würde ihm den Schädel wegpusten und weitergehen. Bis jemand käme, um nach dem Rechten zu sehen, wäre ich längst über alle Berge.

Der silberne Porsche bog um die Kurve am anderen Ende der Etage. Der Fahrer, der einen Arm lässig aus dem Fenster hängen ließ, kam quälend langsam auf mich zu. Ich ging in der Mitte der Fahrbahn in seine Richtung, hob meine Pistole an und zielte auf ihn.

Das Spiel konnte beginnen und seine Kampf- oder-Flucht-Reaktion sprang an. Er fauchte durch die Windschutzscheibe, trat bis zum Anschlag aufs Gas und überdrehte den Motor, als er loszischte.

Ich hielt an und tänzelte rückwärts. Im selben Moment tauchte ein neuer Plan in meinem Kopf auf. Ich zeigte ihm mit der linken Hand den Mittelfinger, während ich mit der rechten Hand weiter auf ihn zielte. Wie ein Matador balancierte ich auf meinen Fußballen und wich erst im letzten Moment aus. Die Bremsen quietschten eine

Millisekunde lang, bevor der Porsche in das Heck eines Nissan Maxima krachte. Der Airbag knallte in Naders Gesicht.

Ich steckte mir die Pistole in meinen Hosenbund, während ich zum Auto rannte. Dort angekommen, griff ich durch das offene Fenster und schlang einen Arm um seinen Kopf. Ich zog und drehte. Er war stark und begann sich zu wehren. Mit einem beherzten Ruck stieß ich mich vom Auto ab, nutzte die Tür und mein Körpergewicht als Hebel und ließ mich in einer Seitwärtsrotation zurückfallen. Sein Genick brach. Ich schob ihn zurück auf den Fahrersitz, sah mich schnell um und klopfte mich ab. Dann ging ich auf die Treppe zu und erwartete, dass die Priusfahrerin auftauchen würde, aber sie war längst weg.

Die Treppe hinauf zum Erdgeschoss. Niemand. Ich steckte die Pistole in meine Jackentasche, dann zog ich den Mantel aus, da er mit Talkumpuder vom Airbag bedeckt war. Ich hängte ihn mir über die Schulter, während ich durch den kleinen Außenbereich ging, ein anderes Gebäude auf der einen Seite betrat und auf der anderen wieder verließ, und dann direkt auf mein Auto zusteuerte. Ich sprang hinein, parkte vorsichtig aus und fuhr davon.

Als ich das Stadtzentrum verließ, hatte ich immer noch keine einzige Sirene gehört. Ich hielt mich weiter an die Geschwindigkeitsbegrenzung, bis ich fünfzig Kilometer östlich von Seattle war, und hielt dann an einem Denny's an. Ich ging hinein und bestellte mir ein Frühstück als Mittagessen. Ich aß gemächlich und ließ mein Handy ausgeschaltet.

Nachdem ich fertig war, fragte ich die Kassiererin, ob sie mir ein Taxi rufen könnte. Es kam in weniger als fünf Minuten. Ich sprang hinein und trug nichts bei mir außer meiner zusammengerollten Anzugjacke. Ich gab dem Fahrer Jennys Adresse. Er fuhr los und zum Glück war er kein Schwätzer. Wir hörten einen Oldie-Sender, während wir die Kilometer hinter uns ließen.

In der Einfahrt angekommen, gab ich ihm ein großzügiges Trinkgeld und wünschte ihm alles Gute. Die frische Luft roch nach Heimat.

Jenny winkte vom Wohnzimmerfenster aus. Ich lächelte, aber ich fühlte nicht den inneren Frieden, den ich mir erhofft hatte.

KAPITEL NEUNZEHN

„Du kannst nicht vor der Wahrheit weglaufen, denn die Wahrheit wird dich finden." ColoZeus Benz

Es war Wochenende, bevor die Nachricht von Daniel Naders Unfall und vorzeitigem Ableben sich herumsprach, aber dann mit einem umso größeren Knall. Die Bundesbörsenaufsichtsbehörde hatte Untersuchungen angestellt. Das Resultat? Er hatte lieber Selbstmord begangen, als sich der drohenden Klage zu stellen.

Es wurde eine große Sache, die dazu führte, dass Xterra Worldwide unterging. Am Tag zuvor waren die Investitionen der Leute noch sicher gewesen. Heute waren sie weg. Tatsache war, dass das Geld gestern auch gestern nicht dagewesen war. Das hatte er sie nur glauben lassen. Als nun die Scheinwerfer in die gähnende Leere von Daniel Naders Hedgefonds leuchteten, war die Hässlichkeit der Sache für alle deutlich zu sehen. Die Ermittler, sowohl seitens der Medien als auch der Regierung, waren viel besser darin, Unstimmigkeiten aufzuspüren, als ich es jemals hätte sein können.

Ich hatte mich an mein Credo gehalten. Ich hatte nur schlechte Menschen getötet. Es war an der Zeit, das Spiel zu verlassen.

In einer anderen Nachrichtensendung war wieder alle Aufmerksamkeit auf Jimmy gelenkt. Seine Einschaltquoten stiegen rapide an. Er wirkte selbstbewusster. Anstatt sie im Hintergrund zu halten, hatte er Tricia an seiner Seite, berührte sie, hielt sie im Arm.

Sie verbarg ihre Trauer gut, aber ihre Augen sprachen die Wahrheit. Ihr Vater hatte ihr eine Lektion über rohe Gewalt und den Einsatz von Macht zur Gestaltung der Welt erteilt. Jimmy war ein neues Leben geschenkt worden. Es sah nicht so aus, als würde er es vergeuden. Auch Tricia hatte ein neues Leben bekommen: pflichtbewusste Ehefrau und Unterstützerin von Jimmy Tripplethorn.

Auf den Verkaufstafeln tauchte ein roter Porsche Panamera auf, der günstig zu haben war, wenn man fünfzigtausend Dollar dafür ausgeben wollte.

Wie immer prüfte ich meine Konten täglich. Auf meinem Einlagenkonto tauchten zwei Beträge auf – eine vierstellige und eine sechsstellige Einlage. Zählte man die beiden Beträge zusammen, ergaben sie eine Telefonnummer. Auf einer verborgenen Informationstafel wurden keine neuen Aufträge angezeigt.

Mein Handy war seit zwei Tagen unbrauchbar. Ich hätte es sofort dem Anschlag auf Nader zerstören sollen.

Jenny war noch nicht aufgestanden. Ich schrieb ihr eine Nachricht, dass ich in den Laden gefahren war, um etwas Besonderes für das Mittagessen zu besorgen. Das wollte ich tun, aber ich musste auch weit weg sein, wenn ich mein Handy einschaltete. Auch, wenn das GPS ausgeschaltet war, konnte ein Mobiltelefon immer noch geortet werden.

Ich würde den Anruf beim Friedensarchiv tätigen und

das Handy dann zerstören. Ich lieh mir einen Hammer aus dem Schuppen.

Dann nahm ich Jennys Auto und fuhr auf einer Hauptverkehrsader, die zurück in die große Stadt führte, zwei Städte weiter südlich. Auf dem Parkplatz eines Einkaufszentrums wählte ich die Nummer.

Die Leitung wurde verbunden, als ob jemand abgehoben hätte, aber es sprach niemand. Ich wartete. Sie hatten mir die Nachricht geschickt, um mich zu kontaktieren. Jetzt waren sie dran.

„Wir wissen, was Sie getan haben."

Ein einfacher Satz, der von einer computermodulierten Stimme gesprochen wurde. Zweideutig. Eine Drohung. Sie hatten den ersten Zug in einem verbalen Schachspiel gemacht. Sie suchten nach meinem Aufenthaltsort. Sie würden ihn herausfinden, aber sie hatten keine Agenten in meiner Nähe. Ich würde ihnen zwei Minuten meiner Zeit geben und dann würde ich verschwinden.

„Na und?"

„Das ist schlecht für den Ruf der Organisation. Kunden unter Druck zu setzen, ihr Geld zu behalten, und den Vertrag nicht zu erfüllen, ist sehr schlecht fürs Geschäft."

„Das bezweifle ich. Nehmen Sie keine Aufträge für gute Leute an und Sie werden diese Art von Problemen nicht haben. Sie sollten mir dankbar sein, dass ich Ihren Schlamassel aufgeräumt habe. Beim nächsten Mal stellen Sie sicher, dass Sie den Richtigen haben."

Ich legte auf und schaltete das Handy ab. Dann startete ich den Motor und fuhr zügig auf die Hauptstraße, wo ich beschleunigte und mich noch weiter von Jennys Haus entfernte. Etwa zehn Kilometer entfernt hielt ich auf dem Parkplatz eines Wanderwegs an. Auf einem der dekorativen Felsbrocken zerschmetterte ich das Handy, bevor ich Stückchen und Scherben davon in alle der vier Mülleimer des Parkplatzes warf.

Dann fuhr ich gemächlicher zurück nach Hause, hielt am erstbesten Lebensmittelgeschäft an und schlängelte mich durch die Gänge auf der Suche nach etwas, das ich zum Mittagessen kochen wollte. Ich entschied mich für Burger mit frisch gebackenen Brötchen. Ich wusste, dass Jenny kläglich versagte, wenn es darum ging, den passenden Senf für das jeweilige Gericht auszuwählen, also nahm ich welchen mit, zusammen mit Essiggurken und Barbecue-Sauce anstelle von Ketchup.

Die Selbstbedienungskasse war effizient. Ich war in weniger als einer Minute fertig. Die Fahrt zurück zu Jennys Haus war ereignislos, wie es alle Fahrten sein sollten.

Meine Gedanken waren getrübt, da ich wusste, dass wir verschwinden mussten. Heute Nachmittag mussten wir uns auf den Weg nach Italien machen, um wahrscheinlich nie wieder in diese Stadt zurückzukehren. Es war das Leben, das ich Jenny versprochen hatte, und sie hatte es akzeptiert.

Als ich anhielt, parkte ein Auto auf der Straße gegenüber von Jennys Haus. Ich war seit einer Woche immer wieder dort gewesen und hatte noch nie jemanden an dieser Stelle parken sehen. Ich parkte hinter dem Auto her, sprang heraus und duckte mich hinter meiner offenen Autotür.

Der Motor heulte auf, das Auto schnellte auf die Straße und schleuderte mir dabei Steine und Schmutz ins Gesicht. Ich wich zurück und rannte in die Einfahrt, wo ich beinahe ausrutschte, bevor ich stehen blieb. Ich stürmte ins Haus und sprintete den Flur hinunter, wo ich Jenny vorfand – sie schlief noch.

Ich beugte mich über das Bett, um ihr Gesicht zu

küssen, und kämpfte darum, meinen Atem unter Kontrolle zu bringen. Sie stöhnte leise auf, erfreut, auf diese Weise geweckt zu werden. Dann versuchte sie, mich ins Bett zu ziehen.

„Wir müssen los. Jetzt gleich. Sie haben mich gefunden und sie sind nicht erfreut."

„Die Polizei?"

„Das Friedensarchiv. Wir stehen auf der falschen Seite einer Gruppe von Auftragsmördern. Wir müssen die Oberhand zurückgewinnen."

Jenny blinzelte den Schlaf aus ihren Augen und kletterte aus dem Bett. „Was soll das heißen?"

„Es heißt, dass unsere Pläne für die Weltreise vorübergehend auf Eis gelegt sind. Ich muss mich um die Angelegenheit kümmern, aber zuerst muss ich sicherstellen, dass du in Sicherheit bist."

„Wir können das Problem gemeinsam lösen." Sie schlang ihre Arme um meinen Hals und drückte ihren nackten Körper fest an meinen.

„Wenn wir die Freiheit für unsere Pläne haben wollen, müssen wir fliehen. Jetzt gleich. Also zieh dich an. Wir nehmen dein Handy mit, aber schalte es ab. Wir werden unterwegs kaufen, was wir brauchen."

„Was ist mit unserem Zuhause?"

„Unser Zuhause ist jetzt dort, wo wir sind. Es kann nicht hier sein, denn sie wissen von diesem Haus, was bedeutet, dass sie von dir wissen. Du hast jetzt eine Zielscheibe auf dem Rücken, Miss Jenny. Hab keine Angst, aber sei wachsam. Wir werden das Schlachtfeld auswählen und dann werden wir diesen Kampf gewinnen. Im Moment ist nichts wichtig, außer den heutigen Tag zu überleben."

Jenny wich von mir zurück, bis sie gegen die Wand stieß. Ihre Augen glänzten. Meine Realität war in

Ordnung gewesen, solange die Leute uns nicht tot sehen wollten.

Ich lief zurück in den vorderen Raum. Das Auto war nicht zurückgekehrt. Ich ging nach draußen, um nach einer improvisierten Vorrichtung zu suchen, aber wenn es eine gegeben hätte, wäre sie bereits explodiert. Wir hatten keinen Propantank draußen oder eine einfache Möglichkeit, eine Waffe zu bauen.

Ich schnappte mir die restliche Munition für die beiden Pistolen. Dann in die Küche, um ein paar unverderbliche Sachen mitzunehmen, falls wir nicht anhalten würden können. Jenny erschien in Jeans und einem weiten Oberteil, die Haare noch zerzaust.

„Du siehst wunderschön aus", sagte ich zu ihr.

„Können die nicht auf eine christliche Uhrzeit warten, um ihren Rachefeldzug zu starten?" Sie starrte aus dem Wohnzimmerfenster.

„Wir planen für morgen und leben für heute. Jeden Tag von jetzt an, bis wir fertig sind." Auf dem Weg nach draußen schnappten wir uns zwei Mäntel. Sie trug ihre Trainingsschuhe und hatte ihre Handtasche dabei. Eine gute Wahl.

Ich hatte meinen Computer. Ich hatte geplant, ihn zu spenden, hatte ihn aber noch nicht sauberwischen können.

Ich schloss die Haustür ab, weil alles normal wirken musste. Wir gingen früher, als uns lieb war, aber unser Ziel hatte sich nicht geändert.

„Wie haben sie uns gefunden?"

„Ich weiß es nicht. Sie könnten sich in meine VPN gehackt haben, um mich zu finden. Oder sie haben meinen Namen im Hotel erfahren und dann deinen Namen auch, weil ich mich verliebt habe."

Jenny nahm meine Hand und hielt sie fest, als wir uns immer weiter aus der Vorstadt entfernten. Nach achtzig

Kilometern entdeckte ich ein Auto, das in einem Vorgarten stand und einen Preis an der Windschutzscheibe hatte.

Ich hielt einen Finger an meine Lippen. „Lass uns etwas essen gehen, bevor wir weiter nach Boise fahren. Dort wird uns niemand finden." Ich parkte vor einem örtlichen Diner. Wir standen vor der Tür, wo ich Jenny leidenschaftlich küsste und ihr ins Ohr flüsterte: „Ich komme mit dem Auto zurück und dann stellen wir demjenigen, der uns verfolgt, eine Falle."

Sie nickte. Jenny war blass geworden von dem Stress der ganzen Tortur. Sie ging hinein und ich joggte davon. Über den Highway auf eine Nebenfahrbahn und zurück dorthin, wo ich das Auto gesehen hatte. Ein Toyota Corolla in gutem Zustand. Viertausendfünfhundert Dollar. Das würde das meiste meines verbleibenden Bargelds verschlingen, aber ich könnte noch etwas über Western Union auftreiben.

Ich klopfte an die Haustür. Ein älterer Herr machte auf.

„Ich würde mir gerne Ihr Auto ansehen."

„Das Auto meiner Enkelin. Sie hat es fürs College benutzt."

„Wie großartig ist das? Ein Großvater, der sicherstellt, dass seine Familie ihre Ausbildung bekommt. Sieht nach einem anständigen Alltagsauto aus." Er schnappte sich einen Schlüssel von einem Haken neben der Tür und folgte mir zurück zum Auto. Er startete es und ließ es laufen. Es klang gut und war größtenteils sauber. „Machen wir eine Spritztour damit."

Ich kletterte auf den Beifahrersitz und wir fuhren los, einen guten Kilometer die Nebenfahrbahn hinunter, bevor wir zur Seite fuhren, die Plätze tauschten und uns auf den Rückweg machten. Der Wagen lief gut, aber er würde keine Rennen gewinnen. Ein paar tausend Kilometer würde er noch halten. Das war alles, was wir brauchten.

Ich streckte ihm meine Hand entgegen. „Ich zahle Ihren Preis sofort in bar."

„Verdammt, Junge. Ich habe das Schild erst heute Morgen angebracht."

„Dann war das Glück uns beiden hold." Ich begann, die Scheine zu zählen.

„Ich hole den Kaufvertrag. Sie hat ihn unterschrieben, bevor sie zu einem Praktikum nach Japan geflogen ist." Er verschwand im Haus. Ich hatte fünfundvierzig Hundertdollarscheine gezählt. Ich drehte sie um und zählte erneut.

„Glückwunsch", rief ich ihm hinterher. Er schlurfte wieder heraus und winkte mit dem Papier. Wir tauschten Geld gegen Papiere.

„Sie können ihn ausfüllen, wenn Sie das Auto zur Anmeldung bringen."

„Immer mit der Ruhe, mein guter Mann. Ich danke Ihnen nochmals." Wir schüttelten uns ein zweites Mal die Hand. Dann sprang ich hinein und fuhr los. So einfach war das. Über die Straße und auf den Walmart-Parkplatz neben dem Restaurant. Ich parkte nahe am Eingang und quetschte mich dafür zwischen zwei andere Autos. Dann schlenderte ich in den Laden, den breiten Gang entlang, an den Kassen vorbei und durch den Garteneingang hinaus.

Jenny stocherte in ihrem Essen herum, als ich mich zu ihr setzte. Ich saß ihr zunächst gegenüber, aber das war nicht das, was sie brauchte. Also glitt ich neben sie. Ich küsste ihr Ohr und streichelte ihren Hals. Sie zitterte und lehnte sich gegen die Wand.

„Was machst du da?"

„Zeit mit meinem Mädchen verbringen?" Ihrem Gesichtsausdruck nach zu urteilen, war das nicht die richtige Antwort. Ich lehnte mich näher zu ihr. „Wir gehen in das Hotel auf der anderen Seite der Wally World. Wir nehmen uns ein Zimmer und parken dein Auto direkt vor der Tür. Wir warten auf denjenigen, der auftaucht, und ich bringe ihn um."

Jenny schloss die Augen. „Muss das sein?"

„Ja. Sie werden so lange Leute schicken, bis sie merken, dass es zu gefährlich ist, sprich zu teuer. Wir erledigen den Kerl und verschwinden. Wenn wir dann noch dein Auto hier zurücklassen, werden sie uns nicht mehr finden können."

„Einfach so?"

„Einfach so. Ein internationaler Agent zu sein, hat seinen Preis. Es tut mir leid, Miss Jenny. Das tut es wirklich. Es tut mir leid, dass ich so egoistisch war, dich in meine Welt zu ziehen."

Sie schmunzelte. „Muss Liebe immer einen Kompromiss bedeuten?"

„Für mich muss die Antwort ja lauten, da dies das einzige Mal ist, dass ich verliebt war."

„Ich auch. Es macht die schlimmen Dinge leichter." Sie hob ihren Kopf genug, um mich anzulächeln.

„Die schlimmen Dinge. Wir werden sehen, was wir dagegen tun können. Besorg uns ein Zimmer und dann müssen wir einkaufen gehen."

KAPITEL ZWANZIG

„Man kann uns mit zwei Skorpionen in einer Flasche vergleichen, von denen jeder in der Lage ist, den anderen zu töten, aber nur unter Einsatz seines eigenen Lebens." J. Robert Oppenheimer

Zum Einchecken waren wir zu früh dran, also bezahlten wir für zwei Nächte, um das Zimmer heute und für die nächste Nacht zu bekommen. Ich checkte unter einem falschen Namen ein, den das Friedensarchiv kannte, bezahlte mit einer meiner Wertkarten und meldete Jennys Auto an.

Im Zimmer holte ich meinen Computer heraus, um auf das Internet des Hotels zuzugreifen. Ich benutzte das VPN, um mich bei Western Union einzuloggen, und schickte fünftausend Dollar an den Walmart-Kundenservice-Schalter, um sie dort abzuholen.

Ich brauchte ein Wegwerf-Handy. Jenny war immer noch verstört und unsicher, was sie mit sich anfangen sollte. Ich vergewisserte mich, dass die drahtlosen Sicherheitskameras einsatzbereit waren, dann klappte ich meinen Laptop zu und steckte meinen USB-Stick ein. Jenny stand am Fenster und spähte hinaus. Ich lehnte mich an ihr vorbei, um die Vorhänge zu schließen.

„Wenn sie da draußen sind, gehe ich davon aus, dass sie uns viel besser sehen können als wir sie."

Sie ließ den Kopf hängen, aber ich zog sie vom Fenster weg, nur für den Fall. Ich bezweifelte, dass das Friedensarchiv sie verschonen würde. Wenn sie den Anschlag im Vorbeifahren verüben wollten, würden wir es ihnen nicht so einfach machen.

Ich schlang meine Arme um ihre Taille. „Bist du Bonny oder bin ich es?"

Sie starrte mich an. „Wir sind besser als Bonny und Clyde, nicht wahr? Die haben Leute umgebracht und Geld gestohlen."

„Ich stehle kein Geld", räumte ich ein. „Und du brichst keine Gesetze, weil du mein Engel bist."

Sie schnaubte. „Das ist ganz schön weit hergeholt."

„Ich versuche nur, dich von den kleinen Problemen des heutigen Tages abzulenken. Ich wäre bereit, dir meine Liebe zu gestehen, wenn das helfen würde."

Ein verhaltenes Lächeln huschte kaum merklich über ihr Gesicht, aber ich sah es.

„Wir sind mitten im Spiel, aber das Schachmatt steht nicht unmittelbar bevor. Wir haben unsere Hauptfiguren in der Mitte des Brettes positioniert, wetteifern um eine überlegene Stellung und bedrängen den Gegner durch ständige Angriffe bis zum Sieg." Jennys schöne grüne Augen funkelten in dem schummrigen Licht des Hotelzimmers. „Sie werden nur einen, vielleicht zwei Agenten auf uns angesetzt haben, nicht mehr. Das Friedensarchiv agiert zwar global, ist aber immer noch eine kleine Organisation. Außerdem hatte ich noch ein paar Tage Zeit, um meinen ursprünglichen Auftrag auszuführen. Sie mussten die Gegenoperation innerhalb eines Tages auf die Beine gestellt haben, nicht mehr."

„Und danach?"

„Danach gehen wir auf unsere Weltreise und geben ihnen Zeit, sich zu beruhigen. Und dann suchen wir uns ein schönes Land, in dem wir leben wollen."

„Ich habe gehört, dass Cabo San Lucas schön sein soll", sagte Jenny.

„Oder die Südküste Spaniens. Wie wäre es mit der Toskana?"

„Können wir ein Visum bekommen, ohne dass jemand weiß, wo wir sind?"

„Mit Geld ist alles möglich. Überleg dir einen neuen Namen für dich. Deine Tage als reuelose Jenny Lawless könnten gezählt sein."

„Jenny Bragg?", schlug sie vor.

„Soll mir recht sein. Eldon und Jeannette Bragg. Ich höre auf Ian und du auf Jenny, aber aus den Dokumenten wird das nicht hervorgehen."

„Ist es so einfach?"

„Es ist viel einfacher, eine Variation eines bestehenden Namens zu wählen. Das durch das System zu bekommen, ist fast kein Aufwand, aber das weiß das Friedensarchiv auch. Trotzdem haben sie nicht unbegrenzte Reichweite."

„Ist das jetzt unser Leben? Billige Motels und die Flucht vor Agenten?"

„Wir werden nicht hierbleiben. Du hast etwas viel Besseres verdient als das hier. Schönere Hotels." Ich lächelte und streichelte ihr Haar. „Wir laufen vor niemandem weg. Nimm niemals den Fuß vom Gas. Sobald wir in die Defensive geraten, haben sie uns. Bist du bereit, zu Wally World zu gehen?"

„Hast du deine Pistole dabei?"

Ich klopfte mir auf den Hosenboden. „Ja. Warum?"

„Ich habe meine auch." Sie zeigte auf ihre Handtasche.

„Wir *werden* dieses Spiel gewinnen."

„Gewinnen oder beim Versuch sterben?" Jenny begann wieder zu zweifeln.

„Es gibt keinen Versuch, sagt Meister Yoda. Wir sollen anderen das antun, was sie uns antun wollen."

„Zitierst du jetzt schon Filme und Klischees?" Jenny lockerte ihre Schultern und zwang sich, sich zu entspannen.

Ich umarmte sie lange, lange Zeit. Sie musste all die Emotionen durchleben und sich in ihrer neuen Normalität einfinden. Ich ging zum Auto und brachte drei Sicherheitskameras an, die nach links und rechts blickten und hinten hinaus. Ich wischte das Innere des Wagens ab. Als ich ins Zimmer zurückkam, war Jenny bereit, zu gehen.

Der Kundendienstmitarbeiter war äußerst geduldig und gründlich beim Ausfüllen der Western-Union-Formulare und übergab uns das Geld nach fünfzehn Minuten, in denen er jedes Detail prüfte. Wir grinsten wie zwei Schulkinder, die ihr Taschengeld bekamen.

Walmart führte das Wegwerf-Handy, das ich brauchte. Wir kauften eines mit einem Daten- und Telefonie-Tarif. Danach verließen wir das Geschäft durch den Garteneingang, gingen neben einer Familie auf den Parkplatz und hielten uns hinter größeren Fahrzeugen, bis wir in unserem neuen Auto saßen.

Ich erklärte Jenny meinen Plan und hielt ihn einfach. Wir mussten denjenigen, den sie auf uns angesetzt hatten, aus seinem Versteck locken. Ich nahm an, dass derjenige bereits hier war. Wir waren schon seit mehr als vier Stunden am selben Ort.

Wir parkten aus und fuhren gemächlich über den Parkplatz, wobei Jenny ein wachsames Auge auf jeden hatte, der in seinem Fahrzeug saß. Wir fanden ein paar Kandidaten, die wir beobachten würden, beendeten unsere Tour und parkten dort, wo wir sie im Blick hatten.

„Wenn sie gesehen haben, dass wir weggehen, werden sie auf unsere Rückkehr warten", sagte Jenny. „Was denkst du, wie es ablaufen wird? Mit einem Scharfschützengewehr aus einem Kilometer Entfernung?"

„Agenten reisen mit leichtem Gepäck. Das war einer der entscheidenden Faktoren gewesen, um angeheuert zu werden – die Fähigkeit zu improvisieren. Wenn er sich beeilt hat, hierherzukommen, hat er kein Gewehr, jedenfalls kein geeignetes. Ich denke, er wird eher eine Brandbombe durch unser Fenster werfen."

„Aber wir werden nicht dort sein."

„Wir müssen jetzt zurück, aber wir sind weg, wenn er kommt."

„Was macht dich da so sicher?" Jenny warf einen Blick auf eines der infrage kommenden Fahrzeuge, als eine Frau und zwei Kinder einstiegen. Der Mann, der gewartet hatte, startete den Motor und fuhr schnell davon.

„Das ist nichts, was er bei Tageslicht machen wird. Er wird die Dunkelheit abwarten, besonders wenn er denkt, dass wir nirgendwo hingehen. Wir gehen heute früh ins Bett, Schatz."

„Ich kann es kaum erwarten", sagte Jenny scherzhaft.

„Ich kann es nicht erwarten, bis wir gemeinsam in einem komfortablen Hotel sind. Für morgen planen, aber für heute leben."

Jenny drehte sich zu mir. „Ich freue mich darauf. Du schuldest mir eine Rückenmassage."

„Ich werde es genießen, meine Schulden zu begleichen, auch wenn es nicht in Sex endet."

„Selbst wenn …", kicherte Jenny leise. „Es wird in Sex

enden. Das ist Teil der Abmachung und du hältst dich besser daran."

„Ich werde mein Bestes tun, aber leider nicht heute Abend. Ich denke, heute Nacht müssen wir noch Geduld beweisen, aber nur, bis wir unser Ziel im Visier haben."

Wir sahen einander an, bevor wir uns für den Rückweg zum Motel stählten. Wir gingen zurück in den Walmart, um zwei Sandwiches zu kaufen. Das würde nicht nur unsere Tarnung vervollständigen, indem wir eine Einkaufstasche trugen, sondern gleichzeitig für ein schnelles Abendessen sorgen.

Ich konnte unseren Verfolger, den ich in der Nähe wähnte, nicht ausmachen. Ich konnte die Gegend aber nicht absuchen, ohne auffällig zu wirken. Wir eilten den Gang vor den Zimmern entlang, bevor wir unseres betraten. Ich rückte einen Stuhl an das Fenster und zog die Jalousien und den Vorhang in einer Ecke hoch. Ich schaute hinaus, während ich mein neues Handy einschaltete, mich damit ins Internet einwählte und die Sicherheits-App herunterlud. Dann griff ich auf die drei Kameras zu und rief über das WLAN des Hotels die Übertragung auf.

„Was machen wir jetzt?", fragte Jenny.

„Warten, aber sei bereit. Wir haben nur ein paar Sekunden, wenn sich die Gelegenheit bietet. Dann rennen wir los."

„Ich weiß immer noch nicht, wie wir ihn anlocken sollen."

„Hochmut", erklärte ich, während ich aus dem Fenster sah. Die Lichter hatten wir abgedreht und Jenny war unruhig. Ich reduzierte die Helligkeit des Bildschirms, damit mein Gesicht nicht aussah wie in einer schlechten Geisterbahn. „Sie müssen den Schmerz davon erleiden, dass sie es nach der Kündigung des Vertrags auf mich abgesehen haben. Ich habe ihren Dreck aufgeräumt. Das hat jemanden wütend gemacht, wahrscheinlich denjenigen, der den Vertrag vermittelt hat."

Jenny versuchte immer noch, die Sache zu begreifen.

Sie legte sich hin und zwang sich, sich zu entspannen. Wir sprachen über alles Mögliche. Was wir von der Welt sehen wollten. Archäologie. Berge. Flüsse. Wilde Tiere. Kunst. Opern. Vor allem aber waren wir dazu bestimmt, eine kulinarische Weltreise zu unternehmen. Wo immer wir anhielten, wir einigten uns darauf, die lokale Spezialität zu probieren. Wir liebten beide gutes Essen. Ich liebte auch schlechtes Essen, wenn ich hungrig genug war, aber das würden wir so gut wie möglich vermeiden.

Ich holte mein Sandwich aus der Verpackung und aß es langsam.

Jenny schlief ein, während ich ihr dabei zusah. Ich konnte nicht anders, als sie anzusehen. Ich schätzte mich glücklich, mit ihrer Anwesenheit beehrt worden zu sein. Es war leicht, um sie zu kämpfen, und sie war bereit, mit mir zu kämpfen, sobald sie wusste, was sie zu tun hatte.

Um achtzehn Uhr sah ich, worauf ich gewartet hatte. Ein großer orangefarbener Umzugswagen, der vor dem Eingang parkte.

„Jenny, steh auf. Wir müssen gleich los."

Sie riss die Augen auf und sprang auf die Füße. Ich musste sie davon abhalten, aus der Tür zu rennen.

„Warte. Wir müssen warten, bis der Transporter die Sicht versperrt. Dann gehen wir über den Durchgang zur Rückseite des Hotels, über den Parkplatz und in das Feld dahinter. Wir dürfen nicht rennen, nur schnell gehen und uns nicht umsehen. Die Leute merken sich Leute, die so tun, als ob sie etwas zu verbergen hätten."

Nach dem Einchecken kletterte ein junges Paar mit einem kleinen Baby zurück in den Transporter. Kurzer Haarschnitt. Ich vermutete, dass er hier stationiert war. Er fuhr los und manövrierte langsam den Transporter über den Parkplatz. Ich schaute mich kurz um und wischte den Tisch ab, an dem ich gesessen hatte. Den Türknauf öffnete ich mit meinem Ärmel. Der Transporter begann wegzufahren. Ich stieß die Tür auf und Jenny hastete hinaus und eilte nach links und in den Durchgang neben unserem Zimmer.

Ich zog die Tür hinter mir zu und folgte ihr, wobei ich die Lage peilte, bevor man mich sehen konnte. Durch den Durchgang, auf den Parkplatz an der Rückseite des Hotels und auf das Feld dahinter, wo die Leute ihre Hunde ausführten. Wir wurden langsamer und gingen zwanglos, Hand in Hand auf unserem Weg hinter den Walmart. Es wurde ein längerer Spaziergang, als ich beabsichtigt hatte.

Wir liefen in den Walmart, um ein Fernglas und Toilettenartikel zu kaufen. Als wir hinauseilten, taten wir es mit einer gewissen Dringlichkeit. Ich konnte es fühlen, es erinnerte mich an meinen Kampfsinn bei den Marines.

Ich fuhr über den Highway zu einem kleinen Hügel, von dem aus man die Gegend überblicken konnte. Wir ließen uns nieder und gingen auf Beobachtungsposten. Als die Sonne am Horizont unterging, stellten wir fest, dass das gesamte Gebiet tageshell erleuchtet war. Ich überprüfte die Kamerabilder auf meinem Handy und steckte es in das Ladegerät, das aus der Zwölf-Volt-Steckdose des Autos ragte.

„Warum sind wir hier oben?", fragte Jenny.

Ich nahm ihre Hand und beobachtete den Hotelparkplatz durch das Fernglas. „Auf dem Parkplatz in eine Schießerei zu geraten, wäre nicht optimal. Wir müssen nur unser Ziel finden und dann suchen wir Zeit und Ort seines Untergangs aus. Lass nie den Feind das Schlachtfeld wählen."

„Was ist mit unschuldigen Passanten?"

„Wird es keine geben. Dafür werden wir sorgen, bevor wir uns den Kerl vorknöpfen.“

„Was ist mit dem Hotel?“

„Ihre Schuld, wenn sie jemanden verletzen.“

Jenny schaltete das Radio ein und suchte, bis sie einen Rocksender fand. Moderner Rock. Es war anders als das, was mir gefiel, aber es war das, was sie hören wollte.

„Willst du nichts dazu sagen?“ Sie zeigte auf das Radio.

„Ich will mich nicht mit dir streiten und ich werde nicht zulassen, dass dein schlechter Musikgeschmack der Auslöser für einen Streit ist.“

Jenny drehte sich zu mir um und rieb sich das Kinn, als sie über meine Antwort nachdachte. „Ich glaube, das ist eine Kampfansage. Spielst du immer Schach, Mister Bragg?“

„Nun, Mrs. Bragg, ich bin sicher, ich weiß nicht, wovon du sprichst.“

„Da du es angesprochen hast, wirst du mich richtig heiraten?“

„Richtig … Warte mal.“ Ein Auto fuhr von der Autobahn auf den Parkplatz ab, drehte eine Runde über das Areal und fuhr dann langsam weiter, um eine zweite Runde zu drehen. Ich deutete auf den Bildschirm. Zwei Personen saßen in dem Auto. Sie wurden langsamer und hielten schließlich hinter Jennys Auto an. Eine Frau stieg aus. In der Hand hielt sie einen Ziegelstein, der an einer Flasche befestigt war.

Sie machte zwei Schritte, bevor sie ausholte und das Paket durch das Zimmerfenster schleuderte. Es blieb im Vorhang hängen, doch das hinderte es nicht daran, in Flammen aufzugehen und das Bettzeug und den Teppich zu entzünden. Die Frau hüpfte zurück ins Auto und es fuhr langsam davon.

An der Seite des Gebäudes begannen Warnlichter zu

blinken. Noch ein paar Sekunden und die ersten Menschen flüchteten aus ihren Zimmern. Der Rauch, der aus dem Fenster im ersten Stock drang, ließ sie schneller laufen.

Der unscheinbare Viertürer parkte am Rande des Walmart-Parkplatzes mit Blick auf das Hotel.

„Du fährst", sagte ich, sprang raus und kletterte auf den Rücksitz.

„Wohin?", fragte Jenny verwundert.

„Walmart. Du fährst einmal um den hinteren Teil des Parkplatzes herum, bevor du an ihnen vorbeifährst, und zwar auf der Beifahrerseite. Steck dir etwas in die Ohren. Ohrstöpsel, wenn du welche hast."

Jenny schob beide Vordersitze weiter nach vorne, um mir mehr Platz zu verschaffen. Ich kurbelte das hintere Beifahrerfenster herunter und duckte mich.

Jenny stopfte sich zerrissene Taschentücher in die Ohren. Mit zitternden Händen fuhr sie von unserem Aussichtspunkt weg. Ich hielt die M1911A1 und lockerte meinen Griff, als das Blut durch meine Adern zu rasen begann. Jennys Knöchel wurden weiß, so fest umklammerte sie das Lenkrad.

Def Leppard dröhnte aus dem Radio. Keine schlechte Art, in die Schlacht zu ziehen.

„Die beiden haben gerade versucht, uns umzubringen. Das finde ich nicht in Ordnung", sagte ich zu Jenny.

„Ich auch nicht", stimmte Jenny zu, ihre Stimme weniger selbstbewusst als meine. Ich ließ mich von meiner Wut antreiben. Ich töte nur schlechte Menschen.

„Was auch immer du tust, schau nicht in das andere Auto. Konzentriere dich auf das, was vor unserer Stoßstange ist."

Diese beiden waren genau wie ich, Agenten, die für das Friedensarchiv arbeiteten. Seit wann vergab die

Organisation willkürlich Aufträge an irgendwelche Leute? Ich war keine Bedrohung für sie. Wer auch immer dort das Sagen hatte, hatte es offenbar persönlich genommen, dass einer ihrer Agenten nicht mehr mitspielen wollte. Ich hatte keine Ahnung, wer diese Person war oder wo das Unternehmen seinen Sitz hatte, wenn es überhaupt einen gab. Die Aufträge wurden online über ein Labyrinth geheimer Standorte und auswendig gelernter Passwörter vermittelt.

Keiner kannte den anderen, abgesehen von denen, die die Agenten anheuerten.

Dummköpfe.

Sie waren dabei, zwei ihrer Leute in einem sinnlosen Rachefeldzug zu verlieren. Oder war es nur einer mit seiner Partnerin? Es war schwer, zwei Agenten auf einmal zu rekrutieren.

Wie Jenny und mich.

Aber wir würden mitspielen. Ganz oder gar nicht. Und diese beiden würden schon bald verlieren.

Was für eine Verschwendung von Leben.

Über die Autobahn und auf den Parkplatz. Vor den Laden, um die Reihe neben ihnen entlangzufahren. Ans andere Ende, eine Wendung, Blick auf den Laden. Dann näherten wir uns mit gleichbleibender Geschwindigkeit an. Das Auto ruckte, als Jennys Arme sich von der Anspannung, die sie zu ergreifen versuchte, verkrampften. Sie stemmte sich gegen die Servolenkung und kontrollierte den Widerstand, um unser Auto auf gleiche Höhe mit dem unserer Zielpersonen zu bringen.

Die Zeit verlangsamte sich, wie sie es immer in den letzten Momenten kurz vor dem Schuss tat.

Ich hob die Pistole über den Rand des Fensters, ließ den Fahrer in Sichtweite kommen und schoss, wobei ich den Mann ins Gesicht traf und Fragmente seines Schädels in das Gesicht der Frau spritzten. Sie fing an zu schreien und blickte mir voller Angst oder Wut entgegen. Ich konnte es im letzten Augenblick ihres Lebens nicht sagen. Ich richtete mich auf und feuerte, traf sie in die Brust. Sie sackte gegen die Tür.

Der Schuss aus der .45er hallte wie ein Donnerschlag durch das Auto. Aber kaum etwas davon drang nach draußen, da der Wagen wie ein Schalldämpfer wirkte. Ich ließ mich in den Raum zwischen den Vorder- und Rücksitzen fallen und machte mich so klein wie möglich.

„Fahr weiter."

„Wohin?" Jennys Stimme zitterte.

„Zurück zu deinem Haus, Miss Jenny. Ich stelle dich in die Dusche und dann bringe ich dich ins Bett. Wir sind sicher, bis wir das Land verlassen."

Ich berührte sie am Arm, was sie zusammenzucken ließ, und griff dann über meinen Kopf und kurbelte das Fenster hoch. Jenny bog hinter dem Laden links ab, als die Lichter und Sirenen der Feuerwehrautos den Verkehr auf der Straße zwischen Walmart und dem Hotel anhielten.

„Fahr vorsichtig. Pass auf die Leute auf, die herumlaufen und glotzen. Sie beobachten die Feuerwehrautos, nicht uns. Langsames und gleichbleibendes Tempo."

Zurück an der Schaufensterfront vorbei und zur Straße neben dem Diner, in dem wir zuvor gewesen waren. Auf die Autobahn zu einem tröstlichen und sicheren Ort.

KAPITEL EINUNDZWANZIG

„Ein großer Sturm ist wie ein sonniger Tag für eine Person mit tiefem Glauben. Ein leichter Wind ist wie ein großer Sturm für einen Menschen mit tiefer Angst." Matshona Dhliwayo

Jenny fuhr fünfzig Kilometer, bevor sie anfing zu weinen. „Halt an", sagte ich und legte meine Hand auf ihren Arm. Sie stürzte aus dem Auto, sobald sie angehalten hatte. Ich sprang heraus und rannte ihr hinterher. Nach fünfzig Metern hielt sie an, ihre Knie zitterten und drohten einzuknicken.

Ich fing sie auf und hielt sie fest.

Sie war viel zu früh aus dem Bett gescheucht und von Geistern quer durchs Land gejagt worden, die sie auch noch hatten umbringen wollen. Das war viel für einen Menschen zu verarbeiten.

Ich hielt sie fest, während die Autos an uns vorbeizogen, müde Autofahrer, die sich um ihre eigenen Angelegenheiten kümmerten.

„Wir müssen weiter", sagte ich zu ihr. Ich war unglücklich über meinen Pragmatismus, aber je weiter wir uns von dem Feuer und den Morden entfernen konnten, desto besser wäre es für uns. Sie nickte, sagte aber nichts. Sie weinte weiter. Ich setzte sie auf den Beifahrersitz, schnallte sie an, küsste sie auf die Wange und schloss die Tür.

Den Rest des Weges zu ihrem Haus fuhr ich. Ich parkte in der Straße zwei Häuser weiter. In den Häusern brannte kein Licht mehr. Früher Morgen. Die Arbeiterklasse nahm sich den Sonntag frei. Ich trug unsere Sachen, während ich Jenny stützte und ins Haus brachte. Bevor ich ein Licht einschaltete, zog ich die Vorhänge zu.

Sie ließ sich auf die Couch fallen, das Gesicht rot und geschwollen.

Ich setzte mich neben sie und zog sie zu mir. Sie vergrub ihren Kopf an meiner Brust und begann zu murmeln. „Was haben wir gerade getan?"

„Wir haben klargestellt, dass die Leute nicht versuchen sollten, uns zu töten." Das war die ganze Wahrheit. Ich bereute nichts. Ich würde es wieder tun, wenn das Friedensarchiv mich dazu zwingen würde.

„Ich bin nicht gut darin, Menschen zu töten. Ich dachte, ich könnte es, aber sicher war ich mir nicht. Wie auch? "

„Man kann es nicht wissen. Das erste Mal verändert einen Menschen für immer. Du bist aufgewühlt, weil es dir nicht egal ist. Ich bin aufgewühlt, weil diese zwei Leute versucht haben, dich zu töten."

„Sie haben versucht, *dich* zu töten", korrigierte Jenny mich.

„Eine Brandbombe ist keine Präzisionswaffe. Ich frage mich, wie viele sie in diesem Hotel noch verletzt haben? Solche Leute gehören nicht auf denselben Planeten wie du und ich."

„Meine Ohren summen immer noch." Die

Taschentücher hatten nicht geholfen. „Ist das jetzt unser Leben?" Dieselbe Frage hatte sie schon einmal gestellt.

„Nein. Unser Leben ist da draußen, wo wir die Welt entdecken. Wenn wir versuchen würden, hierzubleiben, würde dieses Haus zu einer Festung werden. Das ist nicht nötig. Wir können die Erinnerung an deine Eltern bewahren und das Haus intakt lassen. Hast du Freunde, die ab und zu vorbeikommen und nach dem Rechten sehen können?"

„Die habe ich." Sie schniefte. Ich stand auf, um ein Taschentuch zu suchen, und kam mit der ganzen Schachtel zurück. „So viele werde ich nicht brauchen."

Sie nahm eines und benutzte es. Ich fuhr mit einem einzelnen Finger an ihrem Hals entlang. Die Haut dort war so weich wie Satin. Sie zitterte. „Ich will dich, Ian", sagte sie leise.

„Du hast mich", antwortete ich, ohne zu verstehen.

Sie stand auf und zog mich auf dem Weg ins Schlafzimmer hinter sich her. Sie wurde von der Flutwelle der Emotionen erfasst, die von den Ereignissen unseres Tages ausgelöst worden war.

In diesem Moment wollte ich sie, und ich wollte alles andere, was in unserem Leben vor sich ging, ausblenden. Wir wollten feiern, dass wir noch am Leben waren.

„Ist das üblich?", fragte Jenny.

„Ist was üblich?" Ich war verwirrt und halb benommen davon, meine verbleibende Energie verbraucht zu haben. Der Tag war eine Willensprobe gewesen, die meine ganze Konzentration erforderte.

„Nach einem Anschlag Liebe zu machen?"

„Ich weiß es nicht. Das habe ich noch nie gemacht. Der

Rausch kommt davon, etwas Gefährliches zu überleben. Jeder liebt einen guten Nervenkitzel."

Jenny lächelte zu mir hoch. Ein Nachtlicht an der Schlafzimmerwand funkelte in ihren schönen Augen. „Ist das ein Wortspiel?"

„Es könnte eines sein. Ich möchte, dass du weißt, was ich zu tun bereit bin, um dich zu beschützen. Ich werde dir niemals wehtun. So seltsam es auch klingen mag, ich bin kein gewalttätiger Mann. Ich brauche keine Wut in meinem Leben. Sie macht mir keinen Spaß. Mein Job war mein Job. Ich habe an das geglaubt, was ich getan habe. Das tue ich immer noch. Hier ist kein Platz für schlechte Menschen, die wirklich schlechten. Ich habe die Welt zu einem sichereren Ort gemacht. Das ist es, was ich mir immer wieder sage."

„Was, wenn die beiden auf dem Weg waren, einen Anschlag zu verüben? Einen Drogenboss auszuschalten, der hinter etwas Großem her war? Dann sind sie jetzt nicht mehr in der Lage, ihn zu erledigen, bevor er seinen Plan ausführt, und eine Menge Leute sterben, weil die beiden nicht mehr unter uns sind."

Ich schüttelte den Kopf. „Das ist eine ziemlich extreme Hypothese. Es wirft allerdings eine Frage auf. Gibt es einen Ersatzmann für den primären Agenten? Darüber habe ich noch nicht nachgedacht. Es sollte wahrscheinlich einen geben. Sie haben mich aufgefordert sie anzurufen, als sie schon Leute auf uns angesetzt hatten. Das deutet darauf hin, dass es einen Ersatz-Agenten in Bereitschaft gibt. Verdammt, du bist schlau. Ich sollte mehr Zeit mit dir verbringen."

„Was ist unser nächster Schritt?"

„Du hast doch einen Reisepass, oder?"

Sie nickte. „Ich brauchte vor ein paar Jahren einen für eine Auszeit in Kanada."

„Ich kann nicht glauben, dass ich dich das bis jetzt nicht gefragt habe. Gut. Wir sitzen also nicht hier fest. Der nächste Schritt? Wir fliegen dorthin, von wo aus wir unsere Weltreise antreten, vorausgesetzt, du willst das noch machen."

„Das tue ich, solange dort niemand versucht, uns in die Luft zu jagen."

„Es gibt keine Garantie, aber wir leben im Hier und Jetzt, und zwar jeden Tag. Wir fliegen nach London, fahren von dort mit dem Zug aufs Festland und fliegen dann weiter nach Italien und treten unsere Kreuzfahrt an, bei der wir zwischen luxuriösen und glorreichen Stopps an Deck entspannen."

„So einfach ist das?"

„Die Welt wird uns in Ruhe lassen, wenn wir sie in Ruhe lassen. Sobald wir hier ins Flugzeug steigen, sind wir offiziell im Ruhestand."

„*Offiziell*." Jenny klang skeptisch.

„So gut es eben geht. Können wir jetzt schlafen?" Ich konnte hoffen.

„Du wirst dich umdrehen und in fünfzehn Sekunden schläfst du wie ein Stein."

„Du sagst das, als ob es etwas Schlechtes wäre. Ich denke, du solltest das auch versuchen. Du könntest feststellen, dass es dir gefällt." Ich kuschelte mich näher an ihren ewig warmen und weichen Körper.

„Das ist eine gute Art, verletzt zu werden", erwiderte Jenny und kratzte mit ihren Fingernägeln leicht über meinen Rücken. „Ich werde noch eine Weile hier liegen, mich irgendwann umherwälzen, und schließlich einschlafen, kurz bevor du aufstehst."

„Ich weiß nicht, was ich dir sagen soll." Ich driftete langsam ab und wehrte mich erfolglos dagegen. Die letzte Woche hatte meinem Schlafrhythmus schwer zugesetzt.

„Versetz dich in meine Lage. Fühle mit mir. Flüstere mir süße Nichtigkeiten ins Ohr."

„Du bist die wunderbarste Frau, die ich je getroffen habe", sagte ich zu ihr. Mit meinem Arm über ihre Taille drapiert und einer ihrer Brüste als Kopfkissen, versank ich in einen traumlosen Schlaf.

Es war hell, als ich aufwachte. Ich erstarrte und versuchte, mich daran zu erinnern, wo ich war. Jenny hatte sich auf die Seite gedreht, aber ich hatte immer noch einen Arm um sie geschlungen. Ich küsste zärtlich ihren Rücken, bevor ich mich von ihr löste.

Ich spähte aus dem Fenster. Keine Autos auf der Straße. Ich konnte die Stelle nicht sehen, an der wir unseren neuen Wagen geparkt hatten. Wahrscheinlich war er noch da. Ich setzte eine Kanne Kaffee auf und schaltete meinen Computer ein, während er brühte. Ich benutzte nicht Jennys Internet, sondern nutzte den Datentarif des Wegwerf-Handys zusätzlich zum VPN.

Dann zapfte ich die Kameras an Jennys altem Wagen an. Sie nahmen immer noch auf. Ich ging im Archiv zurück zu den Aufnahmen der Bewegungssensoren, beginnend mit dem Moment, als die Frau mit der Brandbombe aus dem Auto sprang. Sie waren weggefahren, nachdem sie die Bombe geworfen und das Feuer gelegt hatte.

Andere eilten zu unserem Zimmer und riefen durch das Fenster, wollten helfen. Die Feuerwehr traf ein. Ich sah es mir noch einmal an. Die Feuerwehr kam nur wenige Augenblicke, nachdem ich die Ziele ausgeschaltet hatte, beim Hotel an. Niemand verhielt sich seltsam rund um den Moment, als man einen Schuss hätte hören können. Die Sirenen, der Alarm, das Feuer und die Schalldämpfung durch das Auto hatten die Sache zu einem sauberen Anschlag gemacht.

Die Feuerwehr kümmerte sich um den Brand, räumte alles auf und fuhr weg. Die meisten Hotelgäste packten zusammen und reisten ab. Da der Parkplatz größtenteils leer war, konnte ich am Rande des Bildschirms den Viertürer in der Ferne erkennen. Die beiden waren noch nicht entdeckt worden.

Was für ein Glück, dachte ich. Ich streckte den Mittelfinger nach ihnen aus. *Keiner hat bemerkt, dass ihr tot seid.*

Dann informierte ich mich über Kreuzfahrtschiffe. Das Schiff, das von Italien aus losfuhr, schien das zweitbeste zu sein. Eine Viking-Kreuzfahrt würde in ein paar Wochen von Miami aus ablegen. Sie würde fast sechs Monate unterwegs sein. Ich änderte meine Suchkriterien auf Luxus-Kreuzfahrten und stellte fest, dass die Optionen begrenzt und unfassbar teuer waren, wobei die Viking hochgelobt wurde.

Zwei Wochen? Wir könnten nach Miami fahren, mit Gepäck reisen – wie richtige Menschen, anstatt nur das ins Flugzeug mitzunehmen, was wir am Leib trugen, und dann noch den Zug zu nehmen. Jenny könnte ihre eigenen Sachen mitnehmen und sich an das Leben auf der Straße gewöhnen. Oder auf der Flucht. Wie auch immer es ausging.

Ich sah mir die Kosten für die besten Suiten auf dem Schiff an. Nur vierzehn davon waren noch verfügbar, von neunhundert Kabinen insgesamt. Eine Viertelmillion Dollar für uns beide. Ich nahm an, dass man dafür ein gewisses Maß an Privatsphäre bekam. Ein kleineres Schiff, das sich darauf konzentrierte, Passagiere zu exotischen Häfen auf der ganzen Welt zu bringen. Keine Kabaretts. Keine Unterhaltung. Das Schiff war ein Transportmittel, um Menschen von einem Ort zum anderen zu bringen, nicht ein Reiseziel an sich.

Ein paar Dinge musste ich noch erledigen, bevor jemand bemerkte, dass wir noch in der Gegend waren. Vielleicht heute. Nicht später als morgen. Wir hatten genug zu essen. Die Burger, die ich gekauft hatte, waren im Kühlschrank. Ich hatte sie kaum vierundzwanzig Stunden zuvor hineingelegt.

Was für eine Woche.

KAPITEL ZWEIUNDZWANZIG

„O Liebe, sei mäßig, mäßige deine Ekstase,
Im Maße lass deine Freude regnen, mäßige dieses Übermaß!"
<u>William Shakespeare</u>

Als Jenny sich zu mir gesellte, war es schon fast Mittag.

„Hast du gut geschlafen?" Ich umarmte sie und legte meine Hand auf ihren Hintern, wie ich es immer tat. Sie schüttelte den Kopf und schenkte mir ein halbherziges Lächeln.

„Ich hätte es nicht tun sollen, aber ja. Jetzt geht es mir besser, als wäre der gestrige Tag ein schlechter Traum gewesen."

„Und genauso macht man das. Heute leben und für morgen planen. Gestern ist vorbei." Ich zeigte auf den Computerbildschirm. „Was hältst du davon?"

Sie ging die Reiseroute von Miami und rund um die Welt durch, die in London endete. Ich hatte einen groben Zeitplan für eine Fahrt von hier nach Miami zusammengestellt. „Es gefällt mir, aber warum fünf Tage in Vegas?"

Ich kniete mich neben sie. „Jenny, willst du mich heiraten?"

Sie schürzte die Lippen und sah erst an sich selbst herunter und dann zu mir. „Seit wir uns kennen, bist du davon ausgegangen, dass wir heiraten würden, ja, dass wir es sogar schon sind. Und *jetzt* willst du eine ehrbare Frau aus mir machen?"

„Du warst immer eine ehrbare Frau." Ich war mir nicht sicher, welche Spielchen hier gespielt wurden. Ich hatte gerade einer nackten Frau einen Antrag gemacht. In Sachen Romantik hatte ich offenbar versagt.

„Du willst es schwarz auf weiß?"

„Ich möchte, dass manche Dinge einfach normal sind." Mein Knie begann zu schmerzen. Ich stand auf. „Vielleicht will ich ja doch den weißen Lattenzaun und den Apfelkuchen."

„Wir brauchen es nicht schwarz auf weiß, Ian. Ich bin vollkommen glücklich, wenn wir uns so lieben, wie wir es tun."

„Selbst wenn es Elvis ist, der uns traut?"

„Warum hast du das nicht gleich gesagt? Ich heirate dich, nur um ein bisschen Zeit mit Elvis zu verbringen."

„Burger?"

„Welche Burger?"

Ich zeigte in die Küche. „Zum Mittagessen, schließlich ist es schon Mittag. Ich bin am Verhungern."

„Du willst also, dass ich mich anziehe?"

„Ich bin auch damit einverstanden, wenn du nackt mit mir isst, aber was hältst du davon, wenn wir heute packen und losfahren? Ich würde gerne von hier verschwinden, nur für den Fall, dass jemand vorbeischaut."

Jennys Lächeln verschwand. „Ich verstehe."

„Die gute Nachricht ist, dass niemand die Leichen entdeckt hat – noch nicht." Ich rief die neuesten Bilder der

Kameras in ihrem Auto auf. Deutete auf den Wagen ganz hinten im Bild.

„Woher weißt du das?"

„Kein gelbes Band drum herum. Ich habe die Übertragung durchgesehen von dem Moment, wo sie die Feuerbombe wirft, bis zu dem Zeitpunkt, wo die Feuerwehr abrückt. Keiner hat bei dem Auto angehalten. Ich werde dein Auto hierher abschleppen lassen. Dann essen wir, packen unsere Sachen und machen uns auf den Weg nach Vegas."

Jenny küsste mich. „Ich werde jetzt duschen gehen. Wir können in einer Viertelstunde essen. Ich freue mich auf Elvis."

Sie hatte es erstaunlich gut aufgenommen. Ich war stolz auf sie. Ich sah ihr nach, als sie den Flur hinunterging. Sie warf einen Blick über ihre Schulter und ertappte mich dabei, wie ich sie unverhohlen anstarrte. Ich winkte. Jenny bedeutete mir mit einem Finger, ihr zu folgen.

Zwei Tage später, Jennys Auto stand sicher in der Einfahrt und die Kameras waren entfernt, tauchte ich in das Dark Web ein und rief die Seite auf, auf der das Friedensarchiv seine Ziele ankündigte. Die Gebote wurden auf einer anderen Seite abgegeben.

Sie hatten mich im formalen Bieterverfahren als Ziel ausgeschrieben. Doch niemand hatte auf mich geboten. Ich würde nicht sehen, wer bot oder wieviel er verlangte, nur die Anzahl der Bieter.

Mitarbeiter muss gefunden werden. Zuletzt in Washington gesichtet. Äußerst gefährlich.

Sie hatten nicht unrecht. Niemand, der bei Verstand war, würde diesen Job übernehmen wollen. Jemanden zu suchen, der nicht gefunden werden wollte, wäre schon schlimm genug, aber einen Agenten zu töten? Wenn überhaupt, würde das Friedensarchiv die beiden Männer, die mich rekrutiert hatten, dazu bringen, es zu tun.

Skipper und der Platoon Sergeant taten mir fast leid.

Fast.

Wir machten auf den Weg und fuhren mit dem Auto, das ich gegen Bargeld gekauft und nie angemeldet hatte. Wir ließen uns Zeit, fuhren gemächlich und vermieden es aufzufallen. Die Nächte verbrachten wir in schönen Boutique-Hotels, um den Luxus zu genießen, mit dem ich Jenny verwöhnen wollte.

Wenn ich konnte.

Las Vegas war eine Stadt, in der man für einen bestimmten Preis alles haben konnte. Alles. Wir brauchten neue Ausweise, um unerkannt zu bleiben.

Als ich beim Friedensarchiv angeheuert hatte, hatte ich den Eindruck gehabt, dass es sich um eine Organisation handelt, die nur in den USA tätig war. Ich hatte keine konkreten Hinweise. Es konnte genauso an meiner Voreingenommenheit liegen wie an der Tatsache, dass keine der Aufträge, die in den letzten sechs Monaten ausgeschrieben worden waren, außerhalb der Staaten zu erledigen gewesen waren.

Alles, was wir tun mussten, war, das Land zu verlassen.

Ausweisfälscher fand man nicht im Telefonbuch, also dachte ich, wir könnten es auf eine andere Art und Weise versuchen. Auf legale Weise.

„Jetzt gibt es keinen Weg zurück", sagte ich zu ihr. „Wir ziehen das durch. Ich bin nicht so einer, den man heiratet, dessen Bankkonto man leerräumt und den man dann sitzenlässt."

„Habe ich Zugang zu deinem Bankkonto?"

„Da ist sie, die unvermeidliche Frage. Die Antwort

lautet vorerst nein. Geld macht zu viele Beziehungen kaputt. Wenn ich dir mein ganzes Geld geben muss, damit du mir vertraust, dann vertraust du mir nicht. Wenn du mir von Anfang an vertraust, wirst du mich nicht unter Druck setzen. Du wirst immer wissen, wieviel wir haben, wie bisher auch, und du wirst immer alles haben, was du brauchst. Ich werde nichts ausgeben, ohne es dir zu sagen. Reicht dir das, zumindest für den Moment?" Ich wollte nicht vor dem Nichts stehen, wenn ich mich in Jenny irrte.

Ich glaubte nicht, dass ich mich irrte, aber es waren schon seltsamere Dinge passiert. Ich hatte es im Korps erlebt. Ein frisch Verheirateter war nach Hause gekommen und seine Frau war bei einem anderen Mann eingezogen. Ich schaute Jenny in die Augen und verlor mich darin, wie ich es immer tat. Sie erwiderte meinen Blick, bevor sie schließlich antwortete.

„Willst du damit sagen, dass du mein Sugar Daddy sein wirst?"

„Bitte, was?" Nicht die Antwort, die ich erwartet hatte.

Sie lehnte sich nah heran. „Wie wärs, wenn wir jetzt Elvis einen Besuch abstatten?"

„Abgemacht, zukünftige Mrs. Lawless."

„Jetzt bin ich damit an der Reihe zu fragen. Was?"

„Sie kennen mich und meinen Namen, aber wer wird nach Jeannette und Eldon Lawless suchen? Ich werde meinen Namen auf der Heiratsurkunde ändern. Wir leben in einer modernen Gesellschaft, nicht wahr? Wer weiß schon, welcher der beiden Partner seinen Namen ändert?"

„Mrs. Lawless klingt wie meine Mutter. Vielleicht Ms. Lawless, da ich es schon eine Milliarde Mal als Lehrerin gehört habe, obwohl ich mich dadurch nicht besonders fühle."

„Ich denke, du wirst dich daran gewöhnen, besonders

wenn es bedeutet, dass die Leute nicht darauf aus sind, uns zu töten."

„Musst du an unserem Hochzeitstag dieses Thema ansprechen? Wir genießen zwei Tage Reiseglück, machen Flitterwochen wie Teenager, haben Spaß und besuchen all die Sehenswürdigkeiten. Wie wäre es, wenn ich dich Mr. Spielverderber nenne?"

Mein Mund bewegte sich, aber es kamen keine Worte heraus. Ich war nicht darauf vorbereitet, auf emotionale Vorwürfe zu reagieren. „Ja, Liebes?"

Sie legte den Kopf schief und sah mich an. „Was?"

„Ich habe von Männern, die ich respektiere, gehört, dass die richtige Antwort manchmal einfach ‚Ja, Liebes' ist, und dann tut man einfach, was sie verlangt."

Jenny lächelte. Ich glaube, sie benutzte emotionale Vorwürfe, um mich aus dem Konzept zu bringen. Sie hielt mich für den Logiker, der ich tatsächlich war. Ich stellte für mich fest, dass sie dreidimensionales Schach spielte. Und ich musste schnell besser darin werden.

„Deine Freunde verstehen den Lauf der Dinge."

„Ich weiß auch ohne den geringsten Zweifel, dass ich mit keiner besseren Partnerin im Leben hätte gesegnet werden können. Ob wir nun zu Elvis gehen oder nicht, ich liebe dich, Jenny."

„Ich dich auch, Ian. Tut mir leid, dass ich so wankelmütig bin, aber ich versuche immer noch, mich mit diesem Leben anzufreunden. Langsam gewöhne ich mich schon daran. Ich will im Moment keine Weltreise machen. Ich würde mich viel lieber einfach irgendwo niederlassen und entspannen. Fernsehen gucken und entdecken, was Vegas zu bieten hat."

„Wir können in Vegas untertauchen. Viele Leute tun das."

Sie kicherte und schüttelte den Kopf. „Ich will nicht

untertauchen, sondern an der Oberfläche bleiben." Wir küssten uns zärtlich. „Elvis wartet."

Wir hielten uns an den Händen, als wir zu der kleinen Kapelle gingen. Meine Gedanken überschlugen sich. Ich wollte für eine Weile aus den Staaten verschwinden und das Friedensarchiv auf eine falsche Fährte locken. Aber das sollte nicht sein. Manchmal war die beste Antwort „Ja, Liebes". Jetzt musste ich herausfinden, was das bedeutete. Ian Braggs Name durfte nirgendwo in Las Vegas auftauchen.

Ich hatte keine Geburtsurkunde dabei, aber Jenny hatte ihre. Ich hatte meinen Reisepass und die Hochzeitskapelle hielt das für gut genug, basierend auf der Logik, dass man eine Geburtsurkunde vorlegen musste, um einen Reisepass zu bekommen. Für einen Führerschein galt das nicht unbedingt. Trotzdem erledigten sie den Papierkram und zuckten bei unserem Namenswunsch nicht mit der Wimper. Wir waren nicht die Ersten. Ich weiß nicht, warum ich enttäuscht war.

Jenny plauderte mit dem Mann, während er das Formular ausfüllte, und er setzte Jeannette als ihren Vornamen ein, obwohl er nicht in ihrer Geburtsurkunde stand. Dieser Weg, unsere Namen zu ändern, funktionierte viel besser als gefälschte Ausweise, die man nicht auf die leichte Schulter nehmen durfte, da die Strafverfolgungsbehörden auch im Web ihre Netze auswarfen.

Ich wollte absolut keine Interaktion mit den Strafverfolgungsbehörden.

Wer würde Frischvermählten das Leben schwer machen? Sicherlich nicht Elvis. Leider war es der alte und übergewichtige Elvis, der unsere Zeremonie abhielt, aber er hatte eine respektable Stimme und legte eine tolle Show hin.

Wir besiegelten unsere Ehe mit einem Kuss zwischen Liebenden, langsam und zärtlich. Elvis räusperte sich. Das nächste Paar wartete schon. Wir bezahlten unser Honorar und gaben ihm ein Trinkgeld in Höhe von einhundert Dollar.

Ich würde vorerst zu Eldon Lawless werden. Ich hatte eine Mission, denn Angriff war die beste Verteidigung, und ich weigerte mich, mein Leben auf der Flucht zu verbringen. Ich würde abtauchen, um das Friedensarchiv ausfindig zu machen. Und wenn ich jeden einzelnen ihrer Agenten dafür ausschalten müsste, würde ich es tun. Sie hätten mich nicht zu ihrem Ziel machen sollen, und sie hätten nicht versuchen sollen, Jenny zu töten. Dafür würden sie teuer bezahlen, weit mehr als den Preis eines einzelnen Auftrags.

***

Wir entschlossen uns, ein möbliertes Haus zu mieten. Der Mann war beim Militär, geschieden, auf einem Einsatz in Übersee und konnte das Haus im Moment nicht gebrauchen. Ich signalisierte Verständnis für seine Situation und beteuerte als Veteran, dass ich wusste, in welcher Lage er sich befand. Er hatte das Gefühl, wir würden ihm einen Gefallen tun. Ich stimmte zu. Wir zahlten sechs Monatsmieten und die Kaution im Voraus.

Ich legte meinen Computer auf den Tisch und wählte mich in das WLAN ein, bevor ich über das VPN ins Internet einstieg. Ich fragte mich, wie lange der Sergeant noch dafür bezahlen würde. Ich hatte seine E-Mail-Adresse und ein neues Konto, das ich nur für die Korrespondenz mit ihm eingerichtet hatte. Sogar die Nebenkosten für das Haus liefen noch auf seinen Namen, sodass wir in keinem kompromittierten System, das im

Dark Web auftauchen könnte, aufscheinen würden. Ich überwies ihm Geld für die Internet- und Fernsehrechnungen und schickte ihm Fotos von seinen Sachen, wenn wir etwas veränderten.

Er hatte es verdient zu wissen, dass wir uns um sein Haus kümmerten. Man hatte ihm von einem Tag auf den anderen den Teppich unter den Füßen weggezogen. Ein Stückchen Seelenfrieden war mein Geschenk an ihn.

Wir zogen mit dem ein, was wir im Auto dabei hatten. Zwei Seesäcke und ein paar Einkaufstüten mit ein paar Sachen. Es war mehr, als mir lieb war.

Ich stellte alles in das Wohnzimmer. Das Haus war ein bisschen größer als Jennys, obwohl der Grundriss ähnlich war.

Ich schloss meinen Musikplayer an die Soundbar des Flachbildschirms an und wählte *Dreamline*. Ich wippte im Takt, während Jenny die Sachen einräumte.

„Tanz mit mir." Ich tänzelte zu ihr hinüber und versuchte sie mitzureißen.

„Das ist keine Tanzmusik." Jenny stemmte die Fäuste in die Hüften.

„Scharlatan!", rief ich in spöttischer Verachtung. Sie überlegte zögernd, ob sie ihren Standpunkt klarmachen sollte, bevor sie einlenkte. Das Lied endete und ich zog sie nah an mich heran, um ihr ins Ohr zu flüstern: „Lebe für heute."

„Ich weiß", antwortete sie. „Mr. Lawless." Sie schüttelte den Kopf. „Das ist total seltsam."

„Wir werden an einem anderen Ort noch einmal heiraten und dann kannst du Mrs. Bragg sein."

„Ist es rechtskräftig? Sind wir verheiratet? Es war schwer, die Zeremonie ernst zu nehmen, während Elvis *Love Me Tender* sang und mit dem Bauch wackelte."

Ich nahm die Heiratsurkunde vom Küchentresen.

„Unsere Ehe ist zu hundert Prozent rechtskräftig. Ich kenne dich zwar erst seit zwei Wochen, aber wir sind verheiratet. Ich freue mich auf ein Leben, in dem ich alles an dir kennenlerne.“

„Zwei Wochen? Das ist alles? Kommt mir länger vor.“

„Ein Speer mitten ins Herz! Du lässt mich vorzeitig altern.“

„Zwei Wochen“, wiederholte Jenny. „Ich habe den zukünftigen Bürgermeister und seinen milliardenschweren Schwiegervater kennengelernt. Ich habe meine Karriere und mein Haus aufgegeben. Und drei Menschen sind gestorben.“

„Du hast kein Wort gesagt, als du Jimmy und Clive getroffen hast.“

„Nein. Du warst ihr Kontakt. Ich hatte nichts hinzuzufügen.“

„Was mich daran erinnert, dass wir mal nachsehen sollten, was sich bei Xterra Worldwide tut.“

Jenny schob einen Stuhl neben meinen und lehnte ihren Kopf an meine Schulter, um zuzusehen. Ich stürzte mich zuerst ins Dark Web, um die inoffiziellen Berichte durchzusehen. In den meisten wurde wild spekuliert, aber zwei waren stichhaltig. Aktionäre hatten eine Sammelklage eingereicht, um ihre Investitionen zurückzuholen, als die Fondspreise nach Naders vorzeitigem Tod in den Keller gegangen waren. Ich suchte weiter, bis ich schließlich im regulären Internet landete, wo ein Artikel seinen Tod als Unfall bezeichnete.

Ich strich mir über das Kinn.

„Was ist los? Ist es nicht das, was du wolltest?“

„Doch, aber es hätte eine Untersuchung geben müssen. Die Entscheidung kam schnell.“

„Aber er hatte Dreck am Stecken.“

„Und wie. Vielleicht steckt nicht mehr dahinter. Sie

haben es nicht als Selbstmord mit dem Auto eingestuft, sondern als Unfall. So ist es einfacher."

„Such nach den beiden vom Walmart-Parkplatz."

Jenny distanzierte sich von dem, was wir getan hatten, indem sie es unpersönlich machte und den Teil über den Mord nicht erwähnte. Ich suchte nach dem Namen der Ortschaft und wurde direkt fündig. Ein Doppelmord in einer verschlafenen Kleinstadt. Die Opfer waren nicht identifiziert worden. Die Polizei vermutete einen Bandenmord im Zusammenhang mit einem missglückten Drogendeal. Der Artikel erwähnte den Hotelbrand, aber nicht Jennys Auto. Sie hatte ihr Handy zerstört, sodass sie von der Außenwelt abgeschnitten war.

„Du brauchst ein Handy."

„Wozu?", fragte sie, da sie die Freiheit, nicht erreichbar zu sein, zu schätzen gelernt hatte.

„Für den Fall, dass ich dich erreichen muss oder du jemanden anrufen möchtest."

„Wohin würdest du schon ohne mich gehen?", konterte sie.

„Nun, nirgendwo hin, aber für den Fall, dass wir einmal getrennte Erledigungen machen."

„Mhm. Du überlegst also schon, mich in die Wüste zu schicken. Alles klar. Du kannst dich entschuldigen, indem du mich zu einem netten Abendessen ausführst."

„Vegas, Baby!" Ich suchte nach den besten Restaurants in Vegas und wurde unter einer Flut von Fünf-Sterne-Restaurants begraben, von denen zwei reine Steakhäuser waren. „Alles, was du willst."

„Ich will alles ausprobieren und jeden Abend in einem anderen Restaurant essen, wenn wir Lust dazu haben." Wie ich vermutet hatte, würden wir eine gastronomische Weltreise machen. Damit konnte ich leben. Eine

Mitgliedschaft im Fitnessstudio mussten wir auch abschließen.

„Und die Restaurants werden uns nie ausgehen. Aber ich muss dich warnen. Entgegen meiner üblichen Vorgehensweise, mit leichtem Gepäck zu reisen und oft umzuziehen, bin ich ein Gewohnheitstier. Wenn wir ein Lokal gefunden haben, das uns gefällt, werden wir vermutlich oft dorthin gehen." Ich überprüfte die Preise der Steakhäuser und wählte das drittteuerste. „Wie wäre es mit dem hier?"

„Wenn uns danach ist, was ist falsch daran, wieder hinzugehen?" Sie griff an mir vorbei und klickte auf Bilder der Gäste. „Sieht aus, als müssten wir dir etwas zum Anziehen kaufen. So kannst du dort nicht hin."

„Hast du denn etwas Passendes?"

Sie sah mich von der Seite an. „Trotz deiner Anweisung, nur praktische Kleidung mitzubringen, habe ich zwei Outfits, die zu einem Paar High Heels passen. Ich habe sogar Dessous eingepackt."

Mein Männerinstinkt meldete sich. „Kannst du sie mir vorführen? Immerhin ist heute unser Hochzeitstag."

„Vielleicht." Sie hielt kurz inne. „Ich bin mir noch nicht sicher, ob du das verdient hast. Wir werden sehen, wie gut du dich beim Essen benimmst."

„Ich werde ganz artig sein. Wir werden ein Auto brauchen. Mit dem hier können wir nicht mehr lange fahren und wir können es auch nicht hier abstellen."

„Eine Zwickmühle, aber dir wird schon etwas einfallen. Lass uns auspacken und so tun, als würden wir hier leben, wenn auch nur für kurze Zeit."

KAPITEL DREIUNDZWANZIG

„Es war eine Zeit der herzlichen Umarmungen, des Lächelns, der Trinksprüche und Versöhnungen, des Erneuerns alter und des Schließens neuer Freundschaften, des Lachens und Küssens. Es war eine gute Zeit, ein goldener Herbst, eine Zeit des Friedens und der Fülle. Aber der Winter nahte.“ George R. R. Martin

Das Leben in Vegas war angenehm. Wir begannen uns wohlzufühlen und das war der Zeitpunkt, an dem ich anfing, mir Sorgen zu machen. Ich wollte immer seltener in die Stadt, aber Jenny ging gerne raus, also fanden wir einen Kompromiss und fuhren jeden Tag irgendwo hin, oft einfach zum Wandern in die umliegenden Hügel. Es gab zahlreiche Wanderwege in und um den Großraum Las Vegas. Wir hatten uns schon bald in einem Fitnessstudio angemeldet und gingen fast jeden Tag hin.

Als ich bei den Marines gewesen war, hatte man uns davor gewarnt, in eine Routine zu verfallen. Terroristen nutzten Gewohnheiten aus.

Ich überprüfte die Ankündigungen des Friedensarchivs

täglich. Aufträge kamen und gingen, alle in den USA, und der Anschlag auf mich hatte immer noch keine Gebote. Sie aktualisierten ihn einmal im Monat mit einem neuen Minimum. Er war auf eineinviertel Millionen angestiegen, als sich schließlich zwei Bieter dafür fanden.

Und dann verschwand es. Jemand war angeheuert worden und war mir auf der Spur.

„Wir müssen weg", sagte ich zu Jenny, nachdem wir vom Fitnessstudio nach Hause gekommen waren.

„Hast du etwas geplant?", fragte Jenny lächelnd und schlenderte auf mich zu.

„Es tut mir leid." Der Ausdruck auf meinem Gesicht sagte alles. Es war, als hätte ich ihr mit einem Eiszapfen ins Herz gestochen. Ich ließ ihr ihren Freiraum, während ich schmollend die Sachen durchsah, die wir gekauft hatten, bereit, alles zurückzulassen.

Denn das mussten wir.

Ich ging nach draußen und ließ meinen Blick über die Nachbarschaft schweifen, auf der Suche nach jemandem, der nicht ins Bild passte. Alles war in Ordnung. Normal. Diejenigen, die tagsüber arbeiteten, waren nicht da. Diejenigen, die nachts arbeiteten, waren noch zu Hause. Nichts Ungewöhnliches.

Und doch war jemand da draußen. Und er hätte den Auftrag nicht angenommen, wenn er nicht gewusst hätte, wo ich bin. Wir hatten immer noch den Toyota. Ich hätte ihn schon längst loswerden sollen. Drei Monate und ich war nachlässig geworden.

Bequemlichkeit war ein hässliches Wort in meinem Geschäft. Es spielte dem Agenten in die Hände. Ich sah mich ein letztes Mal um und ging hinein.

Ich hatte darüber nachgedacht, wie man es anstellte, ein normales Leben zu führen und sich dabei unauffällig zu verhalten. Das wollte ich für Jenny tun. Ich schaute in den Kühlschrank – Reste, wie wir sie immer mit nach Hause brachten, aber wir hatten keinen Hund. Wir konnten uns keinen zulegen, weil wir wussten, dass dieser Tag kommen würde. Ich fand nichts, das ich essen wollte.

Mein Magen war wie verknotet. Ich saß auf der Couch und stützte den Kopf auf meine Hände.

Die letzten paar Monate waren magisch gewesen. Je höher wir aufstiegen, desto tiefer mussten wir fallen. Und nun saßen wir hier, in verschiedenen Zimmern, und beklagten unser Leben.

Die beste Verteidigung … Ich ging ins Dark Web und begann, jene Foren zu durchsuchen, in denen Typen wie ich sich herumtreiben würden. Nur, weil ich mich nie mit anderen austauschte, hieß das nicht, dass sie es nicht taten.

Jenny kam aus dem Schlafzimmer, mit klaren Augen und zielstrebigem Schritt, direkt zum Tresen mit meinen Sachen. Sie nahm meine Musiksammlung, schloss sie an die Soundbar an und wählte *Dreamline* aus. Als es anfing zu spielen, drehte sie die Lautstärke auf.

„Tanz mit mir", formte sie die Worte mit ihrem Mund. Vielleicht sagte sie es auch laut, aber ich konnte nichts hören abgesehen von unserem Lied. Ich war sofort auf den Beinen und schob mich an ihr vorbei, um mit meiner Hand über ihren herrlichen Körper zu wandern.

Und wir tanzten einen bedeutungsvollen Tanz. Als das Lied zu Ende war, drückte ich auf Pause.

„Ich danke dir."

„Es tut mir leid, dass ich egoistisch war", begann sie. Ich versuchte, sie zu unterbrechen, aber sie winkte ab, drückte mich an sich und lehnte ihre Stirn an meine, bevor sie fortfuhr. „Ich wusste, dass dieser Tag kommen würde. Ich werde tun, was ich tun muss. In diesem Leben geht es um uns beide, nicht um einen Ort oder Besitztümer. Sag mir, was wir tun müssen und wie ich dir helfen kann, uns zu helfen."

„Das habe ich mir gerade angesehen. Wie wäre es mit einem Urlaub in der Heimat? Genau hier in Vegas. Wir müssen den Agenten aus seinem Versteck locken."

„Was meinst du? Welchen Agenten?"

„Jemand hat auf ein Gebot für den Auftrag abgegeben und das Friedensarchiv hat die Ausschreibung entfernt. Das heißt, dass sie wissen, wo wir sind, und jemanden auf uns angesetzt haben."

„Warum hast du immer noch Zugang zu den Ausschreibungen?"

„Weil das niemand kontrolliert. Ich denke, dass ich keine Angebote machen könnte, aber die Ausschreibungen zu sehen? Das steht jedem offen."

„Solange man sich im Dark Web befindet und an der richtigen Stelle in diesem verworrenen Labyrinth sucht."

„Da hast du wohl recht. Vielleicht ist Gott ein Hacker." Ich schaute auf den Bildschirm und vertiefte mich in die Seite. Es gab keine Möglichkeit, ihnen eine Nachricht zu hinterlassen. Neun Aufträge waren derzeit ausgeschrieben, deutlich mehr als früher. Das Friedensarchiv wurde größer.

Ich sah mir jedes potenzielle Ziel an. Schlechte Männer und schlechte Frauen. „Warum haben sie den Auftrag für Jimmy überhaupt angenommen?"

„Ein Faible für das wundersame Biest, das in den Armen des Bad-Boy-Milliardärs die Liebe finden sollte?"

„Das kann ich mir nicht vorstellen. Bad-Boy-Milliardär!" Ihr Blick verriet mir, dass ich kurz davor war, eine Grenze zu überschreiten, aber ich riskierte es. „Sag mir nicht, dass du das Zeug gelesen hast."

„Du bist mein Bad-Boy-Millionär. Jeder verdient es, die Liebe zu finden."

Mein Mund hing schlaff herunter, als ich versuchte, eine geistreiche Antwort zu formulieren. Aber mir fiel nichts ein.

„Vielleicht wird das Friedensarchiv von einer Frau geleitet."

„Warum versuchen sie dann, mich dir wegzunehmen?"

„Vielleicht wissen sie nichts von mir."

„Du verblüffst mich mit Einsichten, die logischer sind als alles, was ich bisher herausfinden konnte. Gut gemacht, Partner. Auch wenn sie mich in deinem Haus gefunden haben. Das ergibt immer noch keinen Sinn."

„Was müssen wir tun?" Jenny rieb ihre Nase an meiner, aber sie war auf die Sache konzentriert.

„Wenn Ian Bragg auf einmal auftaucht, werden sie vermuten, dass es eine Falle ist. Aber wenn Ian Bragg auf einer fremden Webseite auftaucht, wird ein Webcrawler es aufspüren. Ich denke an das Fitnessstudio. Öffentlich, aber privat genug. Wir müssen das Auto aufgeben und uns einen Mietwagen nehmen. Wo willst du vorübergehend übernachten, meine Liebe?"

„Ooh! Ein Urlaub in der Heimat." Jenny war so herzlich und liebevoll wie immer. Wir waren uns nahe genug gekommen, um zu heiraten, und danach noch näher. Der Rest der Welt verschwand in einem nebligen Dunst, während wir im Fokus blieben. „Ich packe meinen Kram und dann gehts los."

„Du fängst an, wie ich zu klingen. Die Marines sind gelandet. Oorah, du heiße Braut."

„Du bist so ein schlechter Einfluss. Ein Bad-Boy-Millionär, der die Herzen von Kleinstadt-Mädchen im Sturm erobert. So schlecht."

Sie beugte sich für einen Kuss vor und wir kippten

beinahe rückwärts um. Sie zog mich auf die Füße. „Ein schneller Abschied vom Haus?" Sie nickte in Richtung Schlafzimmer.

Manchmal war es wichtig, sich Zeit für das zu nehmen, was wichtig war.

„Und dann machen wir uns auf den Weg. Wie wärs mit Bally's?"

„Liebend gern."

Auf dem Weg aus der Stadt hinaus fuhren wir den Strip hinunter, vorbei an Caesar's und Bally's. Jenny klopfte mir auf die Schulter. Ich zwinkerte ihr zu.

„Bist du dir sicher?"

„Wisch alles ab, was du angefasst hast. Und ja, ich bin mir sicher. Wir müssen einen anständig wirkenden Anhalter finden."

Als wir die Strecke ein zweites Mal abfuhren, tauchte ein junger Mann am Straßenrand auf, der aussah wie ein Surfer und am südlichen Ende des Strips völlig fehl am Platz war. Wir hielten an.

„Wie weit fährst du?"

„Bis in die Stadt der Engel!" Er versuchte, hinten hineinzuklettern.

„Warte." Wir kletterten beide aus dem Auto und nahmen unsere Reisetaschen mit. Ich ließ den Motor laufen und reichte ihm den Kaufvertrag. „Tust du uns einen Gefallen und bringst das Auto für uns nach L.A.? Wir kommen in ein paar Monaten nach."

„Bist du sicher, Mann?"

„Das sind wir. Und hier ist ein Hundert-Dollar-Gutschein für dich, damit du tanken kannst. Hast du eine Telefonnummer?"

„Ja, Mann!" Er war überglücklich und packte und umarmte mich. Er ratterte eine Zahlenreihe herunter. Jenny tat so, als ob sie sie in ihr Telefon tippen würde.

„Peace, Mann! Und pass gut auf unser Baby auf. Fahr vorsichtig."

Der junge Mann hüpfte vor Freude oder weil er unter dem Einfluss von Drogen stand. Es war mir egal, solange er es heil nach Kalifornien schaffte.

Er kletterte auf den Fahrersitz und raste los, wobei er fast ein Auto rammte, weil er nicht hinter sich sah, als er auf die Straße fuhr. Er warf seinen Arm aus dem Fenster und winkte uns zu.

„Er wird es wahrscheinlich nicht einmal aus der Stadt rausschaffen", sagte Jenny. Wir sahen zu, wie er unter der Autobahn hindurch und auf die Rampe fuhr und in Richtung Süden davonbrauste.

„Vielleicht doch. Es ist wenig Verkehr. Es gibt wahrscheinlich einen Grund dafür, warum er kein eigenes Auto hat."

„Meinst du, dass ihm klar ist, dass er einen Kaufvertrag besitzt, mit dem er den Wagen auf seinen Namen anmelden kann?"

„Darauf würde ich nicht wetten." Wir gingen zur nächsten Ampel und überquerten die Straße zu einem kleinen Restaurant, wo ich ein Taxi rief, das uns zum Bally's brachte.

Die Strecke war kurz, aber die Fahrt dauerte lange. Oft schaltete die Ampel auf Rot, kurz bevor wir dort ankamen. Die Zonenpreise garantierten eine feste Gebühr, egal wie lange die Fahrt dauerte oder wie weit man fuhr, solange man innerhalb der Zone blieb. Ich zahlte in bar und gab ein großzügiges Trinkgeld. Dann schlenderten wir hinein, als gehörte uns der Laden, und direkt zum Concierge, da wir zum Einchecken zu früh dran waren. Wir baten darum, dass unsere Reisetaschen verwahrt wurden, und er versprach, uns anzurufen, wenn unsere Suite fertig sei. Ich gab dem Concierge meine Nummer und nannte meinen Namen.

Ian Bragg.

Von dort aus gingen wir durch die klimatisierten Hallen zum Paris, wo Hertz einen Schalter hatte. Das Auto anzumieten war denkbar einfach. Wieder auf den Namen Ian Bragg. Wir gaben Bally's als unser Hotel an, holten das Auto ab und parkten es nicht weit vom Mietbereich entfernt.

Ich suchte die dunklen Winkel der Garage ab, bevor wir ausstiegen. Es war niemand in der Nähe. Wir mussten wieder zurück unter Leute.

Keine Kollateralschäden.

Auf diese Regel des Friedensarchivs zählte ich. Der Agent musste mich isolieren, was bedeutete, dass er mir folgen und ein Muster herausfinden musste. Eine Schwachstelle identifizieren und den Anschlag ausführen.

Wir schlenderten durch die Geschäfte und gingen zum Mittagessen in ein französisches Restaurant. Schließlich waren wir in Paris.

Wir wählten einen Tisch so weit hinten im Restaurant, wie wir konnten. Ich saß mit dem Rücken zur Küche. Es war die beste taktische Position, die ich finden konnte. Jenny rückte zur Seite, damit ich den Eingang sehen und beobachten konnte, wie die Leute vorbeigingen.

Dann erhielt ich den Anruf, dass das Zimmer fertig sei.

Über ein Sandwich mit französischer Sauce ging meine Abenteuerlust nicht hinaus. Jenny bestellte einen Salat. Wir mussten etwas Leichtes essen und durften keinen Alkohol trinken. Wir mussten wachsamer sein als die Person, die uns jagte.

Ich vergewisserte mich, dass niemand in der Nähe war. „Geh noch einmal den Plan mit mir durch."

Jenny wiederholte alle Punkte davon. Wenn wir annahmen, dass ihre Vermutung richtig war, dass sie nichts von ihr wussten, verschaffte uns das einen Vorteil. Im Spiel um Leben und Tod kam es auf jede Kleinigkeit an.

Ich hatte Jenny die ganze Zeit über, in der wir in Vegas gelebt hatten, auf meinen Job eingeschult, aber wir waren nicht auf den Schießplatz gegangen, wie wir es hätten tun sollen. Sie wusste über viele Einzelheiten der Agentenarbeit Bescheid, aber waren sie ihr in Fleisch und Blut übergegangen? Könnte sie sie anwenden, um ihr eigenes Leben zu retten?

Wir aßen schweigend, jeder in seine eigenen Gedanken vertieft. Ich spielte alle Szenarien durch, konnte aber nicht jeden Schritt vorhersagen. Das war gefährlich – tote Winkel konnte ich mir nicht leisten.

Wenn mir etwas zustoßen würde …

„Ich muss dir meine Kontodaten geben."

Jenny wusste, was ich dachte. „Sag das nicht." Sie ließ den Kopf hängen.

„Ich sagte, ich würde mich für den Rest deines Lebens um dich kümmern und du hast mir das Gleiche versprochen. Mein Leben könnte kürzer sein und du hast mich vervollständigt. Wenn ich nicht mehr da bin, verdienst du all die guten Dinge, die man mit Geld kaufen kann."

„Ich will es nicht."

„Vielleicht musst du die Flucht ergreifen und das kostet Geld. In diesem Fall kaufst du dir ein schönes Haus in der Toskana und lebst auf einem Weingut."

„Sag so etwas nicht."

„Dann müssen wir diesen Kampf gewinnen. Er wird kommen, und zwar bald."

„Ich habe die .25er und ich habe keine Angst, sie zu benutzen."

Ich musste grinsen. Sie verteidigte ihren Gefährten. Die schlafende Löwin, die geweckt worden war. Grimmig und entschlossen. „Machst du dich über mich lustig?" Trotzig.

„Das tue ich nicht. Vielleicht fahren wir in die Toskana, obwohl ich keinen Wein mag. Ich kann mich aber mit Peroni zufriedengeben, während du den Nektar der Götter trinkst."

„Versprich es mir, Ian. Wir werden gemeinsam hinfahren."

„Versprochen." Ich hielt meinen kleinen Finger hoch. Jenny hakte sich mit ihrem ein und drückte ihn fest zusammen.

Die Kellnerin kam mit der Rechnung vorbei. „Das ist so süß. Was war das Versprechen?"

„Meine Frau lässt mich Bier trinken, während sie ihren Wein genießt. Nur das Beste von Boone's Farm und Budweiser", antwortete ich.

„Boone's Farm ist nicht so gut", antwortete die junge Frau. „Aber ich habe schon Schlimmere getrunken."

Jenny hustete, um ihr Lachen zu verbergen. Ich bezahlte in bar und wir gingen und hielten Ausschau nach einer Person, die versuchte, nicht gesehen zu werden.

Wir gingen direkt auf unser Zimmer, wo sie bereits unser Gepäck abgestellt hatten. Die Einhundertfünfzig-Quadratmeter-Suite bot viel Platz und Unterhaltungs-möglichkeiten und war eher für Partys gedacht als für ein Paar, das dazu neigte, nahe zusammenzubleiben. Eine Regenwalddusche krönte die Annehmlichkeiten. Ich war froh, dass es eine Kaffeemaschine gab. Die waren in Vegas rar, um die Leute aus ihren Zimmern und in die Casinos zu treiben.

„Der Plan beginnt heute Nachmittag mit einem weiteren Workout und einem Foto."

„Ich werde hier sein und mir Sorgen machen, bis du wieder durch diese Tür kommst." Jenny umarmte mich. Bevor ich ging, zeigte ich ihr meine Online-Banking-Seite und wie sie auf meine Konten zugreifen konnte. Ich schrieb die Kontonummer auf, alles außer die letzten vier Ziffern. Die ließ ich sie auswendig lernen. Wir überprüften das Konto gemeinsam. In unseren drei Monaten in Vegas hatten wir nur fünfzig Riesen ausgegeben.

„Das ist eine ganze Menge." Jenny schürzte die Lippen und starrte auf den Bildschirm.

„Du musst es in Relation sehen. Zweihunderttausend pro Jahr. Viereinhalb Millionen bedeuten zweiundzwanzigeinhalb Jahre, bevor wir uns einen Job suchen müssen, aber der Großteil dieser Gelder steckt in börsengängigen Anleihen, die etwas bessere Zinsen bringen als der Durchschnitt, also sind wir bei etwa dreißig Jahren, bevor uns das Geld ausgehen könnte, aber wahrscheinlich nicht. Wir könnten ein oder zwei Millionen in ein paar gute Blue-Chip-Aktien investieren und sehen, wohin uns das führt."

„Sorge einfach dafür, dass du hier bist, um diesen Plan umzusetzen. Ich muss zugeben, ich habe mich daran gewöhnt, nicht zu arbeiten. Ich genieße deine Gesellschaft und wäre sehr verärgert, wenn das aufhören würde."

Jenny nahm mir die Worte aus dem Mund. Ich wäre auch verärgert.

„Ich werde mich bemühen. Heute haben wir noch Ruhe. Das Spiel beginnt morgen, nachdem das Fitnessstudio ein Foto von mir bei meinem täglichen Workout auf ihre Social-Media-Seite stellt."

Jenny biss die Zähne zusammen, bevor sie zum Fenster ging und den Strip hinuntersah. Ich umarmte sie von hinten. „Ich muss los. Ich sorge dafür, dass es gut aussieht, und komme superschnell zu dir nach Hause. Du wirst deine Hände nicht von mir lassen können."

„Ich werde dich daran erinnern. Sei vorsichtig, Ian."

„Du kennst mich, den Meister der Paranoia."

Ich verließ das Zimmer und fuhr mit dem Aufzug ins Erdgeschoss. Ich schlängelte mich durch die Gänge zur Garageneinfahrt, wo ich auf eine Menschenansammlung wartete. Zwanzig Minuten später kam eine kleine Gruppe und ich folgte ihnen in den Parkbereich. Sie trennten sich schnell, da sie näher an der Einfahrt geparkt hatten, als der Mietwagen stand. Ich blieb in der Nähe der Autos, schritt einmal die Parkebene ab und hielt Ausschau nach Insassen, bevor ich zu meinem Auto ging – einem weißen Nissan Sentra in einem Meer von weißen Viertürern.

Ich verließ die Parklücke. Innerhalb von Sekunden war ein Auto hinter mir. Ich fuhr schneller aus der Garage, als mir lieb war, um Abstand zu gewinnen, und achtete auf die Gehwege vor und hinter mir. Ich durfte keinen Fußgänger anfahren. Das Auto folgte mir. Ein Fahrer. Kein Beifahrer.

Die Ampel wurde rot, als ich mich näherte, und zwang mich zu warten. Ich war das erste Auto in der Schlange. Die Ampel schaltete auf Grün und ich raste über die Kreuzung, wo ich das Lenkrad verreißen musste, um einem Taxi auszuweichen, das noch bei Rot vor mir abbiegen wollte. Ich verließ den Strip fluchtartig auf meinem Weg zum Fitnessstudio. Mein Herz hämmerte wie verrückt gegen mein Brustbein.

Warum fühlte sich das so intensiv an? Früher war ich besser darin gewesen.

Ich war es immer noch. Dank des konsequenten Trainings war ich so fit wie nie zuvor. Auch Jenny hatte ausgiebig trainiert, um sicherzugehen, dass sie bereit war, obwohl sie gesagt hatte, dass sie es nicht sein würde.

Die Nerven. Ein unsicherer Mentor.

Es ging nicht um mich. Ich stöhnte bei der Erkenntnis. Mein Puls verlangsamte sich. Ich machte mir Sorgen um Jenny. Mitdenken. Das war der beste Weg, sie zu beschützen. Genau wie bei dem Paar, das uns abfackeln wollte.

Ich kämpfte für eine Sache und diese Erkenntnis war wichtig.

Die Schachpartie war in vollem Gange, aber die Bauern waren endlich für die wichtigen Züge abgeräumt worden.

Sobald ich den Strip verlassen hatte, wurde es ruhiger auf der Straße. Ein Blick in den Rückspiegel bestätigte mir, dass das Auto aus der Garage mir immer noch folgte. Ich bog an der nächsten großen Kreuzung rechts ab, dann noch einmal rechts, und dann noch einmal, zurück auf die Hauptstraße. Jetzt würde sich zeigen, ob er wirklich hinter mir her war.

Aber wenn mein Verfolger wusste, welcher Mietwagen meiner war, hätte er einfach einen Peilsender anbringen können, wie ich es bei Mrs. Tripplethorn getan hatte. Ich hatte gewettet, dass sie mir noch nicht so nahe gekommen waren.

Ich war in Vegas und hatte auf mein Leben gesetzt. Welche unserer Annahmen könnten sich noch als falsch herausstellen? Mein Herz begann wieder zu rasen.

Ich fuhr weiter zum Fitnessstudio und parkte so nah wie möglich am Eingang, sprang heraus, sobald der Motor abgestellt war, und eilte hinein. Hinter der nächsten Ecke wartete ich und beobachtete den Parkplatz.

Das Auto aus der Garage.

Erwischt, du Mistkerl.

Aber er parkte nicht am anderen Ende des Parkplatzes und wartete. Er suchte sich einen Platz in der Mitte, stieg aus und ging auf den Eingang des Studios zu. Er hob seine Schlüssel über die Schulter, um sein Auto abzuschließen.

Es war nicht meine Absicht, an diesem Tag Kontakt zu haben. Der Plan war gewesen, sich um die Sache zu kümmern, wenn Jenny an Ort und Stelle war, um den Verfolger zu überraschen. Als Ablenkung. Kein Plan überlebte den ersten Kontakt.

Ich brauchte also einen neuen Plan. Ein Seiteneingang. Ich konnte schnell raus und mich zu Fuß aus dem Staub machen, aber das Mietauto war unbrauchbar geworden. Es blieb mir nur eine Wahl. Ich dehnte meine Finger und knackte mit den Fingerknöcheln, wippte auf den Fußballen und richtete meine Aufmerksamkeit auf den Mann, der zur Tür hereinkam.

Er trat ein und blieb vor mir stehen. „Ian", sagte er beiläufig. „Können wir irgendwo reden?" Ich hatte den Mann noch nie zuvor gesehen. Ein bisschen älter als ich. Fit. Harte Augen.

„Ich bin mir ziemlich sicher, dass ich das nicht tun will. Was wird nötig sein, um im Ruhestand zu bleiben?"

„Ich bin nicht nachtragend, Ian." Der Mann zuckte mit den Schultern. Er hielt die Hände vor sich ausgestreckt und drehte sich dann einmal im Kreis, um mir zu zeigen, dass er nicht bewaffnet war. Ich war mir nicht sicher, ob ich es in einem direkten Kampf mit ihm würde aufnehmen können. Ich war zuversichtlich, aber es gab tödliche Menschen da draußen. Dieser Mann musste schon eine Weile im Spiel gewesen sein. In diesem Geschäft wurde man nicht alt, wenn man nicht knallhart war.

An der Smoothie-Bar standen zwei Kunden, ein Power-Pärchen, die ihre ekelhafte Weizengras-Mischung tranken. Ich ging voran zum Tresen und bestellte zwei kleine Beerenmischungen. Er sagte, er wolle nichts. Ich ignorierte ihn. Wir setzten uns an den Tisch, der am weitesten von den anderen entfernt war.

„Sie haben versucht, mich zu töten. Ich nehme das nicht auf die leichte Schulter."

„Das war nicht ich. Und Sie haben sie für diese Fehleinschätzung bezahlen lassen und uns unser einziges Agentenpaar gekostet, es sei denn, Sie und Ihre Jenny Lawless kommen zurück ins Team."

Ich starrte den Mann an. Zu leugnen, was er wusste, wäre reine Zeitverschwendung gewesen. Er hatte den kühnsten aller Züge gewagt und seine Dame in die Mitte des Brettes gestellt. Diese Figur anzugreifen würde nichts bringen. Ich brauchte eine Ablenkung.

„Zurück ins Spiel? Ich dachte an den Ruhestand. Nur, wenn ich nicht wieder saubere Zielpersonen wie Jimmy Tripplethorn bekomme. Der Auftrag war Schrott. Wir sind besser als das."

„Sie hätten die Arbeit nicht annehmen dürfen. Wir müssen die Aufträge annehmen, die wir kriegen."

Ich schüttelte langsam den Kopf. „Sie wissen, wie es läuft. Ohne den vollen Hintergrund der Zielperson tappen wir im Dunkeln. Vertrauen muss man sich hart erarbeiten und verlieren kann man es umso schneller. Ich vertraue darauf, dass die Verträge gute Arbeit bringen. Ich sollte das Urteil meines Arbeitgebers nicht überprüfen müssen. Das war ein schlechter Schachzug der Firma."

Unsere Smoothies wurden serviert. Ich bedankte mich bei dem Kellner. Mein Gegenüber wandte seinen Blick nicht von mir ab.

„Trinken Sie. Das Wüstenklima kann einem viel abverlangen." Ich nahm einen Schluck und schmatzte genussvoll, als ich fertig war.

„Warum haben Sie uns kontaktiert?"

Meinen richtigen Namen zu benutzen, hatte den Alarm

ausgelöst, aber sie waren in kürzester Zeit aufgetaucht. Dieser Typ musste bereits in Vegas gewesen sein. Es ergab Sinn, jemanden hierzuhaben. Von dieser Stadt aus konnte man überall auf der Welt gelangen. „Wie soll ich Sie nennen?"

„Wie wärs mit Dave?"

„Dann also Dave. Ich habe die Organisation wissen lassen, wo ich bin, damit ich denjenigen würde töten können, der hinter mir her ist. Mein Beileid an Ihre Hinterbliebenen."

„Das werden Sie nicht tun. Mein Kollege unterhält gerade Ihre Jenny. Sie wollen doch nicht, dass sie stirbt, weil Sie voreilig waren."

„Ja, lassen wir das."

Hatte ich sie gut geschult? Würde sie wütend genug werden, um sich zu verteidigen? Wir hatten auf eine Annahme gebaut und uns geirrt. Wir hatten auf unsere Leben gesetzt. Ich versuchte, ruhig dazusitzen, aber in meinen Adern kochte das Blut.

Jenny stand am Fenster und starrte gedankenverloren den Strip hinunter. Sie hörte, wie eine Karte gegen das Lesegerät an der Tür gedrückt wurde, bevor jemand leise klopfte. Sie eilte zur Tür und öffnete sie. Bevor sie sie vor dem Fremden schließen konnte, drängte er sich hinein.

Er trug keine Waffe, aber Jenny spürte das eisige Kribbeln der Angst durch ihren Körper schießen.

„Setzen Sie sich, bitte." Ein weicher Bariton. Dunkelbraune Augen. Hellbraunes Haar. Größer als Ian. Auch breiter.

„Was wollen Sie?"

Er zeigte auf die Couch. In Jennys Kopf überschlugen

sich die Gedanken. Sie zuckte zusammen, als die Tür mit einem Klicken geschlossen wurde und sie mit dem Fremden allein war.

Sie nahm eines der Zierkissen und verkeilte sich gegen die Armlehne. Das Kissen drückte sie an sich. Ihr Kopf pochte schmerzhaft, so kraftvoll rauschte das Blut durch ihre Adern. Was hatte Ian ihr beigebracht?

Töte den Mann.

Vielleicht. Entwaffne ihn. Aber er trug keine Waffe.

Finde heraus, was ihn motiviert. Sie beobachtete den Fremden, als er einen weich gepolsterten Stuhl ihr gegenüberstellte und darauf Platz nahm. Er trug eine Stoffhose und Anzugschuhe kombiniert mit einem Designer-Poloshirt. Eigentlich sah er aus wie ein Klischee aus dem Fernsehen. Jenny fiel auf, wie sie sich entspannte. Er war gekommen, um Ian einzuschüchtern.

Es zeigte auch, dass ihr Mann recht gehabt hatte. Kein Plan überlebt den ersten Kontakt mit dem Feind. Ihr Plan war gerade unbrauchbar geworden.

Sie nahm an, dass sie auf Ians Rückkehr warten würden, aber er hatte die .45er dabei und würde zuerst schießen. Insgeheim wünschte sie sich das.

Ihre kleine Pistole blieb in der Handtasche auf dem Tresen im kleinen Küchenbereich der Suite, weit außerhalb ihrer Reichweite. Sie hätte genauso gut gar keine Waffe haben können.

Also musste sie improvisieren. Was könnte sie als Waffe benutzen? Sie sah sich in dem Raum um. Eine Lampe. Eine Fernbedienung auf dem Couchtisch. Eine Zeitschrift. Ihr Kopfkissen. Nichts, was sie in ihren Taschen hatte. Zwei Hände und zwei Füße.

Sie legte ihr Kissen zur Seite und stand auf. Er bedeutete ihr, sich wieder zu setzen. „Ich war auf dem Weg zur Toilette, als Sie mich überrumpelt haben. Das hört nicht von selbst auf.“

„Nein. Setzen Sie sich.“

„Fick dich.“ Sie blieb stehen. Der Mann kam blitzschnell auf die Beine, sein Gesicht wutverzerrt. Er beugte sich über die Platte des Couchtisches, packte Jenny und zerrte sie ins Schlafzimmer, wo sich das Badezimmer befand. Er stieß sie in Richtung Toilette, wobei er seinen Fuß gegen die Tür drückte, um sie zu öffnen.

„Wollen Sie zusehen?“

„Wenn Sie gehen müssen, dann gehen Sie. Wenn Sie nicht können, dann setzen Sie sich auf die Couch.“

Trotzig beugte sich Jenny vorwärts, um ihre Hose herunterzuziehen und sich auf die Toilette zu setzen, ohne den Mann eines Blickes zu würdigen. Sie bedeckte sich, während er sich auf ihre Augen konzentrierte. Es dauerte eine Weile, bis sie sich entspannen konnte, aber dank ein paar Gläsern Wasser beim Mittagessen war es genug, um vor dem Mann glaubwürdig zu wirken. Er sah weg, als sie aufstand.

„Ich *sagte* doch, ich muss mal. Ian sagte, ihr Leute wärt anständig. Ich denke, er könnte sich getäuscht haben.“

„Die Couch.“

Jenny ging an ihm vorbei, unbehaglich nah. Er ging hinter ihr her, um wieder auf dem Stuhl Platz zu nehmen.

Ein Profi. Warum ließen sie sie unverletzt am Leben? Sie konnte sich ein Grinsen nicht verkneifen. Weil sie wussten, dass Ian gegen sie vorgehen würde, wenn sie ihr etwas antaten. Und das wollten sie nicht. Sie wollten sie als Druckmittel benutzen.

Ihr Telefon klingelte. Sie wollte sich bewegen, aber der Mann zeigte auf sie. Jenny blieb, wo sie war, während er aufstand und zum Tresen ging. Das Telefon lag vor ihrer offenen Handtasche. Sie konnte nicht sagen, ob er die

Pistole gesehen hatte. Das würde sie noch früh genug herausfinden. Er behielt sie bis zum letzten Moment im Auge. Dann nahm er das Handy in die Hand und kehrte zu seinem Platz zurück. Er blickte finster auf den Namen auf dem Display. „Honigdachs?", fragte er.

„Ian."

Er tippte auf „Annehmen", sagte aber nichts.

„Jenny?", fragte eine Stimme am anderen Ende.

„Nein", antwortete er.

„Gut. Wir führen hier eine kleine Unterhaltung. Ich wollte nur sicherstellen, dass alles bereit ist. Ich werde Ian das Handy geben. Er möchte mit seiner Frau sprechen."

Der Mann reichte Jenny das Telefon. Sie nahm es behutsam an und schaute auf den Bildschirm, bevor sie es an ihr Ohr hielt. „Ian?"

„Hallo, meine Schöne. Alles in Ordnung bei dir?"

„So gut, wie man es erwarten kann. Wirst du zum Abendessen zu Hause sein? Ich dachte an Italienisch."

„Wahrscheinlich ziemlich bald. Ich habe auf Wahlburger's gehofft."

„Du und deine Burger. Dann bis bald."

Der Mann deutete auf das Handy. Sie gab es ihm und er legte es vor sich an den Rand des Tisches. Dann setzte er sich wieder hin.

„Wir sind weder Vegetarier noch Veganer noch essen wir koscher. Es spricht viel für einen guten Burger mit geschmolzenem Käse und dem richtigen Brötchen. Nicht zu viel Brot, mit einem Belag aus Kopfsalat, Tomaten und Gurken. Das ist so herrlich. Das Geheimnis ist es, Barbecue-Sauce anstelle von Ketchup zu nehmen."

Der Mann starrte sie an. Sie zuckte mit den Schultern und drehte ihren Kopf, um aus dem Fenster auf den Strip zu schauen. Gedanklich suchte sie nach einem Ausweg.

„Jetzt, wo Sie wissen, dass es ihr gut geht, können wir unser Gespräch fortsetzen", sagte Dave.

„Sagen Sie mir irgendwann auch, was Sie wollen, oder spielen Sie weiter das Einschüchterungsspiel? Das wird nämlich schnell langweilig."

„*Sind* Sie eingeschüchtert?", fragte der Mann.

Diese Frage würdigte ich nicht einmal mit einer Antwort. Der Zeitpunkt rückte näher, an dem ich ihn auf der Stelle töten oder bei dem Versuch sterben würde. Ich hatte meinen Energie-Smoothie getrunken, aber er hatte seinen nicht angerührt. Das war nicht gerade höflich von ihm.

„Werden Sie Ihren Smoothie trinken?"

„Nein. Ich sagte doch, ich will keinen."

„Was *wollen* Sie denn?"

Dave starrte mich mit leerem Gesichtsausdruck an. Ich erwiderte seinen Blick und atmete regelmäßig und langsam. Schließlich nahm er den Becher in die Hand und hob das Getränk an seine Lippen. Meine Faust machte sich förmlich selbstständig. Sie schnellte unter dem Tisch hervor, zielte auf den Becher und schlug durch ihn hindurch Daves Nase ein. Die Beerenmischung explodierte in seinem Gesicht und verteilte sich auf seinem Kopf.

Er streckte eine Hand aus, um meinen Folgeschlag abzuwehren, aber er war blind. Ich schlug seine Hand aus dem Weg und packte ihn am Hinterkopf, um sein Gesicht in den Tisch zu rammen. Er wehrte sich, sodass der Aufprall nicht so heftig ausfiel, wie ich es geplant hatte. Ich quetschte seinen Nacken mit meiner ganzen Kraft zusammen. Er hob seine Hände in Kapitulation.

„Einen Lappen, bitte? Wir hatten hier einen kleinen Unfall", rief ich in Richtung Tresen.

Ich blieb hinter Dave, durchsuchte schnell seine Taschen nach einer Waffe und erleichterte ihn um sein Springmesser, bevor ich mich wieder hinsetzte. Ich behielt das Messer in meiner Hand, den Finger auf dem Knopf.

Die Kellnerin kam mit dem Putztuch zurück. „Oh, Mann!" Sie begann zu wischen, aber er nahm ihr das Tuch ab. „Wollen Sie noch einen?"

„Nein, danke, Ma'am. Er war großartig. Aber wenn böse Jungs ihren Drink verschütten, kriegen sie keinen neuen." Ich hielt ihr einen Zwanziger hin. „Danke für Ihre Hilfe."

Sie nahm das Geld wortlos entgegen und ging lächelnd und fröhlich zurück zum Tresen.

Es war wichtig, in dieser Branche sympathisch zu wirken. Sich ihre Loyalität zu verdienen. Sie würde nicht die Polizei rufen. Das hatte ich gehofft für den Fall, dass sie gesehen hatte, was passiert war. Vielleicht würde sie es trotzdem nicht tun. Zwanzig Mäuse waren zwanzig Mäuse.

„Ich habe Ihnen eine Frage gestellt, Dave. Was zum Teufel wollen Sie, abgesehen von einer stark verkürzten Lebensspanne?"

Er wischte sich langsam über Gesicht und Hals. Er war mit lilafarbenem und rotem Smoothie bedeckt. Seine schöne Kleidung war ruiniert. In seinen Augen loderte ein Feuer. Er hatte die Initiative und seine Dominanz eingebüßt. Er blinzelte, um seine Augen von dem Brennen des Beerensaftes zu befreien.

„Wir möchten, dass Sie sich mit dem Führungsteam des Archivs treffen."

„Warum gehen Sie mir dann auf die Nerven? Spielchen mit einem Agenten zu spielen, wird Sie Ihr Leben kosten. Wenn Sie dachten, Sie hätten eine Wirkung auf mich, haben Sie mich falsch eingeschätzt. Dachten Sie, ich würde

Ihnen zuhören und alles mit offenen Armen annehmen, was Sie mir anbieten? Ihnen muss doch klar sein, dass Sie sterben werden, wenn Sie nicht die richtigen Dinge sagen."

Er warf den Lappen auf den Tisch. „Die Arroganz des Selbstvertrauens. Das gefällt uns."

„Die Arroganz der Dummheit und Selbstüberschätzung. Keine zehn Pferde bringen mich ins Archiv."

„Neutraler Boden ist auch in Ordnung. Das Führungsteam kann in ein paar Tagen hier sein."

„Warum dann die Spielchen? Mussten Sie erst sehen, was passiert, wenn Sie versuchen, mich in die Enge zu treiben?"

„Das haben wir."

Ich verstand nicht. Ich brauchte mehr Informationen.

„Dann müsst ihr ein bisschen professioneller sein. Rufen Sie Ihren Kerl an und sagen Sie ihm, er soll meine Frau in Ruhe lassen. Dann reservieren Sie für uns einen Tisch im SW Steakhouse, wo uns dieses Führungsteam, wie Sie es nennen, verköstigen wird. Das Archiv verlangt astronomische Summen für seine Dienste. Da kann es doch seine Leute etwas besser behandeln, als Schwachköpfe auf einem Machttrip, wie Sie, zu schicken. Die Welt da draußen ist gefährlich. Werden Sie kein Opfer davon."

Ich wählte Jennys Nummer. Es dauerte eine Weile, bis jemand abhob. Ich reichte das Telefon an Dave weiter.

„Du brauchst das Zimmer nicht mehr zu sichern", sagte Dave in das Mikrofon.

„Verstanden", antwortete die Stimme am anderen Ende der Leitung.

„Gib Jenny das Telefon, bevor du gehst", sagte ich. Dave übermittelte meine Nachricht.

„Hallo, meine Schöne. Geht der böse Mann weg?"

„Er war professionell, was die Geiselnahme angeht, aber jetzt ist er weg. Ich bin im Hotelzimmer und ich habe keine Angst, Ian."

Ich wusste nicht, warum sie den letzten Teil hinzufügte. „Töte die nächste Person, die versucht, unsere Suite zu betreten. Außer mich. Mich tötest du nicht und ich rufe an, bevor ich anklopfe."

„Natürlich, mein Schatz."

Ich legte auf.

„Sie haben sich eine Wildkatze geangelt, wie es scheint. Glückwunsch." Dave starrte mich an.

Ich starrte zurück. Diesen Machtkampf hatte Dave verloren. Er hatte nicht mehr die Oberhand. Ich spürte die angedeutete Drohung. *Wäre doch zu schade, wenn ihr etwas zustoßen würde.* Aber seine Dame lag umgestürzt in der Mitte des Brettes, umgestoßen von meiner Dame. Schachmatt in fünf Zügen.

„Gibt es sonst noch etwas? Wir essen gerne früh, so gegen achtzehn Uhr. Richten Sie es ein." Ich schob meinen Stuhl zurück und stand auf. Als ich an ihm vorbeiging, klopfte ich ihm auf den Rücken. „Zwingen Sie mich nicht, Sie aufzuspüren. Das Beste für Sie und denjenigen, der Jenny Kummer bereitet hat, ist es, zu verschwinden. Ich bin bereit, mit dem Führungsteam zu reden, aber es hat keinen Sinn, uns zu drohen. Das wird für niemanden gut ausgehen."

Er nickte fast unmerklich. Ein Lakai. Ein Außendienstmitarbeiter. Ich hatte vermutet, dass es im Friedensarchiv Leute wie ihn gab, aber ich war noch nie einem begegnet. Leute aus der Qualitätskontrolle, die dachten, sie würden den Job besser verstehen als die, die ihn machten. Ich warf das Messer in einen Mülleimer vor der Tür des Fitnessstudios, ging zu meinem Mietwagen und fuhr langsam aus meiner Parklücke.

Ich musste mich davon überzeugen, dass es Jenny gut geht. Ich hatte gedacht, dass wir mindestens eine zweitägige Galgenfrist haben würden. Vor dem Treffen würde niemand hinter uns her sein. Aber ich hatte mich in letzter Zeit in zu vielen Dingen geirrt.

Ich musste darüber nachdenken, was ein Treffen bedeutete, während ich dafür sorgte, dass wir beide lange genug überlebten, um daran teilnehmen zu können.

KAPITEL VIERUNDZWANZIG

„Ein Mann kann sich mit einem Wolf anfreunden, sogar einen Wolf brechen, aber kein Mann kann einen Wolf wirklich zähmen." George R. R. Martin

Ich rief an und Jenny ließ mich herein. Sobald ich durch die Tür war, stürzte sie sich auf mich und umarmte mich innig. „Ich bin so froh, dass es dir gut geht." Ihre Stimme war gedämpft, weil sie ihr Gesicht in meinem Nacken vergraben hatte.

„Sie hätten nie hierherkommen sollen."

„Aber sie haben es getan. Ich dachte, du wärst es, und habe einfach die Tür geöffnet. Das war eine gute Lektion. Es tut mir leid, Ian, aber du hattest die ganze Zeit recht. Ich werde die Pistole tragen. Ich werde wachsam sein. Ich habe keine Angst, mich zu verteidigen."

„Wir haben zwei Tage, um uns wie normale Menschen zu verhalten. Ich weiß nicht, warum, aber ich glaube meinem neuen Kumpel. Wir können die Zeit genauso gut nutzen. Lass uns Badesachen kaufen und an den Pool gehen."

Sie ließ mich los, machte einen Schritt zurück und begann zu lachen. „Jetzt, wo ich endlich bereit bin, eine verdeckte Waffe zu tragen, sagst du mir auf einmal, dass es gar nicht nötig ist."

„Zumindest die nächsten zwei Tage. Verdeckte Waffe? Sagt man das immer noch?"

„Ich schon."

„In Ordnung." Ich griff nach ihr, aber sie hielt mich zurück.

Sie gestikulierte an ihrem Körper herunter. „Sieht das wie ein Bikinikörper aus?"

„Ja. Lass uns zum Pool gehen, damit du mit mir vor all den heißen Showgirls angeben kannst."

„Wie nah warst du dran?", fragte Jenny und kam zu mir, um ihre Nase an meiner zu reiben.

„Nicht sehr nah. Mein Typ war nur ein Handlanger. Er hat sich auf einen Schwanzlängenvergleich eingelassen, den er verloren hat. Ich vermute, der Agent war hier."

„Was für ein Vergleich?" Sie küsste mich, um mich von einer Antwort abzuhalten. „Ach, egal. Ich hatte nicht das Gefühl, dass ich in Gefahr war. Er schien nicht bewaffnet zu sein."

„Ein guter Agent muss nicht bewaffnet sein, wie mein Typ herausgefunden hat. Am Ende ist er getränkt in Beeren-Smoothie nach Hause gefahren." Jenny kniff die Augen zusammen, als sie versuchte zu entziffern, was ich meinte. „Ich habe ihn ihm ins Gesicht geschlagen. Außerdem hat er sich den Kopf an dem Tisch gestoßen. Ich kann mir nicht erklären, wie das passiert ist. Er schien ein wenig tollpatschig zu sein."

„Ich glaube dir das jetzt einfach." Sie spielte mit ihren Lippen, während sie nachdachte. Ich beobachtete sie grinsend. „Anstatt eines Badeanzugs, weil ich wirklich keine Lust habe, da rauszugehen, lass uns ein

Oberschenkelholster und einen Rock für mich kaufen gehen.“

Das gefiel mir. „Aus der Sicht dieses Mannes gefällt mir, wie du denkst. Wir heben uns die Bikini-Show für die Privatsphäre unserer coolen Suite auf. Aber du sollst wissen, dass ich stolz darauf bin, wer du bist. Ich will nicht, dass du dich für deinen Körper schämst.“

„Ich werde es dir trotzdem übelnehmen“, säuselte sie.

„Ich *mag* eine starke Frau. Und ein Holster für dich kaufen. Und Haut. Und heute kriege ich das alles!“ Ich beobachtete sie, als sie sich zum Gehen bereitmachte, und suchte nach Anzeichen dafür, dass sie ihre Überforderung mit den Ereignissen zu verbergen versuchte. Aber das tat sie nicht. Sie verhielt sich nicht anders als sonst. Die Monate des Trainings waren nicht umsonst gewesen. Der Eindringling hatte das Wissen in ihr aktiviert. Sie verstand jetzt, warum ich die beiden, die uns anzünden wollten, hatte eliminieren müssen. In meinem Job gab es Spielregeln.

Und das Friedensarchiv hatte sich nicht daran gehalten.

„Du siehst großartig aus. Absolut umwerfend, auch wenn du mir *au naturel*, also ohne die Kriegsbemalung, besser gefällst.“

Jenny hatte sich das volle Programm gegönnt: eine komplette Spa-Behandlung, eine Frisur vom Stylisten und professionelles Make-up. Ihr schwarzes Kleid betonte ihre Figur auf die beste Weise und es war lang genug, um Holster und Pistole zu verbergen. Ich trug einen dunkelblauen Seidenanzug mit Nadelstreifen ohne Krawatte. Die Browning steckte in meinem Hosenbund in einem Holster, das so gemacht war, dass es die

Ausbuchtung verbergen sollte. Solange ich die Anzugjacke anbehielt, würde niemand meine Waffe sehen.

Wir trugen einen teuren Look, um in ein teures Restaurant zu gehen und über Fragen von Leben und Tod zu sprechen. Wir hatten den Ort bereits ausgekundschaftet, um sicherzugehen, dass wir den allgemeinen Grundriss und die verfügbaren Ausgänge im Kopf hatten.

Heute ging es um viel und wir hatten nur eine Chance, es hinzukriegen.

Wir warteten am Eingang, aber der Mann am Empfang ließ niemanden unbeaufsichtigt herumstehen. „Haben Sie eine Reservierung oder möchten Sie eine haben?", fragte der Mann mittleren Alters.

„Wir sind hier mit jemandem verabredet. Ich bin nicht sicher, wie viele Personen es sind. Mein Name ist Ian Bragg."

„Mr. und Mrs. Bragg. Herzlich willkommen. Ich führe Sie zu Ihrem Tisch."

Es war noch nicht ganz achtzehn Uhr. Nur wenige Gäste saßen an den Tischen. Niemand aß mehr als eine Vorspeise.

Die Archivleitung war nicht vor uns eingetroffen. Wir hatten einen Tisch für vier Personen in diskretem Abstand zu den benachbarten Gästen und setzten uns mit dem Rücken zur Wand. Der Kellner zeigte uns eine Flasche Champagner. Als wir nickten, öffnete er sie und goss zwei Flöten ein. Unsere Wassergläser waren noch nicht angelaufen. Sie waren ebenfalls frisch. Er zog sich in die Küche zurück und ließ uns allein.

Jenny roch an dem Champagner.

Ich hielt ihr mein Glas hin. Wir stießen damit an und nahmen kleine Schlucke. „Wenn sie uns umbringen wollten, würden sie es nicht mitten in einem

Nobelschuppen mit einer vergifteten Fünfhundert-Dollar-Flasche Champagner tun."

„Nobelschuppen?"

„Ich würde im Moment sterben für einen guten Burger. Und ein paar salzige Pommes." Das schmeckte mir eben.

„Da macht er sich schick, aber man kann ihn nirgendwohin mitnehmen. Du siehst übrigens großartig aus."

„Es ist der Haarschnitt, nicht wahr? Kurze Haare machen sie verrückt."

„Wen meinst du mit ‚sie'?" Sie zwinkerte mir zu und nahm einen weiteren Schluck aus der Champagnerflöte. „Das schmeckt gut."

„Ich habe nichts anderes erwartet. Ich kann mir nicht vorstellen, warum genau wir heute Abend in diesen Genuss kommen, aber es könnte unsere Eintrittskarte in ein ruhigeres Leben sein – fernab des Rampenlichts."

„Das Lied hast du heute gar nicht gespielt."

„Ich wusste, ich habe etwas vergessen. Ich höre es mir in meinem Kopf an." Ich schloss die Augen, aber Jenny stupste mich in die Rippen. „Oder auch nicht."

„Ich glaube, sie werden dir etwas anbieten. Einen neuen Auftrag." Scharfsinnig. Ich hatte mir das Gleiche überlegt.

„Das werden wir noch früh genug herausfinden." Ich deutete mit dem Kinn in Richtung des Eingangs. Jenny und ich standen auf, als der Mann vom Empfang zwei Männer zu unserem Tisch führte. Sie trugen teure Anzüge und gingen wie Führungskräfte, protzig, aber zielstrebig. Sie bummelten nicht auf ihrem Weg durch den Speisesaal. Der Kellner hatte ihnen eingeschenkt, bevor sie ankamen.

Der Erste war etwas älter, um die sechzig, aber gut in Form. Eine Ader an seinem Hals trat hervor, was auf einen geringen Körperfettanteil hindeutete. Er streckte seine Hand aus.

Ich nahm sie. „Ian Bragg und meine Frau Jenny."

„Mein Name ist Charlie French, aber Sie können mich Chaz nennen. Mein Kollege ist Vince Trinelli."

Ich schüttelte auch Vince die Hand. Jenny zögerte, bevor sie es mir gleichtat. Ich zog den Stuhl für sie heraus und nahm meinen Platz ein, als sie sich gesetzt hatte.

„Ich verstehe, warum Sie hingerissen waren, Mr. Bragg. Ich nehme an, Sie waren machtlos gegen die Reize einer solch göttlichen Schönheit."

Jenny war nicht beeindruckt. Wir warteten darauf, dass Charlie zum Thema kam.

Er sah sich unauffällig um, bevor er zu reden begann. „Vince und ich haben das Friedensarchiv vor fast fünfundzwanzig Jahren gegründet. In den ersten zehn Jahren nahmen wir alle Jobs an, bevor die Nachricht unseres Erfolges zu denen durchsickerte, mit denen wir Geschäfte machen wollten. Dann begannen wir, Leute einzustellen. Sie kamen vor etwa einem Jahr auf hervorragende Empfehlung einiger unserer Mitglieder zu uns."

„Sie bevorzugen Militärs?"

„Ja, und Polizisten. Früher haben wir alle Kandidaten persönlich interviewt, aber wir sahen den Wert absoluter Anonymität, also haben wir mit den Gesprächen vor etwa zehn Jahren aufgehört." Er wandte sich an Vince, der die Geschichtsstunde fortsetzte.

„Wir führen immer noch Bewerbungsgespräche mit unseren regionalen Koordinatoren. Diese Mitarbeiter stellen sicher, dass die Jobs sauber sind und dass die Aufträge den Abschaum der Gesellschaft treffen. Manche, wie Jimmy, fallen durch den Rost. Als wir uns mit dem Vorfall befasst haben, wurde uns klar, wie meisterhaft Sie die Situation gehandhabt haben. Die regionale Koordinatorin hat ihre Grenzen in mehrfacher Hinsicht überschritten. Sie hätte Ihnen weiterleiten müssen, dass der Auftrag zurückgezogen wurde, tat es aber nicht. Als sie merkte, was für einen Bockmist sie damit verzapft hatte, änderte sie den Auftrag, um ihre Fehler zu vertuschen, sodass nun Sie das Ziel waren, was die Sache nur noch verschlimmerte. Wenn Sie sich nicht um sie gekümmert hätten, hätten wir es getan."

Sie … Die Frau, die die Brandbombe geworfen hatte, war die Koordinatorin gewesen. Ihr Mann, der Fahrer, war nur ihr Helfer gewesen.

„Sie hätten nicht hinter uns her sein sollen."

„Ich stimme zu", antwortete Chaz. „Der pazifische Nordwesten ist ein aktives Gebiet." Jenny wurde hellhörig. „Ich habe den Mann, den Sie als Dave kennen, dort postiert. Wir möchten, dass Sie seine Position hier einnehmen."

„Sie haben einen Vertrag auf mich ausgeschrieben." Ich war nicht amüsiert.

„Wir wussten, dass Sie die Ausschreibungen im Auge behalten würden. Sie konnten jedoch nicht alles sehen und der Vertrag galt nur für Ihren Aufenthaltsort. Das Gebot vorzutäuschen, hat seinen Zweck erfüllt, da Sie uns daraufhin unter Ihrem richtigen Namen kontaktiert haben."

„Die beste Verteidigung ist ein guter Angriff", entgegnete ich, während ich versuchte, zwischen den Zeilen zu lesen.

„Das hat uns Dave auch erzählt. Er sprach in den höchsten Tönen von Ihnen. Es ist extrem selten, dass sich jemand einen Vorteil gegenüber einem unserer Agenten sichert, und Sie haben es gleich zweimal geschafft. Wenn wir ein Auswahlprogramm für eine Beförderung durchführen würden, wäre das genau die Art von Fähigkeit, nach der wir suchen würden. Danach blieben

Sie drei Monate lang unauffindbar, trotz unserer intensivsten Bemühungen. Sie spielen dieses Spiel auf höchstem Niveau und wir wollen nichts verlieren, wonach alle Agenten streben sollten."

Der Kellner kam zurück und informierte uns über die angebotenen Gerichte. Jenny und ich hatten bereits besprochen, was wir wollten, da das Essen an schönen Orten zu einer unserer Lieblingsbeschäftigungen geworden war. Ich ließ ihr den Vortritt. Sie bestellte gerne für uns beide. „Dreihundert Gramm Filetsteak vom Kobe-Rind für meinen Mann, hundertfünfzig Gramm für mich, beide englisch. Dazu gegrillten Spargel und eine Portion vom russischen Osetra, bitte."

Ich versuchte, zu begreifen, was Chaz gesagt hatte. Sie hatten nicht versucht, mich zu töten?

„Hat Nader den Vertrag auf Jimmy storniert?", fragte ich, obwohl er bereits gesagt hatte, dass es so gewesen war.

„Das hat er, obwohl er wusste, dass es keine Rückerstattung geben würde. Ich weiß nicht, wie Sie es angestellt haben, aber es war die richtige Entscheidung."

Ich gab keine Details preis. Jenny drückte meine Hand. Ich drehte mich zu ihr und sie lächelte mich an, wobei das gedämpfte Licht ihre Schönheit hervorhob. Ein Wasserspiel plätscherte neben dem Sitzbereich als Teil der Inneneinrichtung, die das perfekte Ambiente für ein gehobenes Abendessen bot.

„Eine Position hier. Was bedeutet das?"

„Das bedeutet eine halbe Million pro Jahr, solange man drei Aufträge ausführt, und danach bekommt man zehn Prozent des Auftragswerts für jeden weiteren abgeschlossenen Vertrag. Dave hat letztes Jahr 1,3 Million verdient und in einem sündhaft teuren Apartment in Vegas gelebt. Wo waren Sie untergebracht?"

Ich gluckste, antwortete aber nicht.

Vince schob eine goldene Karte über den Tisch. „Haben wir das unbegrenzte Spesenkonto erwähnt?"

Jenny und ich sahen die Karte an.

„Und wenn ich das nicht möchte? Wir wollen eine Weltreise machen, die vielleicht ein oder zwei Jahre dauert. Jetzt wäre die beste Zeit dafür und sie würde viel mehr Spaß machen, wenn wir nicht ständig auf der Hut sein müssten."

„Ein fester Zeitrahmen und der Vertrag wird jährlich erneuert. Absolute Verschwiegenheit. Wir dulden keine Konkurrenz aus den eigenen Reihen."

„Sie wissen, wer ich bin. Sie wissen alles über mich und Sie wissen, dass zu meinem Wort stehe. Ich garantiere Ihnen, dass ich nie gegen Sie vorgehen werde, wenn ich zusage. Ganz oder gar nicht."

„Das wissen wir. Ungeachtet dessen, was Sie vielleicht denken, ziehen sich Menschen erfolgreich aus diesem Geschäft zurück."

„Wenn ich zusage, möchte ich einer davon sein, und zwar lieber früher als später."

„Nehmen Sie die Karte, Ian, und dann erklären wir Ihnen, was der Job mit sich bringt."

„Ich bin kein Verkäufer."

„Nein. Sie sind ein Agent und ein verdammt guter noch dazu, mit dem richtigen Riecher für die Wahrheit. Wir haben alle Kontakte, die wir je brauchen werden. Sie müssen nur mit ihnen reden, um sicherzustellen, dass wir die Wahrheit über die Zielperson kennen. Sie geben uns die Empfehlung und wir schreiben den Job aus. Wenn wir dann einen Auftrag erhalten, der in Sachen Bezahlung und Zeitrahmen angemessen ist, nehmen wir ihn an und starten den Prozess."

„So einfach ist das?"

„Die Wahrheit ist ein strenger Zuchtmeister, Ian."

KAPITEL FÜNFUNDZWANZIG

„Was ein Mensch gegen Bezahlung tut, ist von geringer Bedeutung. Was er ist, als sensibles Instrument, empfänglich für die Schönheit der Welt, ist alles!" <u>H.P. Lovecraft</u>

Der Abend endete mit einem Händedruck. Ich hob die goldene Karte auf und steckte sie in meine Tasche. Dann gab ich den Männern meine aktuelle Telefonnummer und sie teilten mir ihrerseits das Passwort für den Zugang zum internen Web des Friedensarchivs mit. Sie sagten, dort würde ich alles finden, was ich bräuchte.

„Ich werde Ihnen meine endgültige Antwort morgen früh übermitteln, nachdem wir Gelegenheit hatten, unter vier Augen zu sprechen."

„Natürlich. Tun Sie, was Sie für sich und Ihre Familie für das Beste halten."

Die beiden Männer schritten so selbstbewusst hinaus, wie sie hereingekommen waren, und suchten dabei mit wachsamen Augen die Umgebung nach Bedrohungen ab, wie sie es sich über die Jahre angewöhnt hatten. Das

Restaurant hatte sich gefüllt, sodass nur zwei oder drei Tische leer blieben. Jenny und ich setzten uns wieder, nachdem Chaz und Vince gegangen waren. Wir bestellten ein Soufflé mit flüssigem Kern – mit zwei Löffeln – und nippten an dem Champagner.

„Willst du das machen?", fragte Jenny.

Ich dachte lange nach, bevor ich antwortete. „Ich hatte Angst, dich einem zu großen Risiko ausgesetzt zu haben. Dass wir nicht einfach normal leben könnten, wie wir es die letzten Monate getan haben. Ich möchte mehr davon und weniger auf der Hut sein."

„Sie sagten, dass du sicher bist und niemand es auf dich abgesehen hat. Wenn wir jetzt aussteigen, haben wir alles, was wir wollen."

„Ich möchte in der Lage sein, dich mit Diamanten zu überhäufen."

„Diesen Müll brauche ich nicht, Ian. Du bist so ein *Mann*, der männliche Sachen macht. Wie wäre es, wenn wir einfach zusammen sind? Das reicht mir schon. Wir können uns eine billige Wohnung in Cabo nehmen. Dort ziehe ich sogar einen Badeanzug für dich an."

Es war unmöglich, bei Jennys Angebot nicht zu grinsen. „Der Ruf der Sirene nach Vergnügen und Frieden." Ich drückte ihre Hand. Sie verengte ihre Augen mit einem Zwinkern und einem Lächeln, weil sie wusste, was als Nächstes kommen würde. „Was, wenn wir mehr für die Welt tun können?" Jenny wartete auf den Rest des Satzes. „Was ist, wenn ich das in Ordnung bringen kann, was im Archiv schiefläuft, und dafür sorge, dass das, was Jimmy passiert ist, niemandem sonst widerfährt? Die bösen Jungs von der Straße fernzuhalten, ist unsere Zeit und Mühe wert. *Meiner Meinung nach*. Was hat die andere Hälfte dieser Partnerschaft dazu zu sagen?"

Jenny seufzte und rollte ihren Kopf. „Ich habe die letzten drei Monate sehr genossen. Es klingt, als wolltest du mehr davon und auch einen Job." Sie hauchte mir einen Kuss zu. „Können wir ein normales Leben führen?"

„Eine andere Art von normal." Ich bezahlte die Rechnung mit meiner neuen Goldkarte. Sie wurde ohne Probleme akzeptiert. Ich ließ auch noch ein Trinkgeld in der Höhe der Rechnung da. „Wenn ich sage, wir können die Welt verändern, dann meine ich das auch." Ich sah mich um, bevor ich mich nahe zu ihr lehnte. „Was wäre, wenn ich das Friedensarchiv übernehme?"

„Da geht unser friedliches Leben dahin." Jenny küsste mich. „Gehen wir die Sache ruhig an. Wir sollten morgen früh wieder ins Fitnessstudio gehen. Ich glaube, wir haben viel Arbeit vor uns, denn *wir* müssen besser werden."

„*Wir* müssen herausfinden, was das für uns bedeutet. Können wir sein, wer wir sind, und gleichzeitig diesen Job machen?"

„Wir können nicht jemand anderes sein", erwiderte Jenny. Sie hielt ihre Champagnerflöte hoch. Ich stieß mit ihr an. „So wie du an Jimmy geglaubt hast, glaube ich an dich."

„Frieden durch überlegene Schlagkaft." Ich zitierte das Motto des *Strategischen Luftkommandos,* der Atombombenleute.

„Frieden durch Frieden. Was ist, wenn wir irgendwann arbeitslos sind, weil keine Bösewichte mehr übrig sind, die das Archiv ausschalten könnte?"

„Dann geben wir unsere goldene Karte zurück und gehen in Rente, solange wir noch jung genug sind, um sie zu genießen."

„Ich werde immer neunundzwanzig sein", sagte sie scherzhaft.

Ich sah sie an. Ein weiteres meisterhaftes Spiel, das mich zwang, meinen Blick auf das Spielbrett zu ändern. „Ich will mehr davon. Ich will auf Zack bleiben. Und ich glaube nicht, dass dieser Job so einfach sein wird, wie sie ihn beschrieben haben. Aber …" Ich nahm mir ein paar Augenblicke Zeit, um den Rest meiner Worte zu formulieren. „… er führt zu einer besseren Gesellschaft. Wir befreien die Welt vom übelsten Abschaum, damit der Rest der Menschheit in Ruhe leben kann."

„Wir werden uns anpassen." Sie leerte ihre Flöte. Der Kellner erschien wie von Zauberhand, schenkte nach und nahm die leere Flasche mit. „Ich werde sein, was ich sein muss. Ich bleibe ich und doch werde ich anders sein. Wie diese zwei Verrückten, die sich vor einer Ewigkeit in einer Bar bei einem *Shirley Thunderbolt* kennengelernt haben."

„*Thunderbolt Special*", korrigierte ich sie. Sie wackelte mit ihren Augenbrauen.

„Was hältst du davon, wenn wir uns einen an der Bar im Bally's gönnen und einen draufmachen?"

Wir standen auf, lobten die Bedienung für das Essen und den Service und gingen Hand in Hand hinaus. *Dreamline* spielte in meinem Kopf. „Eine bessere Welt wartet auf uns, Miss Jenny. Um sie zu gestalten, werden *wir* sein, was wir sein müssen."

Ende

Wenn Ihnen dieses Buch gefallen hat, hinterlassen Sie bitte eine Rezension.
Rezensionen beflügeln meine Gedanken und schüren das Feuer der Kreativität.
Oder Sie holen sich gleich den nächsten Band von Ian Bragg – Ein sauberer Mord, erhältlich am 26. Dezember 2020. https://geni.us/IanBragg2

Schlagen Sie das Buch noch nicht zu! Blättern Sie weiter und lesen Sie, was ich über meine Gedanken zu diesem Buch und zu dem Gesamtprojekt namens „Ian-Bragg-Thriller" zu sagen habe.

Geschrieben am 26. Juli 2020

Ich kann Ihnen nicht genug dafür danken, dass Sie diese Geschichte zu Ende gelesen haben! Ich hoffe, sie hat Ihnen genauso gut gefallen wie mir.

Haben Sie bemerkt, dass ich ein riesiger Fan der Band Rush bin? Dieses Buch ist eine Ode an ihre musikalische Genialität. Ich hoffe, Sie sind in der Lage, sich die Lieder anzuhören, während Sie lesen. Selbst wenn Sie es nicht tun, wünsche ich mir, dass Sie die Kraft erkennen können, die sie für diejenigen von uns bereithält, die diese Musik lieben.

Ich lebe im Landesinneren von Alaska, etwa 250 Kilometer vom Polarkreis entfernt. Ich habe diese ganze Geschichte geschrieben, nachdem die Sonne aufging und bevor sie wieder unterging. Nein. Ich kann nicht 70.000

Wörter an einem einzigen Tag schreiben. Bei uns ist es im Sommer etwa dreiundsiebzig Tage lang durchgehend hell. Und veröffentlicht habe ich dieses Buch zu Beginn unseres sechsmonatigen Winters. Wir leben die Extreme. Diesen Sommer hatten wir nur ein paar Tage um die 25 Grad Celsius. Ich erwarte, dass wir für die milden Temperaturen mit einem brutal kalten Winter bezahlen werden. Das Wetter hat uns in den letzten paar Jahren geschont. Die tiefste Temperatur, die ich je erlebt habe, waren -58 Grad Celsius. Ich verbrachte dreißig Sekunden im Freien und dachte, ich würde sterben. Dabei sind auch schon -40 Grad Celsius schlimm genug. Ich habe meine Frau dabei gefilmt, wie sie kochendes Wasser vor unserer Haustür in die Luft schüttet. Wir konnten dabei zusehen, wie es augenblicklich verdampfte. Ein interessantes Phänomen, das nur diejenigen verstehen, die schon einmal reale Umgebungstemperaturen (nicht gefühlte Temperaturen) im Extrembereich erlebt haben. Ich empfehle es nicht, wenn Sie schwache Nerven haben.

So wie ich, weshalb ich im Winter viel Zeit in geschlossenen Räumen verbringe. Ich schreibe viel, aber ich hole den Schlaf nach, den ich den Sommer über verpasst habe. Ich habe Glück, wenn ich fünf Stunden am Stück schlafen kann, solange es draußen ständig hell ist.

Und Ian Bragg? Er war zunächst nur eine Idee – ein Mann von Ehre, der gleichzeitig ein Auftragskiller ist. Wie kann er diese Dichotomie unter einen Hut bringen? Selbstjustiz für die Gerechten? Und noch dazu einer, der sich verliebt, weich wird, aber trotzdem tut, was er tun muss? Ich bin davon überzeugt, dass es da draußen Menschen wie ihn gibt. Warum können sie nicht für eine Organisation wie das Friedensarchiv arbeiten? Alles ist möglich.

Menschen tun, was sie tun, weil sie etwas dazu antreibt.

Das Ego, der Beste in einer Sache zu sein. Geld. Ein Gewissen. Kombinieren Sie all das, und heraus kommt Ian Bragg. Ihn dazu zu bringen, sich zu verlieben, war einfach, aber mit den Konsequenzen dieser Liebe umzugehen, machte diese Geschichte zu dem, was sie ist.

Was den Namen betrifft, so fiel mir Ian Bragg aus heiterem Himmel ein, und auf der grundlegendsten Ebene der Effizienz schreibt sich der Name Ian mit nur drei Buchstaben, was man sehr schnell tippen kann. Man könnte den Namen auch als Abkürzung für den Autor verstehen. Für unseren Politiker wollte ich etwas Exotisches und Einprägsames. Im Januar 2020 musste ich mich einer Operation am Herzen unterziehen, was die perfekte Art war, das neue Jahr zu begrüßen. Eines der zugrunde liegenden Probleme, die sie vermuteten, war Schlafapnoe, und der Name meines behandelnden Arztes ist Dr. Clay Tripplehorn. Ich baue gerne jenen Menschen ein Denkmal, die mir helfen, mich am Leben und gesund zu erhalten.

Jetzt muss ich los, um das nächste Kapitel eines der Folgeromane dieser Serie zu schreiben.

Frieden sei mit euch, meine Mitmenschen.

Wenn Ihnen diese Geschichte gefallen hat, gefallen Ihnen vielleicht auch einige meiner anderen Bücher. Sie können sich in meine Mailingliste eintragen, indem Sie auf meiner Website **craigmartelle.com** vorbeischauen. Wenn Sie Kommentare haben, schreiben Sie mir eine Nachricht an craig@craigmartelle.com. Ich freue mich immer, von Leuten zu hören, die meine Werke gelesen haben. Ich versuche, jede E-Mail zu beantworten, die ich erhalte.

Wenn Ihnen die Geschichte gefallen hat, schreiben Sie

bitte eine kurze Rezension auf Amazon. Ich freue mich sehr über jedes freundliche Wort; selbst ein oder zwei Sätze bewegen etwas in mir. Die Anzahl der Rezensionen, die ein E-Book erhält, verbessert seine Platzierung bei Amazon erheblich.

Amazon – www.amazon.com/author/craigmartelle

Facebook – www.facebook.com/authorcraigmartelle

BookBub – https://www.bookbub.com/authors/craig-martelle

Meine Website – https://craigmartelle.com

Danke, dass Sie sich mit mir auf diese unglaubliche Reise begeben haben.

Terry Henry Walton Chronicles (#) (co-written with Michael Anderle)—a post-apocalyptic paranormal adventure

Gateway to the Universe (#) (co-written with Justin Sloan & Michael Anderle)—this book transitions the characters from the Terry Henry Walton Chronicles to The Bad Company

The Bad Company (#) (co-written with Michael Anderle) —a military science fiction space opera

Judge, Jury, & Executioner (#)—a space opera adventure legal thriller

Shadow Vanguard—a Tom Dublin space adventure series

Superdreadnought (#)—an AI military space opera

Metal Legion (#)—a military space opera

The Free Trader (#)—a young adult science fiction action-adventure

Cygnus Space Opera (#)—a young adult space opera (set in the Free Trader universe)

Darklanding (#) (co-written with Scott Moon)—a space western

Mystically Engineered (co-written with Valerie Emerson)—mystics, dragons, & spaceships
Metamorphosis Alpha—stories from the world's first science fiction RPG
The Expanding Universe—science fiction anthologies
Krimson Empire (co-written with Julia Huni)—a galactic race for justice
Zenophobia (#)—a space archaeological adventure
End Times Alaska (#)—a Permuted Press publication—a post-apocalyptic survivalist adventure
Nightwalker (a Frank Roderus series)—A post-apocalyptic western adventure
End Days (#) (co-written with E.E. Isherwood)—a post-apocalyptic adventure
Successful Indie Author (#)—a non-fiction series to help self-published authors
Monster Case Files (co-written with Kathryn Hearst)—A Warner twins mystery adventure
Rick Banik (#)—Spy & terrorism action adventure
Ian Bragg Thrillers—a hitman with a conscience and a girlfriend

Exklusiv publiziert von Craig Martelle, Inc.
The Dragon's Call by Angelique Anderson & Craig A. Price, Jr.—an epic fantasy quest
A Couple's Travels—a non-fiction travel series